微文艺

唯美 温暖 纯净|治愈系清新小文艺

时光总是愿意在彼此相遇的时刻静止下来,好让所有人有足够的时间来记下生命中的每一次难忘……

Time is always willing to stand still when two person meet with each other,so that both have enough time to write down every memorable event in his or her life...

多伦多的小情歌

DUOLUNDUO DE XIAO QINGGE

隐陌尘 著

时代出版传媒股份有限公司
安徽文艺出版社

图书在版编目 (CIP) 数据

多伦多的小情歌 / 隐陌尘著.– 合肥：安徽文艺出版社，2014.2

（微文艺）

ISBN 978–7–5396–4828–6

Ⅰ. ①多… Ⅱ. ①隐… Ⅲ. ①长篇小说 – 中国 – 当代 Ⅳ. ①I247. 5

中国版本图书馆 CIP 数据核字（2014）第 003424 号

出 版 人：朱寒冬　　　　丛书主编：陈启辉

责任编辑：姜婧婧　　　　装帧设计：张　敏　闻　艺

出版发行：时代出版传媒股份有限公司　www.press-mart.com

安徽文艺出版社　www.awpub.com

地　　址：合肥市翡翠路 1118 号　　邮政编码：230071

营 销 部：（0551）63533889

印　　制：南昌市红星印刷有限公司　（0791）88166794

开本：880×1230　1/32　　印张：8　　字数：250 千字

版次：2014 年 3 月第 1 版　2014 年 3 月第 1 次印刷

定价：19.80 元

目录
CONTENTS

楔子

延迟了十个小时的航班让吴叮铛几近疯狂，手中的手机也被蹂躏到只剩下百分之三的电。谁要在这时不识趣地来个电话，就足以让眼前这位屁股快坐出痔疮的可怜女人失去与机场外界的一切联系。

邻座一位大婶睡意正浓，烫着小丸子妈妈式发型的脑袋离吴叮铛肩膀不过两公分的距离，她甚至用余光就能瞥见大婶嘴里那颗蛀了一半的后槽牙。

昏昏欲睡的吴叮铛打算活动下僵硬的脖子和脊椎，忽然手机传来悦耳的短信铃音，她和隔壁大婶不约而同一起坐直了身子。

大婶转头，两眼迷茫地看看吴叮铛，又看看她手中的手机，接着哈欠连天地嘟哝了一句："原来是短信，吓死个人了。"

然后她将脑袋直接靠在吴叮铛的肩膀上，蹭了蹭。

睡过去了。

……

吴叮铛被大婶这肆无忌惮的动作弄得有点蒙，心里几度猜疑她是家中哪位不常走动的远房亲戚，而自己却眼拙没认出来。得亏都是女同胞，否则吴叮铛不一拳把对方揍到西伯利亚才怪。

尽管一万个不乐意陌生人与自己这般亲近，吴叮铛却也不好意思推醒大婶，只有在心里默默地唱起了那首歌。

就让你依靠，让你靠……

她低头点开短信，才看清发件人的名字屏幕便咔嚓一下成了包公脸。吴叮铛骂了一句××后对开机键施以各种暴力，可手机依旧顽强抵抗，黑着屏幕装包公，反倒是大婶睡得更沉了，还打起不小的鼾声。

面对如此狗血境况，吴叮铛只好把毫不给力的手机进行长期拘禁。刚要抬手将它塞进随身小挎包中，吴叮铛便看见一双熟悉得不能再熟悉的Lacoste(鳄鱼)白色运动鞋停在了她的跟前。

林明镜无数次吐槽过吴叮铛那异于常人的大脑结构，思维跳跃度太快，三观不正，脑细胞只是脑内填充物，并没有任何实质性作用。陈述性总结就是，她的脑袋在百分之九十八的情况下不过是个外观很普通的摆设而已。

所以当吴叮铛惊诧地抬头看着那双鞋的主人时，脑海里便习惯性冒出“有没有眼屎”“鼻毛都还服帖在鼻孔里待着吗”之类的非人类问题。

二人相顾无言。

适才那个发件人的名字在吴叮铛的心底一遍一遍重复着越发明朗清晰，和眼前这位下巴有着青色胡楂的男人渐渐重叠在了一起。

男人轻轻俯下身来，用一种不会惊动熟睡大婶的音量在吴叮铛耳旁说道:“小叮铛，我回来了哦。”

落地窗外阳光明媚。

时光总是愿意在彼此相遇的时刻静止下来，好让所有人有足够的时间来记下生命中的每一次难忘。

而这一次，也没有例外。

……

第一章

青春是沉睡心底的海啸

Youth is a hidden Tsunami is your botton heart

吴叮铛曾在百度贴吧里看过一篇名叫《中国十大倒霉姓氏排行榜》的帖子，排名第一的就是她这霉气冲天的姓：吴。

因为吴跟“无”字同音，所以不管名字取得多么好听，其间寓意有多美好，但凡套上吴这个姓，基本上就属于玩完了。

而且自打吴叮铛的人生中出现语文课本这种东西开始，周遭同学不管男女，总是喜欢将自己的姓和历史名人挂钩。也不管那些在棺材里待了千百年的死人们愿意不愿意，姓赵的就说自己是赵云的后代，姓李的就说李逵是自己祖先，姓郑的就说自己是郑成功的投胎转世。

所以每每朋友间聊起这个无趣至极的话题，吴叮铛总是借口上厕所或者要去小卖部买水，继而逃之夭夭。开玩笑，难道要她说自己是吴三桂、吴应熊这种大奸人的后代或者转世吗？

在吴叮铛以一个齐耳短发眼镜妹的标准乖乖女形象走向十五岁，狗屎运地踩着录取线分数跨进重点高中大门时，家里也收到了从加拿大移民局寄来的通知书。

在那个时候，出国是很时髦、很困难，同时又很让人艳羡的一件事。但作为当事人之一的吴叮铛却呼天抢地地搂着奶奶家楼下的电线杆子死活不肯跟爸爸一起走。

只有她和爸爸两个人。

爸爸在吴叮铛五岁的时候做生意失败，不得不卖了原来住的房子，一家三口搬去和爷爷奶奶同住。家里的日子也不再像往日那般宽裕了，爸妈总是愁眉不展，为生活东奔西跑着一刻也不停歇。

直到后来爸爸听说了有关于假结婚出国的消息。

所谓假结婚，就是和国外一个有身份的人签订合约结婚，把你弄出国后再付给那个人合约上当初定下的价钱，接着离婚，从此阳关道独木桥各过各的再没瓜葛。

吴叮铛的爸爸很犹豫，要做这种比偷渡好不到哪里去的事，实在是为难他这个大半辈子都活得憨厚老实的男人。

但为五斗米折腰，一文钱逼死英雄汉的日子更是难熬，很多事不是你身怀技艺、拥有一腔热血和干劲就能闯出属于自己的天空的。

太多人，总是被无情的生活逼迫。

再三思量之下，吴叮铛的爸爸答应了。

而当时哭闹喊叫不肯出国的吴叮铛除了因为家里人和朋友，还有就是舍不得她的初恋——那个留着板寸头、有着白白皮肤的陈嘉泽。

陈嘉泽算不得帅，面无表情的时候就像一只被雷劈过的呆头鹅。而当时的吴叮铛虽然缺少风骚的外表，却独占了一颗闷骚的怀春之心。

谁也想不到看似老实木讷的陈嘉泽实则腹黑霸道，还有一条气死人不偿命的毒舌。当时吴叮铛和他在班级群里为李宇春和周笔畅到底谁唱得更好这件事吵得昏天黑地，同学们忍无可忍逼他二人私聊，从而造就了这段一发不可收拾的孽缘。

而孽缘的开始，没有朦胧的暧昧，没有教室满天飞的纸条，更没有羞涩的告白和充满肥皂电视剧经典台词的情书。只是单纯因为班上一位脸大屁股更大的男生喜欢吴叮铛，死缠烂打让她忍无可忍，便让陈嘉泽假冒自己男友来躲过那个男生每天无休止的围追堵截。

结果陈嘉泽在送了吴叮铛五袋大公鸡喔喔奶糖和几碗麻辣烫后，成功掳获她的芳心，升级为正牌男友。

所以事实证明，想要追求一个人，首先要搞清对方喜欢什么。如果那个男的一开始就送吴叮铛大公鸡喔喔奶糖而不是阿尔卑斯，她怎么会嫌弃他脸大屁股更大?

林明镜说陈嘉泽追求吴叮铛统共花了不超过三十块钱，太容易到手的人迟早像条破毛巾一样被甩。吴叮铛对她这句话嗤之以鼻，导致林明镜在给吴叮铛的定义里又多加了一条——无节操无下限的吃货。

……

胳膊永远拧不过大腿，女婿八辈子干不过丈母娘。

任凭吴叮铛再怎么犟，还是被送上了前往多伦多的飞机。她面无表情地听着两眼通红的老妈和奶奶在耳旁左叮咛右嘱咐，心里却期盼着或许还能再见陈嘉泽一面。

可目光在流转过机场所有能藏人的地方后，她失望地发现没有等来那个自己想见的人。

吴叮铛终于扔下行李箱号啕大哭。

有些人，你知道回来还能再见；可有些人，一别就是永远。

此后千山万水，天涯海角，她再也没见过他。

那个皮肤白白，留着板寸头，吴叮铛在青涩的年少时光里第一个喜欢上的男孩子。

多伦多十月的天气已经冷得有点不像话。

吴叮铛点了一杯热巧克力，坐在靠门附近的高脚椅上等着姗姗来迟的林明镜。不知道过了多久，林明镜身上特有的 Versace（范思哲）香水味随着门外的风一起涌进咖啡馆内。

她看也没看吴叮铛，径直走到点单台前点了一杯 Skinny Caramel Macchiato（低热量焦糖玛奇朵），等咖啡到手，她才迈着如丹顶鹤般优雅的步伐走到吴叮铛身边坐了下来。

吴叮铛见林明镜冷得嘴皮子直哆嗦，再瞅她一身长袖衫配短裤黑丝袜的打扮，瞬间就狠狠地鄙视了她一把。

"林明镜你是脑壳有包，上街踩电门了是吧？你不知道世界上有天气预报这种东西吗？"

林明镜喝了口咖啡反唇相讥道："像你这种刚入秋就穿得好比要去攀登珠穆朗玛峰一样的傻子是不会理解的！再说，要不是你选这破地儿离停车场那么远，老娘至于会冻着吗？"

眼前这位看似弱柳扶风实则有着一颗纯爷们般坚强内心的气质美女，便是吴叮铛的闺中密友林明镜。

林明镜原本并不是叫林明镜的，无奈她总是以达·芬奇那句"你如果要做一个艺术家，你要牢记：必须开拓你的胸襟，务使心如明镜，能够照见一切事物，一切色彩"来自喻身为画家的她有一颗明镜般的心。

吴叮铛多次调侃她不成，便恶作剧般将她带着浓厚乡土气息的本名"林小华"改成了林明镜。结果让吴叮铛感觉十分挫败，因为林明镜对这个名字喜欢得不得了。

"今天干吗这么急吼吼地把我喊出门？"

吴叮铛站起身，夸张地向林明镜鞠了个一百一十度的躬："林老板，请慷慨地聘请我作为你总书吧的服务生吧！"

然后林明镜口中还来不及吞下的咖啡便如数喷在了吴叮铛的后脑勺还有新买的外套上。

……

林明镜虽然只比吴叮铛大一岁，目前却已经是三家书吧的老板，还多次获得国内外画画、设计比赛大奖，出得厅堂，入得厨房，"无敌女强人"这个称号她可以说是当之无愧。

总书吧在离多伦多市半个多小时的另外一座城市里，剩下两间书吧分别开在中国的上海和杭州，由她那个因聚众斗殴被学校退学的弟弟林晓钟打理。

书吧的名字叫作 Drenched(浸泡)，格调以黑、白、灰三色为主，大厅正中央挂着一盏施华洛世奇的水晶吊灯，简约中透着低调的奢华。

"咦，叮铛、Shirley，你们来了啊！"

穿着白衬衫、系着黑色围裙的 Lucas 笑意盈盈地朝她们走来。Shirley 是林明镜的英文名，Lucas 比林明镜大三岁，是书吧的经理兼半个服务生。平常林明镜要是不在，书吧里的大小事都是他一个人管理。

林明镜笑了笑，将车钥匙塞进包里："今天人挺多的，你们辛苦了。"

"还好啦。叮铛，还是老样子，草莓慕斯蛋糕配蜂蜜奶绿吗？"

没等吴叮铛回答，林明镜就开口道："Lucas，你之前不是说书吧里缺人手吗？明天起叮铛就是书吧的服务生了，你来带她。"

Lucas 点头，笑笑地双手抱胸看着吴叮铛："哟，小作家来体验生活？"

没错。

吴叮铛就是多如天上繁星数不清的网络写手之一。她不但长相普通，身材普通，就连兴趣爱好也很普通，除了吃就是喜欢看书。

而开始喜欢上写作也是来到多伦多后的事。

刚来多伦多的那段日子对吴叮铛来说是十分难熬的。时差让她白天睡得跟死猪一样，晚上眼睛却亮得像只看见老鼠的猫头鹰。在那些难眠的夜里，她无数次拨打过陈嘉泽的电话，可得到的永远是那个声音沉得好像死了人一样的女人一遍又一遍地回复着自己："您好，您拨打的电话已关机"。

后来吴叮铛问了其他的高中同学，才知道陈嘉泽在她离开不久后就换了个新的手机号码。

这世上有很多事情，总是与自己想象中的美好有着天上地下的出入。就在吴叮铛拿到陈嘉泽的新号码，满心憧憬接起电话的那个男孩会对自己倾诉衷肠，互表相思爱意之时，电话那头却传来一声娇滴滴的女声：

"喂？"

吴叮铛一勺子冰淇淋含嘴里半天没咽下去，第一反应是自己拨错了号码。

那边女声又提高了音量："喂？喂？"

吴叮铛有个坏毛病，一紧张讲话就会结巴："喂，你、你好，请问这是陈、陈嘉泽的电话吗？"

"哦，你找他啊？你等下，他在书房，我帮你叫他。嘉——泽——你——的——电——话——"

很快陈嘉泽熟悉的声音便远远传进了她的耳朵里。

"来了来了！谁啊？"

"不知道，陌生号码，是个女的。嘻嘻，你是不是背着我在外头有别的女人?!"

"整天就是胡思乱想，我除了上课就是陪你，我又不是超人，你以为我有分身术啊。"

接着，吴叮铛听见一声响亮的亲脸的声音。

吴叮铛默默地掐掉了电话。

手中的纸条不知道什么时候被揉成了团，她抬手一扔，纸条连同心底那份青涩的、不值三十块的初恋一起飞进了垃圾桶内。

在心里深处的某个人，只能永远用来怀念。

如果一开始我拼死抵抗，拒绝出国，结局会不会不一样？

只可惜，错过了，便是错过了吧。

这就是吴叮铛第一篇短篇小说的开头。

上天让你失去一些的同时，也总会给你些什么作为补偿。哪怕补偿很多时候只是微不足道的。

吴叮铛就这样疯狂地爱上了写作。

你为什么写作？

写作除了实力，还靠机遇和赏识，否则你就是一块沙漠下的金子，永无发光之日。你不是郭敬明，也不是韩寒，你真的考虑好要走这条路了吗？

这种不值钱的梦想能为你的人生带来什么？

吴叮铛已经记不清有多少人问过她类似的问题，她动摇过、迷惘过，直到她看到林明镜的画室里堆的那一箱箱从小到大累积的画稿。有些画稿都已经发黄了，稍不慎就有变成废纸的危险。

“小时候只是单纯地喜欢画画罢了。每次提起画笔就能让我心情宁静，不用去理会父母的咆哮漫骂，不用去在意令人蛋疼的功课考试。我的梦想就是当一个好画家，不管这个梦想能否为我赚到钱，但它完美了我的人生。人总是要有一个梦想支撑着，才不会像行尸走肉般活下去。”

人总是要有一个梦想支撑着，才不会像行尸走肉般活下去。

就是这样。

因为要申请妈妈出来，吴叮铛必须放弃上大学的机会，在书吧里打起了长期工。平常看见三三两两的大学生放学后来书吧看书闲聊，眼底总是会透着那么些许的羡慕。

转眼就到了十二月，这个属于圣诞老公公和驯鹿的忙碌月份。

Boxing Day(节礼日，圣诞节的第一个工作日)，Lucas 请了病假，林明镜打电话说有事迟来，让吴叮铛先替自己顾下书吧。好在圣诞期间各大商场疯狂打折甩卖，大家估计都拖家带口热血地购物去了，书吧里只是零零落落坐着几位熟客。

吴叮铛乐得清闲，抱着林明镜的笔记本电脑正津津有味地坐在角落看网络小说，忽然感觉到头顶上粘了两道冷飕飕的目光。

她抬头，蛋糕冰柜上映出一张清秀的男生面孔。

那一瞬间，他让吴叮铛有种天地失色的惊艳感觉。

吴叮铛嗖地从椅子上站了起来，男生也直起腰静静地看着她。

男生穿着一件白色的 POLO 衫、黑色牛仔裤，碎刘海下一双棕色的眼睛毫无表情地看着吴叮铛。

“你好，我需要一块水蜜桃慕斯蛋糕和一杯冰红茶外带，少糖。谢谢。”

男生说话字正腔圆，声音柔柔的，很好听。

“好，好的。请稍等。”

吴叮铛调好红茶，又将蛋糕装进小盒子里递给了男生。

“税后一共是八块三，谢谢。”

男生递过一张十块，眼睛目不转睛地盯着她。吴叮铛被看得心里发毛，找完钱低头说了声“欢迎下次再来”后就赶忙转身假装做事去了。

身后涌来一阵刺骨的寒风，吴叮铛慢慢转回身，那个男生正拿着红茶从落地窗外走过。他的身旁还有一个个子高高瘦瘦、戴着黑框眼镜的男生，正有意无意地朝自己的方向瞥着。

吴叮铛一低头，发现装着蛋糕的盒子还留在收银台上，盒子上，多了一小盒巧克力和米黄色的小信封。

她拿过一看，上面写着：吴叮铛收。

好奇心促使吴叮铛拆开信封，里面只有一张四四方方的小卡片。她打开来，几行娟秀的繁体字映入眼帘，下面是一幅 Q 版的圣诞老公公送礼手绘。

没有署名。

林明镜就在这时风尘仆仆地推门进来了。她戴着超大的墨镜，波浪卷的头发已经被吹得乱七八糟，毫无形象可言。

“对不起啊叮铛，我给一个工作室送画稿，来迟了。”

“啊……没关系。”

“你怎么了？呆呆傻傻的。”林明镜脱掉墨镜凑到吴叮铛身边，瞧见她手里的卡片，眼疾手快抢过去大声念起来，“叮铛你好！送你最爱吃的水蜜桃慕斯蛋糕，祝你圣诞节快乐，希望能和你交个朋友！”

“喂！！！林明镜！把卡片还给我！”

见有懂中文的客人探头朝这边看,吴叮铛羞得直跺脚。林明镜挑着眉毛不怀好意地笑了:“哪里冒出来的男屌丝啊?老实交代!”

“只是一个来买红茶的客人!”

“随便一个客人能特意给你准备巧克力和卡片?你当老娘脑残族吧?”

“那你去问那个男啊,我真的不知情嘛!”

“你怎么可能不知道!小妞最近胆肥了,敢在外头勾引男人了啊!”

……

那天晚上,多伦多迎来了这个冬天的第一场大雪。

吴叮铛将巧克力送给了下班回家的爸爸,因为她最不喜欢吃有榛子夹心的巧克力。那张卡片,她也没有以对待过路人发传单的心态将它扔进垃圾桶,而是小心翼翼地夹进了一本郭敬明的小说中。

你永远不会知道上帝给你的美丽际遇在什么时间、什么地点安排一个怎样的开始与结束。

你能做的只有带着微笑等待,在那个会惊艳你一辈子岁月的时刻来临之前。

……

每个人身边一定都有这样一个朋友,超没原则没脾气,说话做事不经过大脑的单细胞感性主义者。她们以各种雷你没商量的姿态出现在日常生活中,最大骄傲是胃容量比常人大一倍,是个无论怎么吃也吃不胖的二货。

在吴叮铛细细筛选完二十二年来身边所有朋友,却悲哀地发现根本没有这么一个人存在的时候,林明镜正穿着运动套装蜷在客厅的小沙发上看时尚杂志。

“你身边绝对没有,但每一个成为你朋友的人身边都会多了这样一个二货。”

也许是林明镜说的语气太云淡风轻且理所当然,吴叮铛足足有三分钟没反应过来她原来是在骂自己。待她张牙舞爪扑过去,扬言要剁了林明镜的毒舌拿去喂狗的时候,林明镜的父母人手一只爱马仕的旅行箱,毫无预兆地开门走了进来。

像把一碗热腾腾的汤面突然间塞进冰箱冷冻柜中一样,家里的气氛急转直下,甚至没有任何时间来准备迎接或是抵御这种足以让每个人想要撒丫子狂奔逃去火星的冰冷压迫感。

吴叮铛咽了下口水，小心翼翼斜了林明镜一眼，发现她已经扔了杂志从沙发上站起来，脸的方向却是冲着自己。

"时间差不多，我们该去书吧了。"

然后她抓起茶几上的钥匙串和小腰包，头也不回地穿鞋出门去了。

仿佛玄关那里的两个人只是摆错地方的人形立牌，她甚至连多余的眼神也不愿意留给他们。

"叔叔阿姨好！我、我先走了。再见！"

关上大门那一刻，吴叮铛听见林明镜妈妈沉重的叹息声。

车子里的暖气开得很足。

这种大雪天林明镜总是把车开得非常慢，她面若冰霜，薄薄的嘴紧抿成一条线。吴叮铛自然知道不能在这时候去招惹这位母夜叉，只好将视线投向白茫茫一片的窗外。

多伦多的冬天只有雪。

落在屋顶上的积雪厚厚的，像把全世界的棉花糖都堆了上去。

林明镜轻咳几声，吴叮铛扭头，目光落在林明镜右手拉至小臂的袖子下那片青紫的淤肿上。

这是前天林明镜换书吧二楼的沙发时摔倒撞到的。

那时候只听书吧二楼一声惊天巨响，可当吴叮铛和书吧另外一个女服务生大C火急火燎地冲上去，却看见林明镜像没事人一样靠着沙发对二人招手微笑。

"一直盯着我做什么？你是不是想趁情人节即将来临之际告诉我其实你暗恋姐很久了？"

"我暗恋你奶奶的大鸡腿！我是在——"

见林明镜的目光幽幽转向自己，吴叮铛嘘了口气，把头摇得像拨浪鼓。

"我是在想上帝真不公平，把你这只丑小鸭变成了白天鹅。"

林明镜狠狠地翻了个白眼："什么丑小鸭！老娘变天鹅的时候，你还只是个受精鸡蛋而已！"

面对这种犀利的打击，吴叮铛选择了沉默是金。

窗外的雪好像更大了。

吴叮铛和林明镜一起长大的那个城市从不下雪，再冷的天也没见到过一片雪花。

她爷爷奶奶家和林明镜同住一个高档小区内，小学毕业之后刚好和林明镜分到了同一所初中同一个班级。

每天早上两人都会一起骑半个小时的自行车去上课，然后再一起回家吃饭，互抄作业。

林明镜擅长理科，吴叮铛擅长文科，不得不说简直就是完美的互补搭档。

“到了，还不赶紧下车。你要坐那孵蛋是吧？”

林明镜的声音像炸雷般在耳旁响起，直接切断了吴叮铛对儿时的美好回忆。她没好气地瞥了林明镜一眼，如今的她，估计也只会在自己一个人面前暴露出这种母老虎的姿态吧。

天气实在是太冷了，书吧只有角落里坐着一个背直得像穿了背背佳的男人。吴叮铛隐约觉得这个背影有些熟悉，却说不上来在哪里见过。

Lucas 正和大 C 拿着手机打游戏。面对两个人的突然出现，Lucas 显得有些惊讶。

“你们今天怎么会来书吧？”

林明镜将腰包往吧台上一搁，说：“刚出去吃饭，就顺道过来了。”

“你们在玩什么？”吴叮铛凑头一看，原来是最近很流行的你画我猜，看两人兴致勃勃的模样她也忍不住摩拳擦掌想要加入，“我也要一起玩！玩这个我是高手！”

不经意转头间，吴叮铛发现林明镜黑洞洞的鼻孔正对着自己，整张脸写满了“鄙视”二字：“我劝你们还是别让她加入，否则怎么输的都不知道。”

“你这个——”

在吴叮铛终于决定实行把林明镜舌头割下来喂狗的伟大计划前的零点零零零一秒，她看到了林明镜身后站着的那个男人。

那个好像穿着背背佳永远把背挺得很直、肤色白皙的男人。

魏一晨。

“华。”

听到这个声音，正在得瑟的林明镜像被闪电劈中般，脸上的表情瞬间就僵住了。

魏一晨的声音带着磁性的温柔：“我可以和你聊聊吗？”

林明镜站直身体，用平静的口气对Lucas和大C说：“书吧今天反正没生意，你们收了东西就提早走吧。Lucas，你替我送叮铛回家，谢谢。”

说罢她抓起吧台上的包包，噌噌噌就拐弯上楼去了办公室。魏一晨紧随其后，办公室的门在他进入后一瞬间就哐地关上了。

大C不明所以地摸着脑门：“Shirley她——”

吴叮铛抬着头，默默地瞧了办公室紧闭的大门一眼：“没事，走吧。”

林明镜背对着魏一晨站在落地窗旁，窗外天地皆一色，白得很刺眼。

魏一晨也一动不动地伫立在门边。

很久之后，林明镜才回头微笑地看着魏一晨：“好久不见一晨哥，找我有事吗？”

……

吴叮铛蜷在床上睡得正香，忽然间手机铃声大作。她一个激灵睁开眼，接起电话却发现另一头安静得连呼吸声也听不见。她睁着迷蒙的睡眼看了看屏幕上的号码，发现是从书吧打来的。

“是明镜吗？”

那头没有回答，只是多了断断续续擤鼻涕的声音，接着又变成一阵阵模糊不清的呜咽。

吴叮铛揉了揉干涩的眼睛，打开床头灯从床上坐起身来。

“小华……我知道是你。你怎么了……怎么没回家？”

“哇！”

电话那头终于传来林明镜号啕大哭的声音。

一个人再坚强，始终也是有她的致命弱点的。

就像林明镜不是永远都是女强人林明镜，在这样一个令人心碎的夜晚，她也只是原来那个很需要人安慰、需要人呵护照顾的林小华而已。

吴叮铛叹了口气看向窗外。

万籁俱静的雪夜。

墙上的时钟滴答滴答地走着，指针已然划过五点半，窗外却仍旧是一片混沌的黑色。

就像天再也不会亮了。

世界有时真的很小，你兜兜转转很多时候不过是从一个圈转到了另外一个圈。你会在这些圈里遇到你想见的人，也会遇见你不想见，却早已让你永生难忘的人。

魏一晨是当年大林明镜和吴叮铛三届的学长，他高二退学和家人一起去了加拿大后两人就再也没和他联系过。而有关林明镜和魏一晨的故事，就不得不回头去说说那些年我们一起度过的苦逼初中岁月。

那时候天总是蓝蓝的，水也总是清清的。

西瓜是不会爆炸的，苹果皮上也是削不出蜡的。

烧烤摊上是没有死猫肉的，人们也还没有吃出一整张化学元素周期表的。

男屌丝们是不会随意搅基反高富帅的，女生们大大的眼睛也都是天生而不是用来坑爹吓人的。

学校里每天不变的除了花圃景设，就剩下她们这群祖国的未来花朵身上像乌鸦颜色一样的校服。每次学校一开大会就感觉整个操场的学生都是来参加葬礼的，黑压压一片，表情肃穆堪比本·拉登听到萨达姆被绞死一样。

两人是在新生欢迎大会上第一次看见魏一晨的。

他个子不高却总是昂首挺胸，背直得像穿了背背佳似的。他肤色很白，黑色的校服衬得他整张脸像泡进了面粉里一样。最让人瞠目结舌的就是他的头发，每一根都冲天竖起，像极了灌篮高手里面的仙道彰。

吴叮铛几度怀疑教导处主任是他亲戚，否则怎么允许他留这种发型，还作为学生代表上台给新生致词。后来一听八卦消息才知道，魏一晨那头黑油油向上竖着的头发是天生的，就连教导处主任逼迫他剪了寸头再连戴半个月的棒球帽，他渐渐长长的头发还是依旧傲人地挺立着。

犯花痴这种事情是每个女生的必备技能，尤其是吴叮铛这种对帅哥毫无抵抗力的女屌丝。她也不知怎的，就和当时同样犯着花痴的林明镜约定一起去跟踪魏一晨，看看他家住在哪儿。

下课后两人骑着自行车不远不近地跟着魏一晨，七拐八弯跟了有二十多分钟，结果却把他给跟丢了。林明镜把责任全归咎于吴叮铛在路边停了二十秒买茶叶蛋，强烈谴责了足足有五分钟才肯罢休。

就在两人悻悻地掉转车头准备回家时，却看见站在她们身后，带着一脸笑意的魏一晨。

自古但凡被公认为漂亮的事物，世人总是无法接受有丑陋之物在其周围出现。正所谓好玉系好绳，靓女配帅哥，若有丑八怪胆敢不自量力抢了美女的专属位置，那下场不是被周遭嫉妒者打到终生残废，就是被唾沫星子淹死在漫漫流言蜚语之中。

可魏一晨这厮不但拒绝了所有美女的示好，还允许吴叮铛和林明镜这两只丑小鸭高调走在他身边，这种行为简直等同于在她们二人身上捆了一吨的炸药，随时有发生各种校园恐怖袭击的危险。

要知道，当时不管是高度近视戴着大框镜的吴叮铛，还是满头天生卷毛的林明镜，都是人间一朵含苞待放的奇葩。她们俩还曾被四班一猥琐男批道：你们这对组合要是早生那么几年给小鬼子看看，抗日战争也不用打得那么辛苦了。

从认识魏一晨的那天起，吴叮铛和林明镜的初中新生生涯就注定要在水深火热之中度过。每天各种羡慕嫉妒恨的眼光来回扫射不说，还时不时就有酸不溜丢的话从脑后冒出来。

"长这样还好意思整天那么招摇。"

"魏一晨脸上那两只是鸡眼吧，怎么跟这两个丑女玩得这么好？"

……

当然，和魏一晨玩得好绝对不是单纯因为他有一张俊俏的小白脸，而是他真的是个上知天文下知地理的奇才。和他待在一起，就好比拥有了不连网络的百度百科，总是能让人学到很多好玩又实用的知识。

在百度还不是那么流行的过去，不懂的事，你只要魏一晨一下绝对没错。

而且魏一晨和林明镜一样，对画画都有着狂热的喜爱。林明镜难得能找到与她志同道合的伙伴，每天都捧着一堆画稿求意见、求指导，两人经常煲电话粥到凌晨一两点还不舍得睡觉。

如果魏一晨不走，或许很多事情就会朝另外一个大家所乐见的轨迹滑去。

魏一晨是在上飞机的前一刻传了短信给吴叮铛和林明镜,告诉她们两个他要和家人去多伦多了。

林明镜向老师请了整整一周的病假。

当一周后林明镜两眼通红地出现在吴叮铛家门口时,吴叮铛听见她用沙哑的嗓音说了句让自己差点跪到地上去的话。

她说,叮铛啊,我发现我喜欢上魏一晨了,还是很喜欢,没他不行的那种。

这场突发事件过后,林明镜就渐渐变了,几近疯狂地任凭各种练习题轰炸蹂躏。除了每周空出半天时间来画画,剩下的美好光阴全部送给了补习班老师。

而吴叮铛知道,这一切的一切都是为了将来有一天,林明镜这只丑小鸭能配得上那个几近完美的阳光少年:魏一晨。

中考过后的那个暑假,林明镜就收到了去加拿大留学的通知书,那是她整整求了她爸妈三个月才换来的。

明镜啊,你一定要幸福。

吴叮铛看着明镜的飞机飞上天时心里不断地这样为她祈祷着,直到十分钟后她才发现自己看错了飞机……

但青春的记忆总是不尽如人意的。

林明镜越过千山万水,坐着飞机飞到太平洋对岸去找寻惦记了两年多的白马王子,结果白马王子却已经有了属于自己的公主,那个有着洋娃娃一样吹弹可破的肌肤、身段玲珑的富家女。

林明镜传给吴叮铛的照片里,她站在魏一晨和洋娃娃的身旁,从枝丫间落下的星点光斑都笼在那两个人身上,仿佛是从童话世界中手牵手走出来的王子和公主。而明镜,只是带着浅浅羞涩的笑,僵直着背立在魏一晨身边。

明镜说,丑小鸭永远也变不成白天鹅的。

王子的爱永远只是丑小鸭一个美丽却无法实现的梦。

在林明镜打来的越洋电话里,吴叮铛第一次听见她为了魏一晨哭到山崩地裂。

吴叮铛原想安慰她说丑小鸭和王子本来就是不可能的,从道德伦理的方面来讲人畜是不能结合的云云,但最后还没等她说出口,林明镜就在电话那头哭着睡着了。

魏一晨这个名字至此就像幻彩泡泡一样哗的一下消失在吴叮铛和林明镜的生活中。她不敢提，而林明镜似乎也不愿再去想起。

今天魏一晨这样毫无预兆地现身，无异于在林明镜的生活中引爆了一枚重量级定时炸弹，血肉横飞，惨不忍睹。

而吴叮铛只能干看着，什么也做不了。

她太了解林明镜的脾气。

电话那端哭声渐渐小了下去，忽然 Lucas 紧张的声音从电话那头冒了出来：“Shirley，你怎么了？你没事吧？怎么喝成这样？”

接着电话就被掐断了。

吴叮铛猜想林明镜被外人看到自己那副狼狈的模样，肯定比魏一晨的地毯式轰炸要来得更加痛苦。

只是现在的她，有人陪总好过孤单一个人吧。

她已经孤单太久，坚强太久了……

……

林明镜又是整整半个月没有现身，Lucas 成了吴叮铛的专职接送司机。他一个字也没和她提那天晚上发生的事，吴叮铛也假装什么都不知道，除了上班下班，就是在家玩了命地写小说。

情人节。

大 C 打扮得花枝招展，早早就下班跑去和男朋友约会了。书吧一整天一个客人也没有，吴叮铛和 Lucas 决定提早将书吧关门。关门前 Lucas 接了个订货公司打来的电话，吴叮铛见他急急忙忙上楼去，便在楼下慢吞吞地清洗着咖啡机。

手机里放着 Jaci Velasquez 的 *Destiny*（杰西·韦拉斯克斯的《命运》），当吴叮铛轻哼着旋律转身放杯子时，她发现那个令天地失色的男生不知何时已站在了吧台前。

吴叮铛愣住了，不知道他到底在自己身后站了多久。她的胸腔里突然冒出像拖拉机发动一样突突突突的声音，不知道是该跟他打招呼还是先关掉哗啦啦流着水的水龙头。

“启书？”Lucas 从楼上下来，看见男生顿时露出一副惊喜的表情，“好巧啊，你怎么会在这里?! ”

男生微笑:“是啊，我刚下课，就开车过来看看。想不到你们已经收店了。”

“真是好久没见，哈哈哈！”

两人在吴叮铛面前紧紧拥抱了一下，她不满 Lucas 打破刚才美好的气氛，转身猛地旋上水龙头开关暗骂道:“靠，一对死基佬！”

……

吴叮铛坐在张启书车里，两只手规规矩矩地搭在大腿上，目视前方夹紧大腿装淑女。张启书的车里非常干净，还有一股淡淡的橘子香味。

“怎么都不说话? 是不是我突然要求送你回家太冒昧了? ”

“啊? 没有没有，我只是，”见张启书开口跟自己说话，吴叮铛的脸噌的一下就红了，“我只是不太习惯和陌生人说话。那个，谢谢上次的巧克力和蛋糕。可是你怎么会知道我叫叮铛? ”

车在亮着红灯的十字路口慢慢停了下来，张启书侧头冲她展颜一笑:“因为我常来书吧里啊。”

“不会吧? ”吴叮铛眼睛瞪得比铜铃还大，上上下下打量着张启书，“那我应该对你有印象才对啊。而且，Lucas 天天都在书吧里，他说以前你俩是校友，他要是看见你怎么可能会认不出你呢? ”

张启书耸耸肩:“谁说他没认出我? 他一直都知道我在书吧里。”

吴叮铛慢慢单挑起左边眉毛，表情纠结得像是嗅到什么重大阴谋的味道。

“……你们刚不是才说很久没见了吗?! ”

车缓缓启动，张启书无辜的眼神看起来却很讨打:“是啊，有三天没见了，不久吗? ”

“你还是学生? ”

“是啊，我在学糕点和西餐，再有两年就毕业了。”

“哇! ”吴叮铛惊呼，“我一直很想学做蛋糕呢! ”

“是吗? 那你可以去我学校试试! 我那个学校有专门教做糕点的，也不会耽误你打工，一周就一两节课，还都是晚间课程。”

于是一路上张启书都在很耐心地和吴叮铛讲着有关报名蛋糕课程所需要的资料，还有上课后老师需要的材料去哪里买，等等，还留下了他的电话号码、MSN和Q Q。

下车后吴叮铛看见穿着过膝羽绒服的房东正把绿色的垃圾桶从后院推出来。她朝房东挥了挥手，房东笑道："叮铛回来了啊，刚才那个开奔驰跑车的男生是你男朋友？"

"啊？"吴叮铛红着脸，把头摇得像拨浪鼓似的，"绝对不是，阿姨您误会了！正常朋友！纯洁的男女关系！"

男朋友。

好熟悉又好陌生的三个字。

陈嘉泽曾经就是吴叮铛生命中男朋友的同义词，她甚至无数次在脑海里幸福地确定将来有一天他一定会冠上吴叮铛老公、孩子他爸之类的头衔。

吴叮铛以为自己的初恋会躲过家长的围追堵截，在老师们的肆意虐杀下修成正果，为将来的学弟学妹能够光明正大早恋出一份薄力。

只可惜，以为终究不过是以为。

躲过了老师家长的明枪，却没躲过时间和距离的暗箭。

那通半途掐掉的长途电话也一同掐掉了她对爱情的憧憬，无论当初和陈嘉泽在一起的理由有多俗烂无聊，恋爱有多平淡无奇，但是人是种感情动物，总是会对身旁的人或者某些相处已久的事物产生或多或少的感情。那种感情并不强烈，你甚至在很长一段时间里不会感觉到。它就像涓涓流水一样淌在你的血液里，哪怕有天你模糊了记忆，那种感觉却依旧十分清晰。

就像吴叮铛对陈嘉泽一样。

她早已记不得陈嘉泽的样子，可那份他曾经为自己带来的悸动，她不曾忘过。

三十分钟后，吴叮铛通过了张启书的好友验证。

"今天谢谢你送我回家。"

"不用客气。这个送你，作为情人节的礼物。情人节快乐喔，叮铛。"

一个龇牙大笑的表情下是一长串的网址。

"你不会是送我什么高清成人网站吧？"

"……如果你想要的话本人可以免费附赠。"

吴叮铛意识到对方是个刚认识不久的异性，立马住嘴点开网站，原来是张启书那所学校的糕点课程报名表。

“这个礼物绝对比玫瑰花和巧克力层次高上一百倍。”

“哈哈，你先快报名吧，这样下个月就可以去上课了。”

“好，谢啦！”

……

九天后，吴叮铛二十一岁生日。

林明镜这厮终于穿着崭新的皮大衣，甩着 Prada 的奶白色漆皮包高调出场。要不是墨镜后浓妆艳抹却依旧掩不住的红肿双眼，吴叮铛想自己肯定又会被她若无其事的模样给骗过去。一进林明镜家门，她就将沙发上的牛皮袋子甩给吴叮铛，扬着尖尖的下巴示意她打开。

吴叮铛打开一看，是一只有着两道粗眉毛、长相很猥琐的米白色泰迪熊。

“明镜，你真是太好了！你怎么知道我最近超迷这只 Ted(泰迪)！”

林明镜不屑地将胳膊从她怀中抽走，走到厨房给自己冲了杯咖啡：“你迷不迷这只熊我不知道，但我在商场第一眼看见它就知道你会喜欢。”

“嘻嘻……”吴叮铛爱不释手地抱着泰迪熊，在林明镜身上蹭了又蹭，“谁让我们是从小长大的好姐妹，我的品位你是知道的。”

“那当然，”林明镜瞥了她一眼，吴叮铛突然觉得这厮又要狗嘴里吐不出象牙，想要伸手去捂林明镜的嘴却已经迟了，“你长得和它一样猥琐，不摆你床头交相辉映可惜了创造它出来的价值。”

……

“他大姨妈！”

吴叮铛和林明镜听见开门的动静齐齐回过头去，一个扎着小辫、戴着蛤蟆镜的高个子型男大包小包的出现在门口。

林明镜冲他点点头算是回应。吴叮铛愣了半天才支吾着冒出一句：“谁？谁是你大姨妈？他谁啊明镜？”

型男瞧见吴叮铛后立马甩下手里所有的袋子，摘下墨镜以光速朝她冲了过去，像只无尾熊一样紧紧抱住了她。吴叮铛个子只到他胸口，这突如其来的热情拥抱差点把她鼻子给撞到报废。

“小叮铛，我的机器猫！终于又见到你了！”

经过吴叮铛一番苦苦的挣扎，脑袋总算从型男怀里挣脱了出来："你哪位啊先生?！"

"是我啊，顾长安！"

要不是顾长安两只手还紧紧搂着吴叮铛，她恐怕早就一屁股坐在羊绒毯上了。

眼前这个穿着白衬衫黑皮裤、脚蹬机车靴的竟然是林明镜的表弟，从小骨瘦如柴、黑黝黝的，像是从非洲难民窟逃出来的那个……

"顾、顾、顾、顾、顾、顾长安?！"

"That's right！(对了！)"顾长安颇为自恋地冲吴叮铛抛了个媚眼，"我就是美男一顾倾长安的那个，顾、顾、顾、顾、顾、顾长安！"

莫说只有女子长大十八变，几年不见，顾长安简直是从一个路人甲的形象蜕变成了一颗耀眼的明星。若不是认出他发际线下的那道疤，吴叮铛还真不相信他就是以前绰号小萝卜头的顾长安。

"这么多年，我的小叮铛还是一点也没有变！"

听到这话，吴叮铛的表情立马就从震惊转成了严肃。

顾长安这是在夸自己青春依旧，还是在骂自己一如既往长得像打了马赛克似的?

晚上仨人去了市中心的一家西餐厅，七分熟的牛排口感相当好，但是比起林明镜和顾长安两位优雅至极的吃相，吴叮铛深深觉得吃到满嘴油腻的自己只适合生存于用筷子和汤匙的中餐厅……

"所以你这么久没出现就是跑日本去找这小子玩，然后又领着他回加拿大来了?！"

林明镜无辜地耸了耸香肩："我可没有叫他跟我回来，他自愿说要来这里发展发展的。"

吴叮铛转头看着顾长安："你爸妈也同意?"

顾长安没说话，只是狡黠地冲她眨了眨眼睛。吴叮铛先是一怔，继而就丢下刀叉炸毛了："靠，你小子真能作，又背着你爸妈乱跑?！"

"机器猫同学，能不能请你控制下你的分贝，这里是高档西餐厅，你以为是街边大排档吗?"

“拜托，你忘了上回从日本拿着护照和行李偷跑回中国，被你妈打得左右屁股不一样大，这次你就不怕你爸妈把你皮给剥下来包饺子吗？”

“哼，反正他们的要求也不过是要我顺利从东京大学毕业，我现在毕业了，爱干吗干吗，他们管不着！”

林明镜冷哼一声，摇着高脚酒杯里的红酒满脸鄙夷地说：“等你爸妈连环夺命 call 追来，我看你还敢不敢说得这么理直气壮。”

顾长安摊了摊手，脸上写满了“无所谓”三个字。

“啊！对了，今天是小叮铛的生日，我准备了一份独一无二的礼物给你。”

吴叮铛挑眉，反射性地往椅子后靠了靠，将双手护在胸前进入一急警戒状态。

顾长安一共在吴叮铛身边陪她过了七年的生日。

第一次，五岁的吴叮铛收到了一只身长足有十厘米的大蜈蚣。

第二次，六岁的吴叮铛喝完了一瓶过期三个月的旺仔牛奶。

第三次，七岁的吴叮铛看了顾长安从他爸床头柜搜出来的一张三级片光碟！

……

第七次，也就是顾长安离开吴叮铛和林明镜被他爸妈接去日本的那年，十二岁的吴叮铛被顾长安摸了平坦如飞机场的胸脯。

“等我再见到叮铛的时候，一定要发育得很完美哦！”

……

这些不忍回首的送礼往事仍是历历在目，吴叮铛不愿去想象顾长安这个脑壳脱线的家伙今天又要送什么让自己情何以堪的生日礼物！

顾长安没理会吴叮铛的警戒动作，唰地从椅子上站起身。没等吴叮铛反应过来，他已经从桌子另一边探过大半个身子，双手钳住吴叮铛的肩膀，在她额头上深深地吻了一下！

“怎么样？我顾大少爷的吻可是全世界独一无二的！”

在吴叮铛瞬间变成黑炭的脸色中，林明镜手里的酒杯咔嚓一声掉在地板上摔成了碎片。

……

晚上回家，房东递给吴叮铛一个鞋盒大小、包装精美的盒子。

“晚饭的时候有个男生来家里，说这个是要给你的。”

“啊？给我的？好，谢谢阿姨。”

吴叮铛抱着盒子上了楼，小心翼翼地拆开绸带和包装纸，里头是个粉红色的盒子。

打开来，盒盖背面是用白色卡纸刻出来再粘上去的立体“生日快乐”，盒子里是一个用彩色卡纸做成的小房子，房前一圈白色的栅栏围着两盒刚出炉不久的草莓提子松饼。盒底满满一层五彩塑料管星星，一只小兔子的陶瓷手机吊坠静静躺在角落里。

没有卡片，也没有署名。

可她早已猜到是谁。

QQ上，张启书的头像亮着。

“启书，谢谢你的礼物。”

“呵呵，你怎么知道是我？”

“因为没有几个人知道我喜欢吃有提子的蛋糕。那天随口一提，想不到你还记着。”

“生日快乐啊！叮铛！”

吴叮铛和张启书不亦乐乎地聊到了凌晨三点半，她感觉张启书和她之间完全不是刚认识的陌生人，反而像两位失去联系、多年未见的熟稔老友。那晚吴叮铛连发了好几十个龇牙的开心表情，但事实上她根本无法用任何言语或是文字来表达此时此刻内心的感受。

林明镜从日本带回来的泰迪熊，顾长安乱耍流氓在她额头上印下的吻，还有张启书这一份亲手制作的生日礼物，对于吴叮铛来说，都是人生里最珍贵的礼物。

她不需要Prada，不追求LV，也不贪图什么所谓高档层次上流社会的享受，所愿意拥有的，就是一份真诚的心意。

林明镜在接下来三周里受到顾长安爸妈无情的电话轰炸，崩溃地扭送顾长安去了机场。顾长安在登机口冲着吴叮铛和林明镜大吼说他一定还会再杀回来，已经处在精神分裂边缘的林明镜终于忍无可忍，将高跟鞋脱下来砸在了顾长安的脸上。

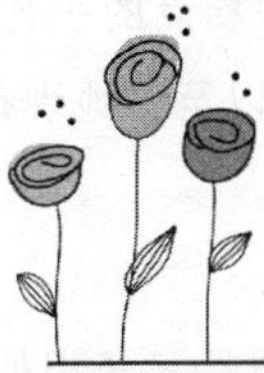

第二章

爱是不能抗拒的冲动

Love is the impulsion that one can't resist

上了一年多的课后，吴叮铛发现不仅自己做糕点的手艺在与日俱进,连体重都很不友好地借着体重器上的数字在叫嚣,以至于她现在看着镜子里的自己,就有种掩面哭泣的冲动。

“你等等我,我去趟洗手间。”

吴叮铛点头,目送张启书离去的潇洒背影。这段日子相处以来,吴叮铛和张启书已经成了无话不谈的好朋友，抑或可以说是到了暧昧男女的最高层次,只是两人谁也没有捅破“我喜欢你”这张窗户纸。

到了学校停车场,吴叮铛远远就瞧见有个女生靠在张启书的车上。

“启书。”

走得近了,那女生开口甜甜喊道。她长得很漂亮,如瀑的青丝,精致的五官,配上公主贵气的打扮,真是让同样身为女人的吴叮铛都舍不得移开眼。

张启书虽是面无表情地看着女生,紧挨着吴叮铛的身子却猛然一僵。

“你怎么会在这里？”

他的语气有些冷淡,女生却好像早已习惯,并没有露出丝毫懊恼的表情。她上前一步作势要挽张启书的手,他却往后退了两步,女士并不介意,接着说:“我来多伦多度假,想来看看你。”

“哦。”

女生眨了眨眼,讪讪地将目光转向吴叮铛:“这是你同学？”

“对啊对啊,”不等张启书接话,吴叮铛就满脸堆笑地应道,“我是和启书都在学糕点课程。”

“……”女生上下打量了吴叮铛一番,走近她,笑着朝她伸出了手,“你好,我叫杨静檀,是启书的未婚妻。”

吴叮铛怔怔地看着杨静檀,耳旁呼啸的风声戛然而止。

她漂亮的双瞳里映出吴叮铛震惊的模样,而吴叮铛也在她的笑里感觉到了不屑。

吴叮铛恨不能狂奔离去，可脚却偏偏像生了根一般紧紧地被吸附在地上,动弹不得。

笑也不是,哭也不是。

就在这时候,一个强有力的臂弯从背后紧紧勾住吴叮铛的脖子,将她瞬间拖离张启书和杨静檀的身旁。

"不好意思,我女朋友打扰你们小两口了,告辞。"

顾长安!

吴叮铛被顾长安这一声惊得反应过来,目光正落在张启书的脸上。张启书定定地瞧着吴叮铛,欲言又止的表情有些刺痛了她。

这种时候,还有什么好说的呢?

顾长安一把将吴叮铛甩进车里,又气冲冲地坐到驾驶座上。

吴叮铛抓过身后的小靠枕就朝顾长安砸了过去:"顾!长!安!机票是不用花钱买的吗?你干吗又死回来?"

"不现在回来,难道等到你被那小子骗去做小三的时候再回来吗?!"

"呸!你才做小三,你全家都做小三!我和启……张启书只是普通的好朋友!"

顾长安冷哼一声:"是吗?那你刚才露出那种表情是怎样?"

吴叮铛无言以对,狠狠踹了顾长安一脚,拉门下了车:"随你怎么想,总之我和他什么都没有!"

"喂!叮铛你去哪里?"

"搭车回家!"

"我送你!"

"滚蛋!不用!"

吴叮铛在学校附近七拐八绕,确定顾长安没有跟上来后才默默地坐在了公车站的长椅上。

说她没有想过和张启书会有进一步的关系那是骗人的,之所以她没有对张启书表明心迹,除了因为害羞开不了口,更多是初恋带来的那份恐惧,得到再失去，比从未得到更痛苦。

若她和张启书之间要确切地用些什么来表达，那么相见恨晚这个成语就是最好的形容。

现在的吴叮铛除了上班时间或是陪林明镜外出，剩下的空余时间几乎都和张启书在一起。他们无话不谈，某种程度上可以说是到了心有灵犀，只需一个眼神一个动作就能让对方理解自己心中所想的地步。

就连一直在冷眼旁观的林明镜都笑言吴叮铛已经慢慢沦陷，她却仍旧死鸭子嘴硬，只肯把张启书划分在好朋友的名单里。

但在吴叮铛的心里，是多么多么地期待。

期待一个简单的告白，一双温暖有力的手，一个轻柔的吻。

可如今，却等到了张启书漂亮的未婚妻。

日暮西斜，那一抹最后的灿烂余晖终于消失在天际。看着无声漫来的黑暗，吴叮铛生平第一次觉得自己很寂寞、很无助。她咬着唇，发觉有冰冷的液体顺着脸颊淌落。

她苦笑，原来自己的眼泪还会为除陈嘉泽以外的男人而流。

口袋忽然振动起来，吴叮铛掏出手机一看，是爸爸的电话。

她吸了吸鼻子，尽量用平常的声音说道："喂。"

"喂，叮铛你在哪里？还没下课吗？"

"下、下课了，我在、在打工的地方，你先睡吧。"

"好，那你自己回家路上小心。"

"嗯，我知道了，再见。"

挂了电话，吴叮铛才发现自己的手脚不知何时都已经坐僵了，稍稍一动就麻得紧。她从椅子上站起身想活动一下，却发现不远处的广告牌下站着一个熟悉的人影。

张启书见吴叮铛发现了他也不躲藏，双手插在风衣口袋中朝她慢慢走了过去。

"叮铛。"

吴叮铛低下头，不愿接触张启书的目光："你、你怎么还没回家？"

"我担心你。"

吴叮铛别开头强颜欢笑道:“我很好啊,你快去陪你未婚妻吧,不然她该误会我们两个了。”

良久的沉默,以至于吴叮铛觉得全世界都再没有了声响,没有了光亮,只剩下她和张启书。

只有她和他。

“叮铛……”张启书冰冷的双手轻抚过吴叮铛的面颊,她大惊,刚要往后退就被张启书猛地揽进怀中,“叮铛,我喜欢你。很喜欢很喜欢。真的。”

那层让吴叮铛渴望又惧怕的窗户纸终于被捅破了。只是这句让她憧憬已久的话,如今还有什么意义呢?

……

张启书安静地开着车,吴叮铛则是死死盯着自己的鞋尖不出声,车里除了二人刻意压低的呼吸声外再无其他。

二十分钟后,车缓缓在吴叮铛家门口的停车位上停住了。她正欲开车门离去,张启书突然扑过来摁住了她扣着把手的手。他好看的眉眼距离她不过一公分,近得吴叮铛竟然忘记了呼吸,只是傻傻地看着眼前这个令她神魂颠倒的男人。

“叮铛,我要回台湾一趟。”

吴叮铛点点头,抿着唇不让打转的泪水落下。

“我知道现在我说什么你都不会信,但至少,请给我一个解释的机会。”

按照一贯的做法,吴叮铛绝对是给张启书一巴掌,然后下车摔门而去,这辈子都不会再理他。

可是她却没有这样做。

在心里深处,吴叮铛毫无理由地信任着眼前这个男人,无论他说什么,她可以一秒钟都不考虑就相信他所说的一切。

而这份执着又强烈的信任感,连吴叮铛自己都不知是从何而来。

见她安静地点头,张启书才松手坐回原位,缓缓道出他与杨静檀之间的那段往事。

张启书和杨静檀在台湾是同一个私立初中的学生,杨静檀很漂亮,是许多男生追求的对象,张启书也是其中一个。他不在意杨静檀一次又一次的拒绝,一直追求到他去服兵役那年杨静檀才答应了他。

杨静檀和张启书一样家境殷实,又是独生女,从小被娇宠惯了,难免有些公主病。尽管张启书处处让着她、宠着她,可两个人之间仍是冲突不断,有时为了一些鸡毛蒜皮的小事儿也能冷战上两三天。

两人恋爱不到一年,张启书的父母就做投资移民来了加拿大,尽管有百般不愿和杨静檀分开,张启书还是没有违背父母的意愿来了这里。他的父母答应他,只要拿到公民身份就可以回去,但这中间每一天每一夜的等待煎熬,唯有张启书一个人知道。

他答应杨静檀每年暑假回台湾看她一次,从心里他总觉得自己是亏欠着默默等他的杨静檀的,所以无论杨静檀要什么、喜欢什么,他都会想尽一切办法带回去给她,让她开心。

可得到的,只有一次又一次莫名的冲突和争吵。甚至在张启书待在加拿大的这段日子里,杨静檀连一个电话也没有,哪怕生日或是重要节日,张启书收到众多台湾好友打来的电话,却始终没有杨静檀的。

张启书争辩过、退让过、争取过,可当一次次旧事重提,争吵矛盾升级,张启书只有选择了沉默。他忽然看清了什么,这份爱里,只有他一个人在拼命维系感情,而只要稍有不慎,对方就会扯断感情线,远走离去。

“一段感情里,谁先用尽全身力气爱上对方,那个人就彻底输了。”

是的,张启书输了。

他输得很惨烈,在终于忍无可忍地对杨静檀提出了分手后,张启书一蹶不振,整整半年躲在家里,不愿出门,不肯上课,他在黑暗中用痛苦的泪水修补着破碎不堪的心,即使是现在说起,吴叮铛仍能听出他刻意隐藏悲伤时颤抖的淡漠声音。

那是灵魂突然被洗劫一空的悲悸。

“我曾在网络上看过这样一句话，如果你让一个十分爱你的人为你撕心裂肺大哭一场,那么,从此你在他心中就成了可有可无的人。这话,一点也不假呵。”

在父母、朋友的劝慰下,张启书渐渐恢复成原来的样子,成熟稳重,内敛却不失幽默。

只是生命中有些东西已经再也回不来。

这就是成长的必然与悲哀。

“那现在，你还喜欢她吗？”

张启书转头，静静地凝视着吴叮铛。半晌，他摇了摇头：“静檀是个太深的烙印，在我的生命里永远无法磨灭。我已经没有喜欢的感觉，只是，我放得下，忘不了。”

吴叮铛点头，明白张启书没骗自己。就算现在有人问她是否还喜欢陈嘉泽，她也会很坦白地说，不喜欢了，可是忘记不了他。

每个人的生命中总有那么几个特别的过客，我们必须接受他们留下的痕迹，然后随着岁月的流逝慢慢刻骨铭心，直到死去。

“靖檀这两年多来也一直和我保持着联系，她觉得我当初和她分手是因为她爸爸提出要让我们结婚而让我退却放手，到现在她仍旧想和我复合……”

吴叮铛心里一紧，斜了张启书一眼：“那你为什么不答应？”

“静檀是个好女孩，虽然脾气娇了点，心地却是十分善良的。可我和她，已经错过了。太多事，错过了便是错过了。即使复合，感觉，也已不是当初。更何况——”他伸手轻轻按住了吴叮铛的手背，冰冷的触觉冻得她一激灵坐直了身子，“我已有了喜欢的人。”

吴叮铛自然知道他在说谁，脸上顿时燃开一片火烧云。

“当初开始，我也确是只觉得你可爱，想和你交个朋友。但这一年多来，我对你，已经不能割舍，甚至一天见不到你就坐立难安，想见你，哪怕一面我都心满意足。你信前世今生这些东西吗？我信，我觉得我对你似曾相识，你就像我前世未尽、今生再续的那段缘分。我本不愿这么早对你说这些话怕吓着你，可我怕我今天不说，以后待到百口莫辩之时，你再也不会愿意听我说了。”

鼻间的酸楚一阵接着一阵，吴叮铛不敢转头看张启书，生怕眼泪一个不争气又流出来。手背上的手渐渐握得紧了，耳旁有湿热微促的呼吸，而后一个似有若无的吻便落在耳朵上。

“叮铛啊，我们在一起吧。”

面对张启书温柔似水的目光，吴叮铛无言以对。半晌，她默默地摇了摇头。

“对不起，我相信你说的一切，可我……”

吴叮铛没有说下去，泪水却已控制不住地一颗一颗从脸颊滑落。张启书抬手摸了摸她的脑袋：“回去早点休息吧。我后天的飞机回台湾，大概要一个月才回来。你要乖乖的。”

张启书离开的日子，吴叮铛有生以来第一次明白了什么叫度日如年。秒针走一圈，她却像是过了好几个小时。林明镜自然是从吴叮铛嘴里挖到了整件事的来龙去脉，所以任凭吴叮铛上班发呆做错事她全都不理会，只等她明白自己真正的心意那天。

今天学校提早下课，吴叮铛捧着一盒刚出炉的水果派坐在学校外的公车站长椅上刷微博等车，没承想车没等到，却等来了张启书的前女友兼未婚妻杨静檀。

“吴叮铛。”

长发飘飘的杨静檀穿着一身暗灰色的运动套装，戴着副同色的墨镜。所以说天生的美人坯子就是好，无论穿什么、怎么穿都好看，这样简单的装扮在她身上竟然能穿出一种大明星的气质。

“你、你好。”

“我可以耽误你点时间，和你聊两句吗？”

吴叮铛点头，屁股往旁边挪了挪给她腾出一个位子。杨静檀没有坐下来，只是保持着原来的姿势望着远处。吴叮铛盯着她几近完美的侧脸，忽然觉得张启书的择偶标准真是降低得太迅速了，直接从林青霞落到了凤姐。

可是把自己比喻成凤姐是不是有点过度贬低了？

见吴叮铛发呆，杨静檀摘了墨镜，微微弯下腰来盯着她的脸。

“你讨厌看见我？”

“啊？不是不是！请问，你找我有什么事吗？”

“昨天我和启书在 MSN 上聊了很多，这是我和他分开这么久以来第一次聊了将近三个小时。”

吴叮铛不知道杨静檀为什么还在多伦多，又怎么会知道她今天有课，特意跑来和自己说这些。尽管她感觉得出杨静檀对自己并没有丝毫恶意，但说实话这样的开场白让吴叮铛并没有很大的兴趣想要继续听下去。

"请你不要误会，我今天来找你并不是想要挑拨你和启书之间的关系。启书很喜欢你，我和他从国中就认识了，但这么久以来他对我的全部感情加起来都不及对你的二分之一。我对你说这些是想请你安心，昨天谈过之后我已经真正放下启书了，既然他有了你，我就不会再缠着他不放。尽管我觉得你哪里都没我好，但我希望他没有选错人，希望你值得让他这样喜欢你。就这样，再见。"

说罢她转身就走，吴叮铛赶忙从椅子上站起身追了过去。

"等下，"吴叮铛拦在杨静檀身前，尴尬地看着她湿润的眼眶，心里觉得难受极了，像是自己狠心抢去了别人心爱的东西一样，"谢谢你和我说这些，我，我也是那天才知道你和启书的过往。他、他也曾很深很深地爱过你……就算是现在……"

"我知道，是我当初太敏感，有些任性。伤心的时候没有他在身旁安慰，节日到了没有他陪在身旁，看别人成双成对，自己形单影只好孤独。我其实不用他的礼物补偿，我只是很想他能在我身边，而不是只挂着一个男朋友的头衔。所以常常因为一点小事就起了误会，也许是因为太在乎，想抓得更紧，却反而只能失去……"杨静檀吸了吸鼻子，嘴角扯起一抹牵强的笑意，"如今我看他和你在一起过得这样快乐，我觉得我也该要去寻找属于我自己的幸福了。人嘛，总不能一辈子都困在过去里，苦苦挣扎、郁郁寡欢到最后，结局依旧不会改变。"

"杨——"

"好了，我朋友还在那边等我，先走一步。拜拜。"

"喂！"

杨静檀蹿得跟兔子似的，钻进停在路边的一辆黑色奥迪车里。奥迪风驰电掣地离去，只留下吴叮铛和她手上那盒飘着浓郁香味的水果派。

……

张启书刚到家，沙发还没焐热就听到外头门铃声零零作响。他放下手中的茶杯，下楼开了门。

门外的女孩歪着头，刚及肩的头发随风飞舞着。她背着手，冲张启书吐吐舌头，露出一个调皮的笑容来。

张启书愣在原地:"你……"

女孩嘟起嘴:"干吗,不欢迎我啊? 脸这么臭!"

几秒钟后,张启书的眉梢、眼角都爬满了浓浓的笑意。他张开双臂将眼前这个让他牵肠挂肚的小家伙紧紧拥进怀中。

"叮铛……傻瓜,笨蛋,你这个小傻瓜,一声不吭跑过来,吓死我了知道不知道……"

吴叮铛见两旁有路人,红着脸想把张启书推开:"放开啦,有人看过来了!"

张启书一把将吴叮铛拉进家门,将她的小行李箱放进自己房间里。

"你怎么知道我住这?"

"嘻嘻,之前查 Google Map(谷歌地图),你不是把你家找给我看吗? 我就把地址给记下来了。"

"你,不用上课?"

吴叮铛搔着后脑勺,有些不好意思:"我周四的航班回多伦多,不会错过周五的课程。"

"你这个猪头妹,花一千多加币买张三天的往返机票! 钱烧屁股啊!"

"我……"

吴叮铛欲言又止,咬着下嘴唇整张脸涨得通红。在心里不知道排练了多少次的话,此刻看见张启书却反而什么也说不出来了。

"叮铛,"张启书握住吴叮铛拽着衣角的手,柔声道,"我知道你来干吗,有些话我知道你不好意思说,那我——"

吴叮铛紧张地摇头,竹筒倒豆子似的把话全倒了出来:"我、我有话要说……你走的这半个月我每天都很想你,想我们在一起的日子,想你临走时对我说的那些话。过去的已经过去,现在我想——唔!"

剩下的话全被张启书疯狂的吻堵了回去,什么也不用再说,所有的感情,所有的思念,尽在这一吻之中。

接下来几天,张启书带着吴叮铛到处转悠,开车逛完彰化去南投,再坐高铁去台中和台北。早就对台湾小吃垂涎已久的吴叮铛这下可好好过了把嘴瘾,每天前胸贴后背地出门,肚皮快撑破地回到酒店。

转眼就到了礼拜四，早上张启书帮吴叮铛把衣物和礼物塞进行李箱后就开车带她去彰化一家很出名的阿彰肉圆老店吃彰化肉圆。店里生意特好，再迟来几分钟估计就没座位了。

“启书，你什么时候回多伦多?”

“我改了机票，下周二的航班回去。”

“嘻嘻，再不回去你——”

张启书的手机忽然响起来，他看着屏幕忽然眉头一皱，接起电话指了指桌上热气腾腾的肉圆示意吴叮铛先吃：“喂，妈。”

吴叮铛听不懂台语，只有一边吃肉圆一边看着张启书变化万千的脸。见张启书挂了电话，吴叮铛将一颗吹凉的肉圆递到他嘴边。

“怎么了？表情这么纠结。”

“没有，我妈让我一会儿回家一趟。”

“出什么事了吗？我和你一起回去吧。”

张启书的表情有些为难，想了想还是摇头道：“我先送你上飞机再回家。”

“你每天陪我到很晚才回家，我却没去拜见叔叔阿姨，会不会不太好？”

“没，没关系。他们不会介意的。”

吴叮铛盯着张启书，见他眼神躲躲闪闪不由得奇怪起来：“你……是不是有什么事不好对我说？”

“唉——”张启书见瞒不住，长叹一声也就照实说了，“我爸妈，不喜欢你们这种以离婚为方式获取移民的人，有些……嗯……以偏概全的想法。”

吴叮铛手一抖，肉圆掉进碗里溅了满桌的汤汁：“为什么……我们怎么了？是不是和其他那些看不起我们的想法一样，觉得我们没素质、没钱，净干黑心的事？”

“叮铛，我们不说这个好吗？”

“为什么？如果我不知道你爸妈到底不喜欢哪点，那以后——”

“叮铛！”张启书微微提高了音量，将小碗搁在了桌上，“老一辈的思想几乎都是不抱有好感的。你如果真的要问为什么，我不理解他们，也没有办法答上来。在我眼里，人就是人，没有什么人之分！这种问题继续讨论下去，也许一不小心我就会说到伤害你的话，我不想说！”

其实对于歧视这种事，吴叮铛早就有所耳闻，只是惊讶会发生在自己的身上。

说白了，人就是人，南方人也好，北方人也好，中国人也好，外国人也好，不都他妈的是人吗？一个人的所谓高低贵贱全然不在于他的家世、背景、身份、学历，而是他的灵魂与心。

没有高洁的灵魂，没有一颗向上善良的心，纵然他拥有世上一切又如何？

吴叮铛很想听张启书对自己再说点什么，只言片语，随便什么都好。

可他自始至终都没有开口。

两人各怀心思，没再和对方多说一句话。饭后张启书开车送吴叮铛回酒店拿了行李后直奔机场。候机厅里吴叮铛呆呆地坐在椅子上，张启书一手支着下巴，静静地侧头看着她。时间的流逝让这番沉寂变得尴尬无比，吴叮铛不想在分别前和张启书闹矛盾，便强迫自己露出一个比哭还难看的笑容来。

“我差不多要登机了，你快回家别让你爸妈等，我们下周见。”

“好。你路上小心。”

张启书看了看表，起身抱了抱吴叮铛：“那你自己要小心，到了就给我发邮件。”

“好。”

望着张启书渐行渐远的身影，吴叮铛不觉有些失望。

在期待什么呢？他的解释？他的安慰？抑或他所能给自己的所谓安心的承诺？

飞机即将起飞，温柔的空姐们提醒每个乘客将各种电子产品关闭，系好安全带。吴叮铛正要关机，就见手机提示有新邮件。她见空姐离自己还有一段距离，赶忙点开邮箱查看。

邮件地址显示是张启书的。

叮铛，虽然我爸妈不喜欢，但我会努力让他们接受你。我们一起争取过我父母这关。哪怕只有万分之一的机会，我都会试，都会去争取。

胸膛微微刮过一阵暖风，驱走适才所有的失望与悲伤。很多年后吴叮铛再想起这封邮件上的话，千疮百孔的心中，空荡荡的，连回忆都没有。

原来这动人的语句里他忘了对自己承诺，即使是不成功，争取不到，他也不会放弃。所以在那场惊天动地的大反抗后，张启书还是离自己而去了。

对于吴叮铛和张启书的交往，听到消息的林明镜一副"我早就知道会是这样"的得意表情，顾长安则跟打了鸡血似的上蹿下跳，对吴叮铛又吼又叫，直呼她脑子进水还没完全排干净。顾长安这种严重影响到林明镜清静的举动十有八九都会被暴力镇压，而这次也没能侥幸逃脱她的魔爪，被修理得三天都没出过房门。

在张启书回来的前一天，刚下课的吴叮铛就被爸爸喊去了房里。

"爸，什么事找我这么急？"

吴叮铛推门而入，见爸爸正坐在一堆散乱的衣服杂物间整理着，面色忧愁，一碗凉了的拌面搁在桌上，没有动过的痕迹。

"你坐，把门关上。"

吴叮铛掩上房门，坐到一旁的电脑椅上。

"叮铛，爸要去美国一段时间。可能一年，可能两年，或许更久。现在刚好是月底，我就把我们租的两间房给退了，我问了小华，她说你可以搬去和她一起住。爸爸——"

吴叮铛上课上得头晕，再听老爸这叽里咕噜说了一大堆顿时蒙了："等等，等等，老爸，你让我先缓缓神。什么退了，你为什么去美国啊？"

"……唉，"爸爸放下手中叠了一半的衬衣，伸手摁着紧蹙的眉心，"爸爸被人骗钱了。"

吴叮铛脑袋嗡的一声："骗钱？骗什么钱?！骗了多少？"

"你记得翁达彭吗？"

"翁叔叔怎么不记得，就你常提的那个我们老乡，他不是跟你玩得很好吗？"

"唉——就是他，骗走了爸爸这些年的积蓄。"

"……"

"他要爸爸和他投资一家橱柜公司，说是爸爸出二十万，他也出二十万，爸爸查过这公司虽然规模不算很大，但十分赚钱，想想就答应了。却没想到我给了他钱，第二天不见他人影我才发觉被骗了。这一个月来我打他手机关机，去他住的地方也已经退房了，他朋友、同事都说没见到他……"

"……"

"二叔公在美国开公司，他一直让我过去做事，一年能赚七八万美金，爸爸原先不放心你一个人在这就没答应，现在，却也只有这条出路了。好在你也长大独立了，爸爸不用再操心你。"

"可是……可是那二十万，不是我们准备明年年初买房子的首付款吗？"

"是……爸爸想说多赚些钱，或许能买个更大的房，就直接一次付清，不会有贷款的压力……爸爸真的没想到……"

看着爸爸微白的双鬓，吴叮铛张着嘴却不知该说什么。

"总之，你要好好照顾自己。爸爸有空就会给你打电话。快去睡吧。"

吴叮铛点点头出了房间，想想又转身对爸爸说："爸你别担心，我会好好照顾自己的，你也是。二十万没了就当给狗叼去了，钱会有的，我们一起努力赚，你别自责了。"

爸爸真的老了，那挺拔的背脊如今已然微微佝偻，青丝生白发，额间的皱纹，粗糙干裂的大掌。来多伦多这么久，吴叮铛和爸爸真正相处的时间没有多少，他总是在忙。这是她第一次如此认真地看着爸爸苍老的脸。见爸爸重重地向自己点头，吴叮铛心里像是被人拿刀狠狠捅了一下。

吴叮铛想为爸爸，想为这个家做些什么，可是她可悲地发现，自己根本无能为力……

……

周末林明镜陪吴叮铛送她爸爸上了去美国的飞机后就折返回家，一推门吴叮铛竟意外发现顾长安这厮还在多伦多。

"你小子，不是和我说买了这周二的机票回日本去吗？怎么还赖在明镜这里蹭吃蹭喝啊？"

顾长安从盘子里拿起一颗葡萄塞进嘴中，跷在沙发上的腿一抖一抖，痞子气十足："是有法律规定我不能留在这里吗？"

"我这可都是为你好，"吴叮铛抄起茶几下一本杂志朝他砸了过去，"小心你爸妈联系不到你，又对明镜进行狂轰滥炸让她把你扭送回去。做人要自觉！"

"我早就和表姐说了，从现在开始我要在多伦多自力更生，脱离父母无情残酷的管制！她为了我，还打算下周换电话号码去呢。"

吴叮铛冷哼，鄙夷地斜了顾长安一眼："明镜那是逗你玩呢。再说了，就凭你这大少爷的傲娇脾气想自己在这社会上混，还是趁早洗洗找人嫁了吧。"

"你再说一遍，机器猫同志！"

吴叮铛和顾长安就是天生的死对头，三句话不到就要打嘴仗。三人同居生涯第一晚，二人踩烂林明镜的三支古巴大雪茄，被逼跪方便面三十分钟作为收场……

第二天刚好轮到吴叮铛休息，她喝了杯牛奶当作午饭又懒懒地窝回床上，很快就进入了美梦之中。半梦半醒间听见楼下客厅传来争吵声，吴叮铛认出是林明镜和她爸妈的声音，连忙一个鲤鱼打挺从床上蹦了起来。

刚走出房门，她就撞上顾长安结实的胸膛。吴叮铛揉着鼻子抬头一看，顾长安正顶着一头鸡窝，也是睡眼蒙胧，想来又是玩游戏玩到今早才睡下。吴叮铛猛地将顾长安往房里一拉，悄悄将房门掩上，只留出一条细微的门缝来。

"明镜早上不是去进货了吗……怎么会在家？她爸妈怎么也突然回来了……上次也是这样一声不吭来家里，结果明镜半个月都没回家住。"

顾长安倒在吴叮铛的小床上，抱着留有余温的被子咕哝了一句："表姐和二姨、二姨夫的关系还是这么差啊……"

吴叮铛拍了他屁股一下："你有听见他们在吵什么吗？"

"没有……"顾长安翻了个身，纠结地看着吴叮铛，"我刚要下楼你就出来了。不然我趴门边听听看。"

说罢他起身贴到门缝边，吴叮铛也凑了过去，二人屏息凝神，静静听着楼下的动静。

楼下良久无声，以至于吴叮铛和顾长安都认为林明镜的父母已经离开了。又过了一会儿，顾长安终于忍不住要去看个究竟，前脚刚迈出门就听楼下响起林明镜炸雷般尖锐的声音。

"你们说来说去不就是钱吗？上海和杭州那两家书吧我会卖掉把钱给你们，再多没有！请你们马上离开！"

顾长安吓得缩回脚看着吴叮铛，发现吴叮铛也正一脸错愕地看着自己。楼下关门声一停，二人立刻冲下了楼。

林明镜坐在沙发上，面无表情。满地的碎片，吴叮铛咋舌，认出是她最心爱的那套从意大利带回来的餐盘。顾长安一脚将脚边的碎片踹出老远，不耐烦的双手抱胸问道："二姨、二姨夫没事又跑来干吗？你不是讲他们去环球旅行吗？"

"明镜，你为什么要把上海和杭州的书吧卖掉，那是你辛辛苦苦——"

"晓钟上周去拉斯维加斯赌钱，欠了一屁股的债。"

顾长安皱眉骂了一句脏话，吴叮铛不敢置信地瞪着林明镜："赌博……晓钟……他、他欠了多少？"

林明镜将她写满"疲倦"二字的脸埋在双手间，低声回答道："还了一百万，就算转手两间书吧，我想还差三十万美金。"

三十万……

吴叮铛愣着不知该说什么才好，小时候总觉得大人庸俗，动不动就是钱钱钱。可真到有一天自己长大了才明白，没有钱足以逼疯一个人，与庸俗无关，与现实有染。

纵使你坚强无双，面对现实的残酷，难以负担的天文数字，也依旧会像女强人林明镜这般充满了无奈和疲倦。

"没事，我去打点下那两家书吧的事。你们俩自己出去找馆子解决晚餐吧。"

林明镜拍拍吴叮铛的肩膀站起身要走，吴叮铛拉住她："我陪你去。"

"不用，我没事。再不行，就把剩下的这间书吧也转让了吧。"

她最后的话讲得很小声，转身离开时吴叮铛和顾长安都瞧见她红了的眼眶。可吴叮铛没有拉住她，顾长安也没有。他们都太了解林明镜，她不愿意让任何人看见自己懦弱的一面。

林明镜走后，顾长安突然像是想起什么大喊一声，兔子一样蹿上楼回了他房间。吴叮铛紧随其后，想看他葫芦里卖的什么药。他正满房间乱翻东西，漫画书啊什么的散了一地。

"你干吗，发羊角风啊！"

顾长安没理她，撅着翘臀钻在衣柜里翻个不停。吴叮铛靠在门边看着他像刨垃圾似的从一个LV腰包里翻出一张金光闪闪的卡来，然后又蹦到电脑桌前噼里啪啦一顿狂按。

“太好了！钱到了！”

“喂喂喂，你到底在干什么啊？”

顾长安转身晃着他手里的卡：“我绝对不能让表姐把这间辛辛苦苦经营的书吧卖掉。这卡里有二十六万，剩下的四万我想表姐自己还是能凑到的。”

吴叮铛双眼圆睁，像见了鬼似的瞪着顾长安：“什、什、什么？你哪里来这么多钱？”

“这是我这些年在日本的时候打零工赚的，还有平常爸妈给的零花钱，有剩余的我都攒在一哥们那儿。昨天我特意让他把这些钱给我转过来想当生活费，不过既然表姐有难，这些钱自然是先救急了。”

“看不出来你一大少爷还会打工啊。”

“我家再有钱那也是我爸妈的，他们整天要我学医学法律，没劲透了。我想做自己喜欢的事，而且我要证明给他们看，我做我喜欢的事一样能成功，能赚很多钱！”

“你喜欢的事？是什么？”

“设计师。给娃娃做造型。”

“……”

“哈哈！你看，连你都被惊成这模样，我爸妈更不可能答应了。”

“不是不是不是。”吴叮铛慌忙摆手解释道，“你误会了，我不是鄙视你的梦想，我只是没想到你一个大男人，有这种、这种小女孩的嗜好……”

“吴！叮！铛！”顾长安噌地从椅子上站起身作势要抽吴叮铛，她赶忙连退好几步，离开顾长安的攻击范围，“什么叫小女孩的嗜好？听过 BJD 娃娃吗？知道什么叫人形设计师吗？”

吴叮铛长吁一口气，声音也大了起来：“那你早这样说我不就不会乱想了嘛！自己表达不清楚还怪别人。”

“所以我说你是头不折不扣的猪！每分钟要原谅你八百回才能继续说下去！换衣服跟我出门吃晚饭去！都五点多了！”

顾长安这一说，吴叮铛才觉得肚子饿得咕咕叫，也没力气再和他闹下去，回房随便换了套衣服便和他出了门。

离林明镜小区不远就有家不错的港式茶餐厅，吴叮铛和顾长安刚在位子上坐稳，就见斜对面坐在大圆桌上的七八个女孩朝他们这边张望。

吴叮铛凑到顾长安身旁，小声问道："你认识那几个女的？"

"谁认识她们啊，服务生，这是点好的单子，谢谢。"

"大哥你饿死鬼投胎是不是！你都没问过我想要吃什么就自己点了！"

"你不是爱吃星洲炒米粉、马蹄糕、珍珠糯米鸡、豉汁蒸凤爪、韭菜鲜虾饺、牛仔骨、排骨……"

见顾长安一样没落地数着自己喜欢吃的东西，吴叮铛鼻头一酸，心里涌起淡淡的感动。

"好了好了，饶了你了。哼。"

待到东西都上齐，两人狼吞虎咽，不到半小时桌上就只剩下一堆空碟子。吴叮铛心满意足地抹抹嘴，跟在结好账的顾长安身后出了餐馆大门。

"等、等一下，Kris！"

吴叮铛见有人喊顾长安英文名，忙拉住顾长安停下脚步转身看去。

原来是刚才那几个女孩子。

吴叮铛一撇嘴，狠狠给了顾长安后脑勺一巴掌："你还说不认识，人家女生都知道你名字！"

顾长安吃痛，一脚踹了回去："靠！少爷我真的不认识！"

为首的女孩声音很小，脸上却有着无法掩饰的激动："Kris，你、你怎么从韩国过来了？"

"哇，Kris 本人真的好帅哦！啊！我见到 Kris 本人了！"

"Kris，你可以给我签个名吗？"

……

那几个女生把吴叮铛和顾长安围在中间，个个像打了鸡血似的兴奋无比。吴叮铛最受不了女生这种带着花痴般的尖叫声，刚想从她们的包围中逃出去，却不知道被谁的高跟鞋绊倒，一个狗吃屎摔在了水泥地上。

"哎呀！"

一张口只觉得有腥味漫入喉间，吴叮铛爬起来用手指轻轻碰了碰嘴唇，靠，嘴被磕破了。

顾长安杀出包围，上下检查着吴叮铛的手臂和膝盖："喂，叮铛你没事吧？哪里摔着，磕着了没有？"

吴叮铛摇摇头，背后又传来那些女生的声音："Kris，她是谁啊？你怎么和她在一起？"

"Kris你们的头！拜托你们认清楚人再乱叫好吧！我和谁在一起关你们屁事！"顾长安突然黑了脸，扭头冲那几个女生一阵怒喝，"你们想犯花痴我管不着，但是犯花痴又认不清对象，是不是该考虑配老花镜了！一群疯女人！"

说罢他一个公主抱将吴叮铛抱起来，大步流星地朝小区的方向走去。吴叮铛还从来没见过顾长安这副凶神恶煞的模样，竟也被他吓得半天没敢吱声。

一路无言，一直到进了小区大门顾长安才低头看着吴叮铛。两旁路灯照在他英俊的脸上，映出如雾一般的昏黄温柔。

"怎么都不说话，很疼吗？"

吴叮铛摇头，尴尬地把目光投向别处："你、你刚才好凶，吓到我了……她们也只是认错人，你不用——"

"对不起，是因为她们把你弄摔倒了我才……"顾长安摇摇头，看着吴叮铛膝盖处破了的丝袜说道，"大概皮都擦破了，一会儿回家先赶紧上药。"

"这点小伤没事。"

"你就是这样，别人的事你看得一等一重要，自己的事从来不记挂在心里！我说上药就上药，你少啰唆！"

吴叮铛嘴巴是真心疼得厉害，也懒得再和顾长安争。刚要进家门，就听背后有人喊：

"叮铛。"

这温柔带着磁性的声音，吴叮铛又怎会忘记？她的目光跃过顾长安瘦削的肩头，便看到站在他身后那个面若冰霜的男人。

每每张启书和顾长安这两个男人在同一个时间、同一个地点出现，周遭的气氛就瞬间变得很不寻常。吴叮铛曾很长一段时间内一直误会这两人有着不可告人的秘密基情，而直到后来她才幡然醒悟，原来那些年她是那样地忽略着一个男人深沉而炽热的感情，在他每一次对自己毫无防备地伸出双手与怀抱时，自己却有如一把利刃般狠狠地伤害着他，让他苦不能言、痛不能诉。

吴叮铛有些紧张，习惯性地结巴起来："启书……你今天……不……不是有课？"

张启书快步走过来，虽是对吴叮铛说话，目光却紧盯着顾长安那张失去表情的脸。

"你怎么了叮铛？打你电话也不接，发短信也没有回我。"

"我电话……啊！对、对不起！我刚和长安出门吃饭太急了没带手机……长安，你放我下来，我真没事了。"

尽管伤口疼得吴叮铛龇牙咧嘴，她仍旧卖力地蹬着双腿想从顾长安怀里挣脱出来，顾长安无视她的闹腾，双臂箍得更紧了。吴叮铛像做错事的孩子一般不敢去看张启书，心里只祈祷他别误会自己和顾长安有什么才好。

"叮铛摔倒了，脚受伤，有事回家说。"

顾长安冷冷地对张启书丢下一句话便踹开家门，将吴叮铛抱进去轻轻放在了客厅的沙发上。

"你别乱动，我去给你拿药。"

张启书跟着他俩走进去，随手关上门后便坐到吴叮铛身旁，抬手温柔地将她额前一缕散发挽至耳后。

"疼吗？怎么弄的，这么不小心。"

"没、没什么事了，嘿嘿。"看着张启书那温柔的足以令自己化成水的眼神，吴叮铛搔着后脑勺猛地脸红起来，"你还没回答我呢，怎么这么早就下课了？"

"我想你了。从回到多伦多我都还没见过你。早一秒是一秒，我想早点到你身边陪着你，"吴叮铛一听，既甜蜜又羞涩地伸长脖子在张启书脸上轻轻吻了一下，"五点半我就下课了，本想着带你去吃饭，可打你电话没人接，发短信也没回。我担心你出事，便过来看看你。"

"对不起对不起，我刚才是真的好饿，想说吃顿饭也不会花太多时间。"

"傻瓜，"张启书捏捏吴叮铛的脸，哭笑不得地看着拼命道歉的她，"你干什么道歉，我又没说你什么。你没事就好了。"

"快快快，快用酒精消毒下然后上药，别让伤口感染了。"

顾长安拎着个小药箱，三步并作两步从楼上冲了下来。张启书伸手按住他握着消毒酒精瓶的手道："我来。"

语气虽轻却很坚定。

顾长安没有理会张启书，吴叮铛见气氛不对，赶紧冲顾长安挤眉弄眼，意思让他麻溜地滚蛋，不要杵在自己和张启书中间当亮闪闪的电灯泡。顾长安静静地看着吴叮铛像小丑般表演了好一会儿，眼中忽然流露出一种自嘲的悲伤神色。

只是短短一瞬，还未看得明细便已消失不见。

他将消毒酒精瓶往茶几上重重一放，转身就上楼去了，边走还边大声说道："张启书你真是叫花子想洗桑拿，想法太多。你以为本少爷想亲自给你女朋友上药？她迷死猪的双汇小火腿，也就你这种不开眼的男人才会喜欢！"

"喂！顾长安你想死啊！"

吴叮铛虽感激顾长安上楼留给自己和张启书二人世界，但是也不必进行这么残酷的人身攻击吧！果然是和林明镜有着血缘关系的家伙，两人嘴巴都已是毒到前无古人、后无来者的高深境界……

"好了，叮铛，别乱动。我给你上药。"

吴叮铛像只小猫一样安静地坐在沙发上看着张启书为自己上药，他眼神里的专注和担忧，指间棉棒轻柔地碰触都被时间一点一点镌刻在了吴叮铛心底最柔软处。即使是现在偶尔想起，仍然会为之动容、鼻酸。

上好了药，张启书忽然将吴叮铛轻拥入怀，在其耳旁柔声道："叮铛，答应我，以后无论去哪里，和谁在一起都要带着手机，让我联系得到你，好吗？"

吴叮铛闭上眼，双手穿过他的臂下环住他的腰，顺从地点头道："好，我答应你。"

从吴叮铛对张启书许下这个简单的承诺起，直到如今她的手机永远都是二十四小时开机，再不曾离开过她。只是在后来漫长的岁月里，电话屏幕上再也没有出现过张启书的电话号码。

……

林明镜的书吧很是抢手，才半个月上海和杭州的那两间书吧就以比预期多十万人民币的价格转让出去了。再加上顾长安卡里的钱，这荒唐的弟债姐偿事件总算是告一段落。

为了感谢顾长安的仗义相助，林明镜决定亲自下厨准备一桌丰盛的大餐来犒劳他，而为林大厨打下手的苦逼小妹吴叮铛则被差遣去附近购物超市买饮料和调料酱。

“顾长安这混蛋，宁愿打游戏也不陪我去，饮料重死了……”

吴叮铛拎着一堆饮料和调料酱边走边抱怨，眼见红灯变绿灯，她刚要抬腿过马路就被一只有力的大手拉住了购物袋。吴叮铛被拉得一个踉跄差点摔倒，顿时火从心起回头就要骂人。

“你这人怎么回事啊——一晨哥?！”

拉住他购物袋的不是别人，正是魏一晨。他穿着一身黑色的阿迪达斯运动装，一如既往地把背挺着像穿了背背佳一样，只是显得清瘦了，不如过去那般有活力，整个人看着竟有一种饱经沧桑的感觉。

“呵呵，好巧啊叮铛，在这里遇上你。”

此刻吴叮铛脑子里闪过的都是林明镜的脸，她冲魏一晨干笑道：“是啊，好、好巧。”

“我们找地方坐着聊聊？”

“对、对不起，我要赶着回家。”

“好，没事。那你路上小心，再见。”

吴叮铛冲他挥挥手算是告别，过了马路便急匆匆往前赶。走了还不到两百米，她便发现地上有另外一道影子一直尾随在她身后，而那个影子明显是属于魏一晨的。

吴叮铛猛地站住，回过身去看着双手插在上衣口袋里的魏一晨：“一晨哥，你干吗跟着我？”

魏一晨淡然一笑：“你这小丫头看悬疑剧看多了吧？我也是在回家的路上啊。”

“你……难道你也是住在XX那边?”

“对啊，你也住那吗？”

不行，不能暴露林明镜的住址。

“我，呃，朋友家在那，我只是刚好来朋友家玩。”

"难怪能在这碰见你，我记得明镜说过你和你爸爸一起住在多伦多呢。那，一起回家吧。"

吴叮铛找不到借口拒绝，只好别过脸轻轻地点了点头。这大概是她和魏一晨有史以来最沉默的一次相处。为了打破这尴尬的气氛，吴叮铛从购物袋里翻出一罐可口可乐递给魏一晨。魏一晨没有拒绝，接过去拧开瓶盖，那滋滋冒着气泡的声响中吴叮铛听见他问："华这段时间过得还好吗？"

吴叮铛扭头看他："你很关心明……呃，小华吗？"

"我不可以关心吗？"

吴叮铛垂眸不语，咬着嘴唇想了半晌，还是决定把心中那个藏了许多年的问题给问了出来："一晨哥，我想问你个问题。"

"哈，这么多年了，我以为你会觉得有问题找百度比较可靠，"见吴叮铛耷拉着一张脸没有笑，魏一晨有些不好意思地拍了拍她瘦弱的肩膀，"你知道的，我的笑话一直比较冷。问吧，你有什么问题？"

"一晨哥，你喜欢过小华吗？"

对于吴叮铛的问题，魏一晨没有露出分毫惊讶的表情。他只是看了吴叮铛片刻，然后无奈地笑着喝了口可乐。

"我就知道你要问我这个，八卦的小丫头。"

"我不是八卦！我是很认真、很认真地在问一晨哥你这个问题！"

见吴叮铛表情严肃，魏一晨也渐渐敛了笑容。他的心，那颗被酒精日夜麻痹的心，此刻又疯了似的痛了起来。

"喜欢不喜欢，很重要吗？"

"只是一个答案，这对你来说很困难吗？"

看着吴叮铛倔强的眼神，魏一晨沉默了。

他的肤色还是和从前一样白得很病态，那冲天的头发经过巧妙的发型设计也不再有往昔仙道彰的影子，而是带着一份成熟男人的魅力。

"不喜欢。"

"……"

吴叮铛张了张嘴，却发现发不出声音。她真的很想大声地告诉魏一晨当年林明镜为他做过什么，而这些年林明镜又是如何对他不能自拔，深陷痛苦。

可她说不出口，面对魏一晨这样冷漠的答案，一切都变得那样可笑与苍白。

如果她只是故事的旁观者，看到这一定会拍掌大笑，指着林明镜说她在一厢情愿，这么多年都是搞不清楚状况在单相思，蠢到极致。可偏偏自己是她的挚友，所以此刻吴叮铛只剩下为林明镜流泪的冲动。

进了小区大门，魏一晨指着远处的一排房子对吴叮铛说："我住左拐第三间，九十三号那栋，以后你有事的话可以打电话或者来这找我。"

吴叮铛点头，目送魏一晨消失在茫茫夜色中。直到完全瞧不见他，吴叮铛才慢慢顺着他走过的那条石坪走了过去。

一开家门，顾长安就跟二大爷似的跷着二郎腿坐在沙发上数落起吴叮铛："买几瓶饮料去这么久，你说你这吃货是不是又饿了上哪偷吃去了？"

"偷吃你妹！你不知道饮料很重啊！不懂得怜香惜玉的臭男人。"

"说你弱不禁风你还不承认，天天说自己骨头里长肌肉，我看长的是超市里的冷冻鸡肉吧！"

顾长安嘴里一刻没停地损着吴叮铛，人却已经从沙发上站起来接过了购物袋。吴叮铛没心情和他拌嘴，目光从进门那一刻起便黏在系着 Hello Kitty 围裙在厨房忙得团团转的林明镜。

那件粉红色的 Hello Kitty 围裙是吴叮铛搬进来的时候买给林明镜的，因为她总是嘲笑林明镜不过比自己大一岁的年纪，家里的布置看起来却死气沉沉的，应该多放点可爱又充满青春朝气的东西，心里才会时刻愉悦。

但是林明镜对吴叮铛的举动表示强烈不满，她对于 Hello Kitty 这种无口、无心、无表情的三无卡通形象表示找不到萌点，更严重与她整个高品位的家居装潢产生不和谐的冲突。

"干吗一直看着我？我脸上有吃的吗？"

林明镜放大的脸忽然出现在发呆的吴叮铛面前，吴叮铛吓了一跳回过神来，摆摆手冲她挤出一个笑容："没有没有，我是来回一趟累到了。"

"好了好了，也辛苦你啦！汤马上就来，你快去洗个手准备吃饭吧。"

"好。"

晚饭后顾长安自告奋勇要替林明镜收拾碗筷，林明镜已经很久没这样亲自下厨做过这样五菜一汤外加一道饭后甜点的家庭大餐了，吴叮铛见她有些疲倦地上了楼，便一起帮顾长安擦桌子倒垃圾，待到都忙完了她才慢吞吞地挪到了林明镜房门口。

她敲了敲门，里头没反应。她推门进去，看见林明镜裹着条白色的浴巾刚从浴室里走出来。湿湿的长发贴在身上，这样的她真的是美极了。

当年的丑小鸭，已经完全蜕变成了一只耀眼的白天鹅。

"你怎么了，叮铛？"林明镜关掉浴室的灯和排气扇，拍了拍床铺示意吴叮铛坐下，"从你回来就一副心不在焉的样子，和启书吵架了吗？"

"没有，我和启书很好……"

"那怎么了？有什么事能让我们的单细胞生物忧愁成一条沙皮狗？"

"明镜……你……你之前为什么想买这栋房子？离书吧又远，还挺偏的。"

林明镜起身去衣橱拿了件睡袍出来，边换边说："我还以为你表情凝重想问我什么呢，结果又是这种没有营养的话题……那时候这个楼盘新开的嘛，附近购物商场、餐馆、超市一应俱全，环境也很不错啊。虽然离书吧远了点，但也离我爸妈家远呀。"

"是吗？明镜……我……我今天回来路上碰见一晨哥了。他就住在……"

吴叮铛起身走到窗边，摇开窗子指着对面楼精美的手工木制门牌。门牌在门廊小灯的映照下显示出模糊的"九十三"字样。

吴叮铛看着呆愣住的林明镜，心里早已猜出八九，她的脸上又浮现出自己最不愿意见到的表情，那是藏在心底最深的某处伤口被人无情地揪出，撕得血肉模糊的疼痛。她微张着嘴想说什么，最后只余一声冗长的叹息。

"看来被发现了啊。"

"你怎么这么傻啊明镜?!"吴叮铛关了窗，将夜风阻隔在外，"你明知道跟一晨哥不可能，为什么还要……既然放不下他，还住对门，又为什么不让一晨哥知道？"

林明镜沉默许久，突然蹲下身从床底下拉出一个小收纳箱来。她从箱底翻出一大包东西递到吴叮铛手边，吴叮铛接过一看，眼泪便再也忍不住，一颗接一颗掉在手背上。

那是装着空果冻壳的透明礼品袋，是好几年前风靡一时的水晶之恋果冻。那时候每一个水晶之恋果冻壳上都有一句话，每种颜色壳子有不同的意思，而袋子里几十个果冻壳不是蓝色就是紫色。

蓝色——我只在乎你。

紫色——有你真精彩。

“我总以为，我对一晨来说是特别的，所以我接近他，想永远在他身边让他的日子过得精彩无双，让他知道我也是疯狂地在乎他……”

“所以那次运动会你才……”

见林明镜轻轻点头，吴叮铛的思绪又飘回到初中那年参加的第一场校运会。

当时因为离吴叮铛他们的初一新生期中模拟考还有一个月就到了，大家都在埋头苦读，疯狂地做习题，根本没人去报名参加，无可奈何的班主任只好硬性规定大家每人至少要报两个项目。

迫于无奈，林明镜报了四百米和八百米长跑，吴叮铛报了两百米短跑和一千五百米中长跑。她们两个一向运动细胞都小于等于零，原本想着随便参加些像两人三足啊、带球走啊之类的娱乐性体育活动，可因为是拖到最后才报名的，项目表上只剩下一些对两个人来说很有挑战性的比赛项目。

所谓临阵磨枪，不快也光。

本着既然报名了就要做到最好，就算上场去丢脸也不能把脸全丢光的原则，吴叮铛和林明镜决定放学后去操场上一起练习跑步。

然后剧情就毫无悬念地安排两位丑小鸭碰见了身为田径队队员之一的魏一晨，他和其他队员正在练习百米冲刺，看见吴叮铛和林明镜在操场的草坪旁边傻站着便走了过来。

“稀客啊！你们两个乖孩子下课不回家，怎么跑这里来当电线杆了？”

吴叮铛推了推跟柯南一样的大框眼镜冲魏一晨咧嘴一笑：“嘿嘿，一晨哥，我们报名参加校运会比赛了哦！今天是想来这边练习下的。”

“你们两根豆芽菜竟然也会参加比赛?！我以为你们这样的只愿意去做后勤呢。不错不错，值得鼓励。那你们报的什么项目？”

林明镜有些羞涩地搔了搔头：“我报的四百和八百，叮铛是两百和一千五。”

“一千五？”魏一晨转头看吴叮铛，惊得两颗眼珠子都快瞪出来了，“你这小身板，别跑一半在跑道上断气了。”

“呸呸呸，一晨哥你少看不起人！”

吴叮铛气鼓鼓地瞪着魏一晨，他哈哈大笑，伸出手摸了摸吴叮铛的脑袋。“好了好了，那你们快先去练习吧，我一会儿训练结束了找你们去。”

在这一个月的时间里，吴叮铛和林明镜几乎每天放学都会留在学校练习跑步，魏一晨则是陪她们一起训练，并教她们怎样去控制呼吸之类的小窍门。有了魏一晨的指导，两个运动白痴都进步神速。为了奖励最用功卖力的林明镜，魏一晨每天都会带一颗水晶之恋的果冻给她吃。

就在校运会的前两天，林明镜突然晕倒在小区的停车场里，当时就把吴叮铛吓得魂飞魄散，连扶带拖地将她带去了小区诊所。医生检查后说林明镜的心脏有问题，不能再有任何剧烈的运动，否则可能会休克，严重的话会导致死亡。

吴叮铛一听整个人就傻了，林明镜醒来后却逼她替自己保守秘密："我自己的身体我自己了解，别听医生瞎扯淡。"

"你真了解自己身体的话今天就不会晕倒了！校运会前学校体检时医生就说你心脏可能有问题要你去医院检查，你当时和我说你没事我就没吱声，现在你都晕倒了还说医生是在扯淡！我看你才在扯淡！"

林明镜倔强地别过头，语气生硬："总之我一定要参加这次的校运会，谁也别想拦着我！"

“你有病是不是啊？”吴叮铛看着她苍白的脸孔顿时就发了大火，那是她第一次，也是唯一一次对林明镜生气，“身体都这样了还参加个屁！不就是个破比赛吗，值得你这样不要命吗？”

林明镜没吭声，只是用手指着自家大门要吴叮铛离开。吴叮铛当时气得一跺脚就开门冲了出去，发誓再也不要理林明镜这只不自爱的蠢猪。

校运会是学校借市体育馆举办的，大家在体育馆门口集合点名后由班主任带入指定的区域入座。

吴叮铛一眼便瞧见站在人群里满脸憔悴的林明镜，心里虽然十分担心她，可想起那天她对自己的态度便气不打一处来，见她的目光好像有意无意朝自己这里瞥，吴叮铛便转头只当林明镜不存在。

上午是各班的列队评比，下午比赛才算正式开始。比的项目是各年段的五十米、一百米和两百米初赛和复赛。

凭借那像狗一般的爆发力，吴叮铛很顺利地就拿到了两百米的初赛和复赛冠军。赛后她一个人跑去市体育馆外的小卖部买零食吃，回头发现林明镜不知道什么时候跟过来了。

吴叮铛忍着不和林明镜说话，抱着两袋薯片就往回走。林明镜一路小跑上前拉住了她的手臂，吴叮铛虽然没回头脚步却立马停了下来，生怕一个大力把林明镜给弄摔了。

“别和我生气了，叮铛，我知道你那天是为我好。我让步我投降，我只参加明天四百米这一项，好吗？后天的八百米我找人替我。”

吴叮铛甩开林明镜的手转身瞪着她，气得两眼就要喷出火来：“不！好！别说四百米，就是一百米对你来说也算是剧烈运动，不要以为语气温柔一点我就会答应你！”

“拜托你。”

那是吴叮铛第一次听见林明镜用几近哀求的语气对自己说话：“求求你叮铛，不要去和老师说我心脏有问题好不好？我们一起长大，你应该知道我做什么事都很有分寸，坚持下去也一定有我自己的道理。有一天你会明白的，现在别问，好吗？”

吴叮铛见林明镜那副可怜兮兮的模样心里也很是不忍，可一想到她的身体和医生的嘱咐，自己怎么也不愿意妥协。拿生命开玩笑是吴叮铛平生最讨厌的事，人活在这个世界上，很多无关紧要的事都可以失败再重来，可只有少数几样失去了就是失去了，没有任何挽回的余地。

那就是时间、生命和爱情。

“我就是不明白，你为什么非要这么固执于这场比赛呢？”

“等我比赛完再告诉你，好吗？就这一次，你相信我，我也不会是那种拿自己身体开玩笑的人，我还没有成为一名大画家呢。”

面对林明镜这样的恳求，吴叮铛的心终于还是软了下来：“好了好了好了,就一次。只有明天的四百米,八百米你想都别想。"

林明镜见其答应顿时喜上眉梢,小鸡啄米似的不住点头。可第二天事实证明吴叮铛并不该相信林明镜的话,因为在四百米决赛结束后,获得第一名的林明镜当着全校师生的面晕倒在了跑道上。

后来的几个月里,吴叮铛几乎每隔几天下课后都得押着林明镜去小区诊所里挂吊瓶。林明镜本来跟吴叮铛一般瘦弱的手脚全都青肿着,密密麻麻全是针头扎过的痕迹。

在那个炎热的夏季里,林明镜一直穿着冬天的校服和校裤,只为了遮掩她手上的针孔好不让魏一晨发现。而吴叮铛也一直陪着她穿,以至于很多同学都怀疑她们两个是不是堕落到结伴去注射毒品了。

林明镜望着天花板说:"我想你也早就该猜到,魏一晨就是我固执的那个答案。我想当时我真的是疯了,为了他舍得豁出自己的性命。"

林明镜说得云淡风轻,一副事不关己的模样,好像面对这样的心酸过往她早就习惯,纵使吴叮铛已经因为这段回忆泪流满面,作为当事人的她却依旧微微噙着一抹笑意。

"别哭了傻瓜,只要一晨过得好,我就也过得好。不过说到一晨,我想起来有件事要和你说。"

吴叮铛抹了抹眼泪:"什么事?"

林明镜从抽屉里拿出两张大红的喜帖:"下周日你记得向 Lucas 请假,魏一晨邀请我们去参加他的婚礼。"

魏一晨的婚礼举办得高调且隆重,新娘子就是林明镜刚出国时传给吴叮铛看的照片上那位和魏一晨牵手的富二代白雪公主——庄玫。她穿一身复古蕾丝的鱼尾婚纱,恰到好处的裁剪显出她姣好的身材。从婚礼开始到现在,庄玫一直左手拿着白兰手捧花,右手挽着魏一晨,小鸟依人般幸福地依偎在他身旁。

吴叮铛和林明镜跟别人换了座,坐到角落靠墙的位置上。

这样的场合太热闹了。

热闹得仿佛她们只是两个坐错场地的哑巴,静静地注视着眼前这群人欢天喜地地庆祝着这对开始绕着桌子敬酒的金童玉女。

“祝贺你一晨哥。”

“恭喜，祝你们白头偕老。”

当魏一晨带着庄玫敬酒到吴叮铛和林明镜这边时，她们二人同时向他举杯。魏一晨笑着将杯中酒一饮而尽，庄玫有些心疼地抬手替他擦了擦嘴边残留的液体。

吴叮铛闭了闭眼，心想或许是自己看错了，魏一晨的目光落在林明镜脸上时怎么会有深深的落寞。

林明镜这一天一直都保持着完美的笑容，与她交谈的人无不称赞她高贵典雅。可只有在一旁冷眼观望的吴叮铛才知道，从踏进这个铺着红地毯的地方起，林明镜的心中一直都在承受着残酷的煎熬。

晚上回到家，顾长安正在大厅站在林明镜的瑜伽垫上做瑜伽，本来一路上还闷闷不乐的吴叮铛见到这幅情景顿时笑到满地找牙。

“顾长安，如果不是我也练过瑜伽，我、我百分之一百二十地肯定以为你抽筋或是中风了。哈哈哈哈哈。”

顾长安不以为意：“你这狗嘴里吐不出象牙来的死机器猫。你现在就使劲损我吧，等我屁股翘过你的胸部的时候，你就有得哭了。”

吴叮铛不屑地撇了撇嘴：“切，你一个大男人要那么翘的屁股干吗？是不是上周在哪家内衣店看中了款式，打算买回来套屁股上？”

顾长安抄起脚边一只拖鞋就朝她甩过来，吴叮铛麻溜地往茶几边一闪，拖鞋不偏不倚砸在了身后林明镜的肩膀上。

“啊！”顾长安吓了一跳，“老姐你没事吧？”

“没事啊，”林明镜脸上笑意依旧，连鞋子都没脱就挎着包噌噌噌上了楼，“我先睡了啊，你们也早点睡。晚安。”

顾长安挑了挑眉，凑到吴叮铛身边低声说道：“我姐怎么了这是，神经兮兮的。”

吴叮铛瞪他：“你才神经兮兮的，没事摆个那么吓人的姿势练瑜伽。”

“话可不能这么说，作为一个现代的美男，必须外貌、形体都兼顾。不对，你别老往我身上扯，我姐到底怎么了？”

“你老姐还能为谁怎么了……一晨哥今天结婚，请我俩去参加。”

顾长安最听不得“魏一晨”这三个字，这会儿气得鼻孔一张一张的：“……那小子他妈算个球啊，难道他不知道我姐喜欢他？摆明是欠收拾！”

吴叮铛抬腿往顾长安屁股上一踹：“你嗓门别那么大行不行！死回去睡觉！”

顾长安哼了一声，骂骂咧咧就上楼去了。吴叮铛在楼下喝了杯咖啡后，还是决定去安慰下林明镜。

洗澡刷牙完，吴叮铛走到林明镜房间外敲了敲她紧闭的房门。里头没声音，静得像没人存在一样。吴叮铛一拧把手，发现门没锁。

屋里没有亮灯，隐约瞧见一个黑影一动不动地站在大开的窗子边上。

“明镜，你不睡觉站那里干吗？”

林明镜没应她，吴叮铛走到她身边，才发现她正目光呆滞，眨也不眨地瞧着对面魏一晨贴着大红喜字的家门。

吴叮铛摸索着打开桌边的LED小台灯再看林明镜，她唇边仍带着笑意，脸上却布满了泪痕。

对面房间亮着的灯没一会儿就暗了，与此同时，林明镜靠着墙壁慢慢滑坐在地，抱住双膝将脸埋进手臂里。

“呜呜呜呜呜——”

吴叮铛见她哭了有些不知所措，只有蹲下身紧紧抱住林明镜。林明镜抬头看着吴叮铛，脸上的妆全都花了，一道黑一道白，像马戏团里的小丑一样很是可笑。

可吴叮铛看着这样狼狈的她，眼泪也唰地流了下来。

她是真的心碎了。

马戏团里的小丑一直在耍宝卖笑，可当他真的痛了、哭了，台下又有哪位观众能看清他化满浓妆下那张悲伤的面孔呢？

每次逛商场，我们总会看上那么一两件昂贵到难以承受却又爱不释手的物品，当我们终于费尽心思，掏空腰包将它欢欢喜喜带回家，过一段时间再看这个已经属于自己的物品，其实会发现也不过如此。

而爱情也一样，最好只是远远观望。

那个曾让你爱到发狂的人，后来时光渐渐拨去笼罩在他身上的各种光环，露出他最真实的模样。再后来的后来，你甚至会忘了曾经为什么钟情于他。

爱情只能共风雨，却太难经得起平淡的流年。

人总是有这种犯贱心理。得到就不珍惜了，求而不得的反倒心心念念，视为生命中的无价之宝。

“也许我得不到魏一晨也好，我不想有一天变得不爱他，也不想有一天会忘了我为什么这样爱着一个人。”

林明镜哭着这样对吴叮铛说。而吴叮铛没有告诉她，后来魏一晨也在小阳台上站了大半夜，他还是和以前一样喜欢仰望夜空，哪怕昨晚多伦多这个充满伤心的夜晚没有星星。

吴叮铛想，这是她唯一能为林明镜做的，将有关魏一晨的一切永远隔离在她们的世界之外。

从此近在咫尺，远若天涯。

第三章

如果不能留下，请走吧

If you can't stay, please go away

第二天大清早，大 C 打电话来和吴叮铛换班，顶着两只熊猫眼的她被顾长安拉去超市给家里冰箱补货。

“表姐，今天怎么这么早？”

吴叮铛甩下手里的购物袋正准备换拖鞋，听见顾长安惊诧的声音抬头一看，穿着香奈儿黑色短外套的林明镜正挎着小包从楼上走下来。她扭头再看墙上的钟，九点才过一刻。

“Lucas 打电话来说书吧里有点事儿，我提早去。”

顾长安哦了一声：“那不吃早餐了？我买了你最爱吃的火腿三明治。”

吴叮铛趁两人聊着的工夫，偷偷开了条门缝朝对面一瞅，魏一晨和庄玫好巧不巧正站门口和魏一晨的父母在说话。

“我说，明镜要不先喝点牛奶再走吧？”

林明镜没理会吴叮铛冲她拼命使的眼色，把她往旁边一推就拉门走了出去。站在门边的顾长安一眼就认出对门那个男人是魏一晨，脸瞬间沉得能拧出水来。

“小华？叮铛？”

大概是听见这边的动静，魏一晨转身朝她们这边看来，脸上温和的笑容瞬间变成了震惊和错愕。

吴叮铛有些不知所措，站到顾长安身边讪讪地喊了一句：“一晨哥，嫂、嫂子，早。”

林明镜脸上挂着笑，径直朝魏一晨和庄玫走了过去。

“早啊一晨哥、嫂子，这是要回门呢？”

庄玫笑着回答：“是呀，一晨拖拖拉拉的，都要迟了呢。你也住这啊林小姐？”

“嗯，对啊。想不到我们竟然住对门，我就说昨天怎么会这么巧，对门刚好也有人办喜事，哈哈哈哈。别叫我林小姐，多见外，叫我小华就好。”

“哈哈，那我们可真是有缘分呢。好，那明镜有空要常来家里串门哦，我经常一个人在家，很无聊的。”

庄玫的笑真诚而幸福，林明镜抬手替她捋了捋领口的流苏道：“一定一定，现在就不打扰你们小两口了，我也得上班去了。有空再聊，拜拜喽。”

“拜拜。”

魏一晨从头到尾都没说话，他只是怔怔地看着林明镜走向他，又怔怔地看着林明镜离去的背影。

“一晨哥，嫂、嫂子，再、再见。”

像是谎言被当场揭穿的小孩儿一样，吴叮铛不敢直视魏一晨向自己投来的质问目光。见顾长安追着林明镜去了车库，她也只好低着头小跑了过去。

“姐，你是不是早就知道魏一晨这家伙住这里？”

林明镜发动车子摇下了窗：“你俩有没有买发酵粉和草莓？要是没有一会儿再去便利超市帮我买下。”

“林明镜，你又要漂白牙齿啊？你那牙齿白得都可以当镜子使了，还想白成哪样啊？”

林明镜戴上墨镜：“我乐意。走了。”

顾长安还想再追问，吴叮铛一把扯住他，轻轻地摇了摇头。顾长安看着她，最后无奈地叹了口气。

“为什么这么傻啊？”

……

几个月后林明镜卖了这栋房子，三个人搬去离书吧较近的一个房子里住下了。搬家那天因为三人东西都像米一样的多，搬家公司开了四辆车来，动静贼大，庄玫看见了便过来和她们聊天。

林明镜和她聊了很久，嘚啵嘚啵说的都是一些女人的话题，就像两个闲话家常的邻居大婶。每当从庄玫嘴里听见“我先生说”这四个字时，吴叮铛总是神色黯然垂着头盯着鞋尖看，林明镜脸上却依旧带着如春风般和煦的微笑，好像那个暗恋了魏一晨十年的人是叮铛而不是她。

吴叮铛有些难过地眨了眨眼睛，将眼泪逼退回去。这世界上，最具有杀伤力的东西不是核武器，而是语言吧。

核武器只会夺去人的性命，让人受身体上的痛楚，可语言折磨的是人们胸腔里那个脆弱的灵魂。一句话有时候可以成就某些人的一生，可有时候甚至只需一个字，就可以摧毁一个人曾经所有的信仰。

毁掉一个人的信仰，比毁去一个人的性命更加痛苦。

自己最爱的人，故事最后却成了别人的。

搬新家的第二天吴叮铛负责倒垃圾，在回收桶里她看到了那包装满空果冻壳的礼品袋。

那一刻，吴叮铛仿佛感觉到了林明镜无言的心碎。

面对庄玫无动于衷的林明镜，或许在那个夜晚过后，已经成了一个没有心的人……

就此，魏一晨真正退出了吴叮铛和林明镜的世界。吴叮铛始终有些伤感与不舍，而林明镜，没有任何反应。

她就像一汪平静的死水，失去了青春该有的颜色。夜以继日地设计、画图，她不给自己任何喘息的机会来想起那个让她暗恋了十年的男人，那个自己默默守护，最后却成为别人丈夫的男人。

家里的气氛也一直很沉闷。

顾长安的爸妈出乎意料地没有打电话来追顾长安回日本，但顾长安已经离家将近一年半，号称要靠自己的独立革命却始终没能成功。不是每一个富二代都像电视剧里似的各国语言张口就来，事实上，不务正业、一事无成的富家子弟还是占了多数。

而顾长安虽然态度勤恳，但英文水平还是有待提高，再加上他也没有任何设计学院毕业的文凭，根本就无法找到和设计沾边的工作。最近竟然已经无聊到去参加一个什么圣诞华人歌唱比赛，让吴叮铛和林明镜无语了好几天。

吴叮铛则是一口气报了六门课想追上张启书的进度，每天打工上课虽也是忙得晕头转向，好在张启书经常在她身边安慰她鼓励她，她倒也觉得这些劳累疲乏都是值得的。

转眼又到北风肆虐的十二月。

这样寒冷的天气下，家家户户门前亮起的彩灯丝毫也没给路人带来欢乐和温暖的节日感觉。圣诞节，只属于有家的人。只有有了家，才有圣诞老公公把礼物从烟囱里扔下，才能和家人围坐炉边聊着来年的计划和目标。

而没有归属的人，那些靠着卑微信念讨生活的人，只能缩在繁华城市的光环照不到的阴暗角落里瑟瑟发抖。

吴叮铛打着嗝，靠在摇摇椅上有些昏昏欲睡："平安夜不下雪一点气氛也没有。"

林明镜吃着饭后甜点，看顾长安拿个可乐瓶和扫把在客厅中央用搞怪的方式演唱着比赛歌曲，看他那变化无常的表情绝对比狗血八点档肥皂剧来得有趣得多。

吴叮铛掏出手机给张启书发了个都是符号拼成的可爱节日简讯，却耳尖地听到大门外传来熟悉的简讯铃声。她一个激灵坐起身，和林明镜对看一眼，两人几乎是同时从椅子上蹦起来冲向玄关。

门外站着万分尴尬的张启书和他手里一捧洁白的百合花束。他脚边是用蜡烛才摆到一半的爱心，吴叮铛刚一脚差点没把蜡烛踩扁。

"启书，你、你这是……"

吴叮铛收回脚，目光来来回回在张启书和未点燃的蜡烛之间扫来扫去，她像是想到什么却又不敢肯定，一颗心怦怦怦的像是要跳出嗓子眼。

"蜡烛还没点。"

张启书抱着花突然蹦出这么一句，林明镜在后头很不合时宜地大笑起来。吴叮铛回头瞪了她一眼，警告她不许再露出这种虎姑婆的笑声。

"叮铛，"启书拉住吴叮铛的手将花束递给她，从裤袋里掏出一个深蓝色小方盒，打开来单膝跪地举到吴叮铛面前温柔道，"叮铛，我知道你最不喜欢玫瑰花，所以我用百合来代替这次这个既尴尬又不浪漫的求婚，你，愿意嫁给我吗？"

吴叮铛抱着百合花，看着一脸认真的张启书和盒子里闪闪发光的戒指，顿时大脑一片空白。

幸福来得这样快，这样令人措手不及，她简直就要快乐得晕过去了。

林明镜见她披头散发站在原地傻乐，一翻白眼伸手就往她腰窝子上捅了一下。吴叮铛这才从幸福的晕眩中回过神来，咧着嘴重重点了点头。

背后一声空可乐瓶落地的声音，众人回头，已不见顾长安人影。

……

第二天，顾长安非拉着林明镜和吴叮铛陪他去参加唱歌比赛，那怎是"群魔乱舞，魔音缭绕"八个字就能形容得了的庞大场面，坐在前排的观众听得直捂耳朵。

"我说中国怎么唱歌好听的一抓一大把，敢情吼得跟驴叫似的都送来这里祸害老外了。"

吴叮铛多希望此刻能在张启书的怀里，以未婚夫妻身份度过第一个圣诞节，可惜天不遂人愿，灿烂的大好心情全被她口中的驴叫给叫没了。林明镜从进场开始一直保持着低头浅眠的状态，直到顾长安出场，她才被观众席里一堆女孩子的惊呼声给吵醒。她颇为鄙视地摇着头，花痴真是无处不在啊。

音乐才一响起，林明镜便蹙着眉头凑到吴叮铛耳旁低声道："不对劲啊，在家排练那首什么天皇还是天后的歌小半个月了，怎么突然换歌了？"

吴叮铛也觉得莫名其妙，她抬头看向顾长安，却发现站在台子中央，被灯光笼罩的顾长安也正在望着自己。

吴叮铛承认顾长安是个帅到三百六十度无死角的男人。在彼此目光交汇的那一瞬间，吴叮铛怔住了。

是有过几个不错对象，说起来并不寂寞孤单。可能我浪荡，让人家不安，才会结果都阵亡。

我没有什么阴影魔障，你千万不要放在心上。我又不脆弱，何况那算什么伤，反正爱情不就都这样。

我没有说谎，我何必说谎，你懂我的，我对你从来就不会假装。

我哪有说谎，请别以为你有多难忘，消失真的不是我逞强。

我好久没来这间餐厅，没想到已经换了装潢。角落那窗口，闻得到玫瑰花香，被你一说是有些印象。

我没有说谎，我何必说谎，你知道的我缺点之一就是很健忘。

我哪有说谎，是很感谢今晚的相伴，但我竟然有些不习惯……

现场骤然在顾长安的歌声中安静下来，众人都沉醉在这哀伤到极致的歌声里。吴叮铛发现顾长安那张漂亮得有些妖媚的脸在视线中越发清晰，等到她回过神，才察觉顾长安已经走下台进了观众席。

确切地说，是正在朝自己走过来。

林明镜冷眼瞧着，心头苦笑，现下怕就只有吴叮铛一个人还傻傻的当局者迷吧？

我没有说谎，我何必说谎，爱一个人没爱到难道就会怎么样？

别说我说谎，人生已经如此的艰难，有些事情就不要拆穿。

吴叮铛看着顾长安，忽然心脏像被一只无形的大掌狠狠捏住，疼得嘴唇颤抖，想叫叫不出声，想哭哭不出来。好像这一瞬间，在顾长安带着万千忧愁的眼里，吴叮铛什么都明白了。开着玩笑的告白，深情又带着些许轻浮的生日之吻，自己似乎从未把这些事放在心上，也从未把顾长安这个人放在心里某些特殊的位置。

观众们的视线都紧紧跟随着顾长安，当顾长安在吴叮铛面前站定朝她伸出一只手时，全场观众的视线都落在了吴叮铛的身上。

吴叮铛有些不安地看着他，犹豫了下还是将手放进顾长安掌心里，顾长安将她从椅子上拉到过道上，拥进自己温暖结实的怀中。

没有人发出声响，甚至连呼吸声都刻意压到最低。只有顾长安的歌声，悲伤又压抑的旋律一直在每个人的心头徘徊不散。

顾长安抱着吴叮铛，他闭着眼，唱得很专注很入神。直到顾长安松开吴叮铛冲观众和评委们鞠躬，鸦雀无声的场子里才响起潮水般热烈的掌声，甚至很多人都从位子上站起来为顾长安鼓掌。

“祝你做个幸福的新娘，叮铛。”

顾长安对吴叮铛苦苦地笑了笑后便转身往台子的方向走，吴叮铛突然很想拉住他，可她却没有。

因为她手上那颗闪亮的订婚钻戒，因为她有未婚夫张启书。

“叮铛！”

见吴叮铛紧咬着嘴唇朝会场出口方向大跑，林明镜也赶紧起身追了出去。

吴叮铛靠在会场大门旁的墙壁上喘着粗气，见林明镜追出来，吴叮铛冲她自嘲地笑了笑：“我是不是很迟钝？”

林明镜摇头，抬头望着阴云滚滚的天空。

似乎又要下大雪。

过了十几分钟，顾长安也从会场里走了出来。四目相对，顾长安冷漠的唇角与狡黠的眼神显得十分怪异。

吴叮铛下意识避开他的目光，扯起嘴角干笑起来：“哈哈，走了走了，在这破地方待小半天简直可以和清朝十大酷刑残忍度相比！”

林明镜也点头附和，甩着车钥匙刚走两步就听背后传来顾长安疯狂的笑声。她回头，看见顾长安一个人在原地笑到前俯后仰。

“你们两个，真是……笑死我了！哈哈哈哈！”

林明镜赔了个难得的懒觉已经是极度不爽，现在又被莫名取笑，顿时满心不乐意得又准备脱高跟鞋砸人：“笑你妹啊笑！信不信老娘砸到你脑袋开花！”

“哎哟喂，笑、笑死我了！我不过是为了烘托气氛，你、你和叮铛至于这么苦大仇深地对着我吗？哈哈哈哈哈。”

吴叮铛眼珠子转了转，大概看出了端倪，嘟着嘴有些不高兴：“什么叫烘托气氛？”

“这种比赛不就讲究噱头和气氛嘛，我这一弄，你看全场的人都被我美男顾长安感动得眼泪一把鼻涕一把，说明我不仅唱歌有实力，连表演的天赋都在今天被完美认同了。真是历史性的一天啊！”顾长安左手搂住林明镜右手搭在吴叮铛的肩膀上，“走！我请你们俩吃火锅去！”

“去你妈的，敢拿我开涮！”吴叮铛飞起一脚直奔顾长安面门，顾长安一个下蹲躲开后又笑嘻嘻地搂了上去，“哎呀，你用屁股想也知道，我怎么可能喜欢你这小肥妞嘛——啊?！”

话没说完，顾长安已经结结实实挨了吴叮铛一拳。

上了车，吴叮铛坐在前排依旧和林明镜你一句我一句地骂着。顾长安则坐在后头春风满面地欣赏着窗外飞逝的风景，直到前头二人转移了话题，他才扭回头盯着吴叮铛那张兴高采烈的漂亮侧脸，和她手上那枚闪烁的订婚戒指，慢慢红了眼眶。

我怎么可以让你为难呢?

……

金稻是他们三个最常去的火锅店，进门不用点单，随便哪个服务员都能一样不差地端上他们最爱吃的东西。三人一直从下午四点吃到七点才驱车回家，刚下车吴叮铛就发现林明镜的爸爸林忠强坐在自家门前的台阶上抽着烟。

林明镜停好车，从车库里走出来自然也看见了林忠强。她甩着钥匙从他身旁走过准备开门，在她心里林忠强一向与真空无异，搭理他根本是在浪费自己宝贵的时间。顾长安跟在林明镜身后面无表情地喊了声二姨夫，声音小得像蚊子叫。

“阿华，你妈妈病了。”

林明镜充耳不闻，换上拖鞋就准备上楼。林忠强扔掉烟头站起身大声道：“你妈妈上个月突发中风导致身体瘫痪——”

林明镜打断了他的话：“那跟我有什么关系？你们的宝贝儿子晓钟呢？”

吴叮铛看着烟头在地上闪着零星的火光，她上前一脚踩灭了。

林忠强垂着头深深叹了口气。这一瞬间，他眼角的皱纹和憔悴的脸让吴叮铛想起了远在美国的爸爸。林忠强缓缓地说：“晓钟聚众赌博斗殴，加入黑社会还吸毒贩毒，欠下高利贷两百多万。前天被警察抓住了，我托人问了问，起码要判刑十年以上。”

林明镜听完这才有了反应，转身僵直着背死死盯着林忠强。

“爸爸不能丢下晓钟一个人在国内，服刑期间我得陪着他，有空就去看看他，也要想办法还欠下的高利贷。你妈，就拜托你了。”

“不要。”

林明镜回答得很干脆，甚至没有给林忠强留下商量的余地。林忠强转身扑通一声就给林明镜跪下了。

“求求……你，阿华，过去是我和你妈不好，但现在妈妈需要你，我真的是没办法了，你不能丢下她不管……”

顾长安看了吴叮铛一眼，发现吴叮铛也正在看自己，两泡眼泪在眼眶里不停地打着转。他扯了扯林明镜的袖子，林明镜甩开他的手，三步并作两步跑上楼去。

“姐！姐！”

回答顾长安的只有林明镜重重的摔房门声。他无奈扭头，看见吴叮铛正吃力地想把满脸泪痕的林忠强从地上拽起来。

“叮铛，你帮叔叔劝……劝劝阿华，好不好？”

“好……好……我一定会的。”

吴叮铛再三保证下，林忠强这才起身，几步一回头地离去了。

“我看二姨这中风十成十就是给晓钟那不争气的龟儿子给气出来的。从小就看得出来他不是什么好货，真不知道二姨他们怎么就对晓钟那么上心，反而对老姐不闻不问的。”

“胡说什么呢，没听到叔叔说阿姨是一个月前就中风了吗？算了，我上去看看明镜吧。”

“我也去。”

两人在林明镜门口敲了好一会门，她才把门给开开了。一进屋吴叮铛顿时就傻眼了，一向爱干净简洁的林明镜，此刻房间里却像龙卷风过境似的满地狼藉。

“姐，你这是……”

林明镜没吭声，只是回到床头边捏着张巴掌大的照片继续呆呆看着。吴叮铛捡起地上的书和几本相簿放到桌上，走到她身边看着那张照片。

那是一张上世纪九十年代初的照片，大概是保存得不好，皱褶很多，相片里的人像看起来有些滑稽。

林明镜指着里头的人说：“这是我爸，这是我妈，这是我奶。这个小婴儿就是我。”

相片里的每个人都洋溢着幸福的神色，就连还在襁褓中的林明镜也咧着小嘴甜甜地对着镜头笑。

“从我有记忆起，我就不知道母爱是什么感觉、父爱又是什么样子。他们心里都只有晓钟一个人，而我无论做什么都不会被在意。再大一些，妈妈就专心照顾晓钟，让我去做家务，做好没有奖励，哪怕一个赞许的眼神也从没有给过我。做不好就更糟糕了，换来一顿毒打……”

顾长安心疼地看着林明镜：“姐，别说了……”

“爸出国后，妈妈可能是更年期到了，整个就是定时炸弹一触即发。晓钟跟人打架，满身伤回来妈妈对他暖言相慰，好吃的、好玩的一样不少。可我就算是小测验考不好也会被妈拳脚相加打一顿。打骂对那时候的我来说根本就是家常便饭。妈妈看我的眼神，你们知道吗她看我的眼神，就是恨不得我死了……只因为家里有了晓钟，只因为我是个女的……只因为他们觉得儿子比女儿宝贝，女儿是赔钱货……”

林明镜声音越来越哽咽，大颗大颗的泪水砸在手中的照片上。吴叮铛紧紧握住林明镜颤抖的手，她再也忍不住，趴在吴叮铛肩上号啕大哭起来，边哭边不停地喊着为什么、为什么。

没有人回答，也没有人知道林明镜这么多年是怎么熬过来的。吴叮铛和顾长安只知道林明镜和她爸妈关系很紧张，但谁也没想到原来还有这么多让人无法释怀的过往。

也许上帝总是见不得凡人日子过得精彩漂亮，总是在你最得意最快乐的时候往你软肋上捅一刀，痛得你措手不及，甚至会崩溃、会绝望。

又也许，这世上从来也没有绝对的伤心欲绝。每一次的难过都是为将来的更痛苦做铺垫。当你垂垂老矣之时回头去想，才会发觉这一生快乐总有极限，而悲痛，是万丈深渊。

待到林明镜渐渐止住了哭声，顾长安才哽咽着问了一句：“姐，那、那现在你打算怎么办？”

林明镜抹了抹红肿的眼睛，看着照片沉默片刻道：“卖了。”

“什么？”

“把最后这家书吧也卖了，我还有点积蓄，够给晓钟还钱了。妈妈那边不用请护工，我接她来家里照顾。”

没人会反对这最终的答案，哪怕林明镜那伤痕累累的过往让人心酸。

无论他们曾给予过你多么致命的伤害，始终是一条血脉的亲人。

你有权利说不，可你不能。

第二天，林明镜说要单独去接她妈妈，吴叮铛下班后便飞奔出了书吧，穿着风衣的张启书正站在落地窗外等着她。

吴叮铛一个飞扑上前抱住张启书，张启书宠溺地吻了吻她的发顶。

“累吗？”

“不，好冷哦！”吴叮铛笑嘻嘻地钻上车，“一到冬天就没什么生意了，属于站着白拿钱。”

“呵呵，”张启书也坐上车，从后座上拿出一个包装精美的小盒子递给吴叮铛，“糊涂蛋，一周年快乐。”

吴叮铛嘻嘻一笑，也将手里的大袋子塞进张启书怀里：“一周年快乐！”

“什么啊这么大一盒？”

张启书好奇得不得了，袋子里装了一只蛋糕师造型的懒懒熊，底下是一个用皱巴巴的浅绿色卡通礼品纸包装的大盒子。

吴叮铛看见张启书把那盒子拿出来，顿时脸上燃起一片火烧云。她不好意思地冲张启书吐了吐舌头：“对不起啊，我从来都没用礼品纸包过东西，尺寸没裁对，所以黏起来……”

“傻瓜不用解释这么多，我怎么会去计较这个？”张启书拍了吴叮铛的脑袋一下，举起盒子放在耳朵旁摇了摇，“这里面是什么东西？”

“炸弹！”吴叮铛眨着眼睛开玩笑地说道。张启书无奈，只好动手撕包装纸。吴叮铛的包装真的很烂，才两下便露出里头到处是双面胶痕迹的盒子。他打开盒盖，整个人便愣住了。

盒子里躺着一个以台湾霹雳布袋戏《刀龙传说》里的人物角色黄泉为原型的 BJD 娃娃，十分精致可爱。

“这！”

“嘿嘿，惊喜！”吴叮铛摇头晃脑，颇为得意，“你和我说过你特别喜欢这个角色，我就从国内给你定做了一个黄泉 BJD 娃娃，手脚可以动的哦。”

张启书一下也不知道该说什么好，这礼物太突然太惊喜，他看看吴叮铛又看看盒子里的黄泉，感动得一把将吴叮铛抱入怀中。

“谢谢你啊叮铛，这是我收到的最好的礼物了！”

“那让我来看看你送我的是什么！”

吴叮铛小心翼翼拆开盒子上的金色丝带，打开小盒子一看，原来是枚戒指和银链子，戒指的一面是镂空的，借着车灯一看原来刻的是吴叮铛的英文名。

“这个是我回台湾的时候找人定做的，你可以当项链戴着。”

吴叮铛乐得合不拢嘴，掏出手机对着戒指一顿猛拍，然后对张启书说："帮我戴上吧。"

“好。”

张启书将戒指串在银链子上，温柔地笑着给吴叮铛戴上。

“要永远都戴着哦。”

“好！永远都戴着！”

二人打了勾勾后张启书便一脚踩在了油门上。吴叮铛乐不可支，一路对着后视镜左照右照，看得张启书又气又好笑，直喊她快坐好不要分散自己注意力。

“对了，启书，你和你爸妈说了我们的事了吗？”

见快到家了，吴叮铛便随嘴问了一句。张启书脸色顿时一沉，她暗叫不妙，瞧自己这张贱嘴，怎么就挑今天问起这事来了……

“说了。”

“这样啊，嗯，那、那我先回家喽。一周年快乐，嘿嘿。”

张启书侧头："你不问我结果？"

“如果是好消息，你应该早就告诉我了吧。哈哈哈——”

“对不起……”张启书低头握住吴叮铛的手，“有些成见，不是那么容易消除的。”

吴叮铛点头，脸上的笑容从头至尾都没有减少分毫，只是没人知道这样的笑让她维持得有多艰难有多痛苦。

张启书吻了吻她的眉心："我会再努力的，好吗？"

“好。”

两人依依不舍地道了别,吴叮铛一推门就闻到刺鼻的药水味道。顾长安坐在大厅跷着二郎腿看电视,见吴叮铛皱着眉头便往客房的方向努了努嘴。

“阿姨接来了?”吴叮铛坐到顾长安身边,压低声音问了句。

顾长安点头:“傍晚接来的。除了脖子能动其他地方就是摆设,讲话也不利索了。”

吴叮铛叹气,仰倒在沙发上。外公也是因为中风导致全身瘫痪,最后甚至连意识也没有了,谁也认不得,两年之后就这样撒手人寰。

顾长安从吴叮铛一进门就注意到她脖子上挂着的那枚戒指,心就像颗未成熟的柠檬一样从外酸到最里头。

“你瞧你,手上一颗戒指就算了,脖子上还挂一个,真心像暴发户。赶紧摘了,别出去给我和老姐丢人现眼。”

“说什么啊你!”吴叮铛一脚踹在顾长安大腿上,噘着嘴气鼓鼓道,“是启书送我的,哪里不好看了?你这没品位不会欣赏的家伙,还当设计师呢,给设计师刷马桶还差不多!”

“呸,你才刷马桶,”顾长安假装换台,抿着唇将嘴边苦笑悄悄隐去,“你瞧瞧我们仨,简直就是走投无路倒血霉的典型代表。这么久了我工作还没个着落,等下个月底书吧关了,你跟老姐工作也都没了。”

“明镜就是待在家里都有无数人找她画设计图,我就真的成无业游民了。反正走一步看一步,车到山前自有路——”

“没路只好去跳湖。”

顾长安丢下一句就上楼去了,吴叮铛愤愤地想着现在的小年轻怎么思想都这么消极。消极也就算了,还接得这么押韵。

……

林明镜拒绝了几家大公司的聘请,决定在家里建立自己的设计工作室,既能工作,也方便照顾她妈妈刘凤。

吴叮铛每天上班前、下班后都会去看看刘凤。刘凤清醒的时候吴叮铛便坐床边和她不咸不淡地说几句话。

原本很丰满的刘凤此刻瘦得只剩下一把骨头,只要是醒着嘴唇就一直不停颤抖，眼睛也很无神。她每天都必须得输液，吃得也很少，一天一小碗稀粥或者线面，再也不多吃别的。

林明镜和刘凤的房间是套间，现在她每天都把中间的门开着，坐在自己的房间里埋头画画，每过半小时就去看看刘凤需要不需要帮忙。早晚替她擦次身，三小时换一次尿布，没有一句多余的话。

在她心里，刘凤只是一个应尽的义务，而不是她病中的母亲。

她一直试图去回忆床上这个骨瘦嶙峋的女人的笑容和对自己的爱护。

可她好像已经忘记了。

不，不是忘记了。

是根本没有。

她不敢，也不愿去接触刘凤频频投来的目光。那带着一点点期盼和渴求的眼神是多么熟悉，年少的自己躺在病床上也曾向刘凤投去过一样的眼神，可换来的是刘凤的无视和一句无情的“你必须学着自己坚强”。

而今的林明镜终于长大了，也坚强得能够独自挡下风雨利箭，她是每个人眼中的无敌女超人。可记忆里那个丰满又刻薄恶毒的女人，那个被自己喊作“妈妈”的女人，却戏剧般地倒下了。

……

一个月后，林明镜的书吧正式关门，她卖给了曾经的校友，一个很友好、很热爱中国的印度人，他准备开小型便利超市。

书吧没了，尽管表面上林明镜还是有说有笑好像很无所谓，但大家心里其实都清楚地知道，书吧是她心里的一道口子，就像魏一晨一样，是道很深很长、最好不要再碰触的疤。

顾长安因为长得帅，又进了歌唱比赛决赛而被几个论坛疯狂宣传后开始小有名气。他在比赛中介绍过自己是个 BJD 娃娃设计师，决赛后竟陆陆续续有几家设计公司联系他，他通通面试过去之后敲定了一家日本的 BJD 娃社。此公司在多伦多等许多城市都有小分店，而顾长安是新人，目前的职务就是给娃娃设计各种不同的妆容。

吴叮铛在家待得快发霉了，洗了个澡后便找了个舒服的姿势躺在床上准备和张启书煲电话粥。

"启书,你在干吗呢?"

电话那头张启书的声音很小:"在打游戏。"

"你怎么啦?生病了?说话声音这么小。"

张启书将游戏声音调大了一些:"爸妈在家。"

"爸妈在家怎么了?"

"叮铛,我们上QQ聊吧?"

吴叮铛蜷了蜷身子:"我躺床上呢,不想起来打字,就这样聊嘛。"

"叮铛,"张启书看了看门外,发现老妈江舒柔正在走廊上看着自己,"我说话有点不方便。"

吴叮铛突然想起自己还不被接受的事实,一股无名火就从心底蹿了出来:"张启书!平常你爸妈不让你和我见面也就算了,他们现在不接受我也就算了!为什么连电话也不能讲了呢?就算只是普通朋友也可以聊聊天吧?难道我连讲电话、和你交朋友的资格都不配有吗?"

张启书被吴叮铛吼得愣住了,拿着电话半晌不知道该回应她什么才好:"叮铛……"

"算了!"

吴叮铛气呼呼地摁掉电话,抓过一旁的抱枕狠狠给了两拳。

没过一会儿,张启书的简讯就传了进来。

"叮铛,你怎么了?QQ聊和电话聊不是一样的吗?"

吴叮铛一看更是气不打一处来,QQ聊和电话聊当然没什么区别,但自己生气的是张启书你的态度!为什么你连反抗都不会!

"没生气!我睡觉了,晚安!"

赌气回了简讯后,吴叮铛换了身衣服,披着大衣裹着围巾便出门去了。外头下着鹅毛大雪,吴叮铛没有车,深一脚浅一脚地踩在雪地里,走得老远了她回头借着路灯一看,那一行歪歪扭扭的脚印是多么的孤单。

……

顾长安盯着手机,重复地拨着同一个电话号码。可输入了便删除,输入了便删除,始终没有勇气接通。

反复数十次,他才闭着眼,微颤着食指用力摁下了通话键。

电话拨通了好一会儿才有人听，是个声音很中性的女人："莫西莫西？"

顾长安深吸了口气，说道："妈，我是长安。"

电话那头没有回应，顾长安听到咚的一声，像是什么落地的声音。

"妈……"

"怎么，在你姐那混不下去，终于想起你还有爸妈了？"

顾长安长如鸦羽的睫毛微微颤了颤："妈，我找到工作了。您不要担心。"

那头的声音忽然就高了八度："这会想起我和你爸会担心你了？以前都干吗去了？找了什么工作？"

"设计。"

"设计设计，又是这些有的没的。长安，你也老大不小了，就当是妈求你，给妈省省心，找个安定点的工作，行吗？设计这东西——"

顾长安也有些不耐烦地提高了音量："够了妈，我自己很清楚我在做什么，不需要您来告诉我。你已经安排了我二十三年的人生，以后的路我自己来走！我挂电话了——"

"等下长安！你、你什么时候回来？罗叔叔的女儿从英国留学回来了，她——"

"等我事业稳定了就回去，您和爸照顾好自己，再见。"

顾长安掐了电话，裹着大衣缩坐在长椅上。他不是不担心爸妈，不挂念爸妈，只是现在如果不狠心，只怕回日本去又是被爸妈严加看管，过着如犯人般的日子，被逼去念医学院，再也没机会实现自己的梦想。

稳定的收入固然好，奢华富有的日子固然好，可是，好平凡，好无奈。

没有了梦想，没有了追求，只是一味按照长辈们的想法去活，那么，这样的人生又还有什么意义呢？

不，不能妥协。

再难再苦，哪怕只剩最后一口气也要坚持下去！

"长安？"

这静谧的雪夜中突然冒出这么一声，顾长安吓得差点从公车站长椅上摔下去。待他看清了才发现吴叮铛正站在几步开外，用同样惊诧的目光看着自己。

"叮铛,你怎么会来书吧这?"

"我还想问你怎么会在这里呢。"

顾长安拍了拍椅子的空位让吴叮铛坐下，吴叮铛缩着脖子长叹了一口气:"听说明天书吧就正式动工改成超市了。"

"嗯,昨天听姐提过。她每天忙着照顾二姨,没心思想这些也好。这么多年的心血就这样没了,换谁都不好受。"

"别说她,我在书吧打工才短短两年时间,也已经有感情了呀。真不舍得,Lucas 和大 C 收到消息那天差点都哭了呢。可是不舍得又能怎么样呢……谁让我没钱,什么忙也帮不上。突然这么想想,才发觉自己是一事无成,没车没房没积蓄。自从爸爸去了美国,要不是明镜帮我这么多,我也不知道自己会过成什么样。"

"我也是,"想起刚才妈妈的话,顾长安也是一阵伤感烦心,"来多伦多这么久,如果不是老姐,我怕是早就被爸妈押回日本了。自从上次给晓钟还了欠债,我身无分文,信用卡的欠款也都是老姐每个月在帮我还,很多时候我觉得自己就像是一只寄生虫。"

吴叮铛拍了拍他的肩膀:"好在你现在找到工作了。"

顾长安撇头看她:"你不也是。听说下周一就要去那个优格店上班了?"

"嗯,只是工资不像在书吧这么高。不过有总比没有好,对吧?"

"叮铛。"顾长安突然伸出一只手将吴叮铛搂进怀中。吴叮铛脸一红,刚要推开就听头顶冒出一句,"我承认你是对的,车到山前自有路,一切都会好起来的。"

"嘿嘿,那是!"吴叮铛一听顾长安夸自己立马得意起来,抬着头咧嘴笑道,"以后每一天都会比今天更好!"

吴叮铛的眼睛亮晶晶的，顾长安唯一能想到的比喻物就是天空中闪烁的小星星。他真的很想低头吻吻她长长的睫毛,也很想把她冻僵的小手焐在怀里。

可是他不能。他没资格。

吴叮铛伸出五指在发愣的顾长安面前晃了晃:"你怎么了?喂?!"

"没、没事。"顾长安尴尬地别开脸,不敢再多看吴叮铛可爱的脸,"哎,不如这样吧，我们去家附近那间港式风味店买点卤味、叉烧什么的回家，和老姐一起喝几杯？”

吴叮铛乐不可支地点头，适才的坏心情通通抛到了脑后：“好主意！”

“走！”

雪积得很深，走起来着实很费劲。顾长安回头看吴叮铛像个刚学走路的孩子一样摇摇晃晃地跟在自己身后，心里忽然暖暖的。他拉住吴叮铛的手，大步朝店的方向跑去。

吴叮铛毫无防备，差点一个踉跄跌倒：“干吗啊顾长安！不要拉拉扯扯的，会摔死人的！”

顾长安笑着回头：“谁让你走路跟个老太婆似的，又丑又慢！大步跑才不会冷！跑吧！”

吴叮铛虽已经被顾长安感染得也艰难地跑了起来，但仍嘴硬地应了一句：“跑你妹啊！不跑！又不是疯子！”

在这个北风肆虐的大雪夜里，两人几近疯狂地奔跑在无人的大街上。谁也没有觉得寒冷。彼此的手心里一直都有淡淡的温暖围绕着。他们都知道，只要自己不松手，那温暖就永远不会离开。

在感情方面，男人天生比女人少根筋。

张启书压根就没察觉到昨晚吴叮铛在和自己赌气，第二天一大早就赖在软软的大床上给她传了条简讯。

蛋蛋，早安。你起床了吗？

蛋蛋是张启书给吴叮铛取的外号，是从迷糊蛋简化来的。吴叮铛满肚子的气都在美梦中消失殆尽，被简讯吵醒的她一看是张启书发来的还咧着小嘴，挺高兴。

醒了。你干吗呢？

两人有一句没一句地聊了足足有俩小时，直到一通电话进来，吴叮铛嗯嗯啊啊应了几句后才猛地从床上蹦了起来。

启书，优格店老板刚才打给我。培训提早到今天下午了，哦耶。

张启书一看也挺高兴，起床去厕所洗漱。

爸妈出门了，我今天自由。一会儿一起去吃午饭，老地方见。然后我送你去上班。

吴叮铛工作的地方在多伦多一家非常豪华的商场里，老板、老板娘和经理都是香港人，人都很不错，可惜吴叮铛不会说广东话，只能费尽心思地和他们扯英文。

今天的培训时间为三小时，张启书为了等吴叮铛在商场里到处瞎晃，最后实在无聊到不行便决定去优格店对面的珍珠奶茶店买杯喝的。

这家奶茶店源自台湾，也是全球连锁，一杯加冰加粉打出来的破奶茶也得上十块，爹都坑没了的狠。

尽管这样，队伍还是排得老长，尤以老外居多。张启书夹在长长的队伍中间，四处晃荡的视线被墙上一张招工海报给吸引过去了。

好容易熬完三小时，吴叮铛打电话喊林明镜还有顾长安一起出来吃饭，美其名曰庆祝自己和顾长安找到工作。

林明镜担心刘凤本不想出去，却耐不住顾长安连拖带拽外加威胁，只好确定刘凤在接下来几个小时不会有事后才攥着车钥匙出门了。

“优格妹妹培训得如何？看你一下午老了好几岁啊。”

吴叮铛早被一大堆奇怪的饮料名字给弄得焦头烂额，此刻听顾长安这么说更是有些惆怅：“难倒是不难，就是要记的东西多了些。”

顾长安灌了一口酒，嘴角噙着狡黠的笑意：“哼，是吗？我看没两天你就会被老板来个红烧鱿鱼回家哭鼻子。”

“我看那是你吧！上次陪你去那小日本的公司面试，放眼望去那公司里三分之二是打扮妖异的男鬼子，别回头性取向不正常再把你掰弯了。不过弯了也算不错，以后本小姐也不用再满世界地找男男小说了。”

吴叮铛和顾长安真是上辈子天注定的冤家，两人一见面嘴就跟进化成激光枪似的一刻没停。相比之下，林明镜和张启书安静得有点不像话，一顿饭吃到现在，加起来都没超过二十句话。

张启书抿了一口酒：“Shirley，你妈妈没事了吧？”

“病情很稳定，”林明镜放下筷子，优雅地擦了擦嘴边的油渍，“你课程快结束了吧？”

“是啊，还有三个月就毕业了。”

“毕业之后呢？打算做什么？听叮铛说你打算开家蛋糕店，在多伦多还是？”

“回台湾吧。”

林明镜瞥了眼还陷在激战里的吴叮铛，淡然一笑道：“那叮铛到时候就得千里迢迢和你回台湾去了。不过小丫头从小也很喜欢台湾，估计也能过得很习惯。”

张启书笑笑，没说话，低头又猛灌了一口酒。

然后两个人就没再说话，各怀心思埋头吃自己的。林明镜想的是刘凤会不会需要自己，还有昨天刚接下来的那单复杂到人神共愤的家居设计图。

张启书一想到父母那关还没过，帝王蟹那肥美的肉嚼在嘴里等同是在嚼蜡一般，索然无味。

爸妈的态度是那样坚决，生怕吴叮铛只是为了骗台湾身份，又觉得叮铛去了台湾不能工作，没有医保，五六年都得待在家里，累的是张启书，不仅要养父母，还要加一个吴叮铛。再加上吴叮铛家境不怎么好，保不齐还得再养上吴叮铛一大家子。

说来说去，就是看不起吴叮铛和她家人没钱没地位。

当然这些话张启书一个字都不敢往吴叮铛耳朵里倒，尤其这最后一句。

张启书自然知道吴叮铛不是这样的人，但让思想陈旧的爸妈也和自己一样欣然接受，却比登天还难。

四人一直吃到晚上十点多才各自回家。张启书一开家门，就看见爸妈都坐在客厅的沙发上，妹妹张雨馨站在楼梯拐角处拼命冲自己挤眉弄眼，不停做着抹脖子的动作。

张启书换了拖鞋，用家乡话说道：“爸妈，我回来了。”

张默承看他一眼先开了口，语气里听不出丝毫情绪：“怎么这么迟才回来？”

“和朋友出去吃饭了。”

“和哪个朋友？”

“爸，”张启书有点不耐烦，“你能不管那么多吗？”

“启书！不许和你爸这么说话，”江舒柔呵斥了他一句，“你是不是又和那个叫叮铛的女孩子出去了？”

张启书咽了口口水，有些艰难地承认道：“是。”

张默承终于忍不住，拍案而起，震得茶杯晃了一晃：“说了多少次，没事别和她再出去了。和这种女孩子在一起，你能得到什么呀？小心最后被人家骗了。”

“骗什么骗，骗什么骗！”

张启书也急眼了，从小因为那个叛逆的哥哥，他一直都很听爸妈的话，事事遵从爸妈安排不想让他们伤心，想不到如今就连自己后半生的幸福他们也要插上一手！

“你们怎么就认准叮铛是来骗我们家钱的？她不是这种人！不是每个人都贪钱！你们不要再这么说她了！”

“你小子胳膊肘往外拐得挺快啊？她给你下什么迷药了?！你要记得前车之鉴！”

“不是每个人都这样！你们能不能不要以偏概全？你们连见都没见过她，就下这样的定义是不是太过分了点？”

“过分？我们可都是为你好！那女孩家要钱没钱，要权没权，连她爸来加拿大都是用见不得人的假结婚方式，以后结婚了怎么办？跟咱们回台湾？吃咱的住咱的用咱的？她能给我们家带来什么？以后累死你！”

张启书一声怒喝，拔腿就走：“够了！不要再说了！”

“儿子！”江舒柔上前拉住准备上楼的张启书，“爸妈都是为你好！你自己好好想想，想清楚，结婚是一辈子的事，跟谈恋爱不一样。以后再反悔，可就来不及了呀！”

张启书沉着眸半晌没再说话。

他，不想承认，不愿承认，可是心底被爸妈这样的话一浪接一浪地冲击着，似乎有些动摇了。

……

上班让吴叮铛的日子再次变得充实，和新同事们之间相处得也十分融洽。唯一的缺点就是每周上班时间不固定，导致她休息时间混乱，额头上冒出了几颗象征青春勃发的小痘痘。

"叮铛，我差不多走了，中午得去接我儿子。"

老板娘从办公室里走出来，她留着一头齐耳短发，干练的打扮，女强人的气场十分强烈。吴叮铛笑着点头，两人又用英文闲聊了几句后，老板娘便挎着她的爱马仕，踩着高跟鞋噔噔噔地离开了。

冬天早晨几乎不会来客人，吴叮铛悠闲地补着货，眼睛时不时地瞄着正对面的奶茶店，想着休息时该过去点杯什么喝喝。

一个熟悉的身影忽然跃进她的视线之中。

她手一颤，半箱冰冻的酸奶直直砸在脚尖上，疼得她抱着脚在店里蹦个不停。

林明镜看着满地被自己揉烂的设计图草稿，心情简直比来大姨妈还烦躁，一头柔顺的靓丽长发早就被抓成了鸡窝，乍一看跟炸毛的狮子似的。

"姐，我回来了！姐！"

顾长安兴奋的声音由远而近，林明镜抬头一看钟，才下午一点。

"怎么……"她起身开房门，却发现顾长安还带了个染着白毛的长腿小帅哥回来，"这人谁？"

顾长安笑笑地拍了拍长腿小帅哥的瘦削肩膀："这是我同事Jacky，日本人，跟我同时被聘请到公司的。"

林明镜哦了一声，冲Jacky露出一个优雅的笑容。

Jacky也笑着打了声招呼，林明镜细细一打量，对方长得确实是迷倒万千少女，和顾长安且有一拼。顾长安此刻满脸堆笑，林明镜早已从他光洁的额头上看清那几个豆大的字：非奸即盗。

"姐，Jacky能搬来和我们一起住吗？"

林明镜眉头一蹙，忍住了蠢蠢欲踢的右脚："你说什么?!"

"Jacky现在的房东女儿要结婚了，他们要所有的租客提前搬走，我和Jacky是同事，住一起也——"

"你是嫌我们家人还不够多？"

顾长安笑得越发讨好，还做撒娇状摇了摇林明镜的手臂："人多才热闹嘛！"

"我可不觉得多个小鬼子有什么好的。"

"姐,你怎么也学着歧视人了?"

林明镜剜他一眼:"小日本是人?"

顾长安有些不高兴了:"姐!"

林明镜理也没理他,哐的一声就把房门给关上了:"随你便。"

歧视小日本这事儿倒真怪不得林明镜。上小学五年级的时候她和其他十几个被推荐的同学代表全校师生欢迎日本学生来校参观。

那些日本学生表面上谦和有礼、笑容可掬,背地里却三五成群,叽里咕噜直用日文说中国怎么怎么破、学校怎么怎么烂、中国人素质怎么怎么差劲。

林明镜因为动画片而喜欢上日本,从小就和顾长安一起去上日文班,当时她的日文可以说比中文还要溜。可到底骨子里流的是中国人的血,这让她撞见说祖国母亲坏话的怎么能够忍得住。老师怎么教育的来着?士可杀不可辱,拼了!

结果林明镜为这件事付出了三颗牙的沉痛代价。而那群小日本则露出得意的嘴脸,冲满嘴滴血、被校领导怒气冲冲领走的林明镜用日文来了一句:去你妈的。

从此,林明镜对日本人的好感荡然无存。说不上歧视,但大部分情况下绝不主动理睬。现如今有个日本人在自己眼皮子底下成天晃悠,她能不闹心吗?

商场地下停车场。

吴叮铛瞪着眼前穿着红色制服的张启书,又好气又好笑,一张脸上表情变化万千。

张启书像是个做坏事被撞破的孩子般低着头,不时拿余光瞥一眼吴叮铛。

"看什么看!"吴叮铛一脚踹在他膝盖上,"你疯啦?好好大少爷不当跑来做什么奶茶店吧台?"

张启书撇嘴:"大少爷就不能打工?谁告诉你的歪理?"

"至少不是在这种地方打工吧,让你爸妈知道了铁定少不了一顿男女混合双打。"

张启书耸肩,一脸无所谓:"我已经和他们说了,他们没发表任何意见,锻炼锻炼也没什么不好。"

吴叮铛盯着他的脸，似乎想从他脸上找一丝撒谎时的可疑表情。

"你不愿意我在这里？我只是希望能有更多时间看到你，和你在一起。"张启书小心翼翼地将吴叮铛揽进怀中，吻了吻她的眉心，"我暂时还无法说服我爸妈，我只能用这样的方式来和你多见几面。哪怕只有一分钟的时间能待在一起也好。"

吴叮铛闭了闭眼，心里微微泛起一丝涟漪："我没不高兴，我只是……"

"嗯？"

她摇头："没有。"

我只是很感动。

吴叮铛没说出口，她生怕一脱口而出，随之而来的就是喷涌的泪水。张启书紧了紧手，在吴叮铛脑门上印了深深一吻。

"走吧，我送你回家。"

……

Jacky就这样在林明镜家里住下来了。

吴叮铛听说家里来一日本小帅哥，乐得半夜就想去扒人家房门偷窥，被顾长安一拖鞋拍回房间，直言女人不能没有节操。

于是接下来的八个多月里吴叮铛愣是没有瞧见 Jacky半面，她把这些错全归功于顾长安，恨得牙痒痒。

要说吴叮铛这个人，大毛病不多，小毛病不少，尤其是她奇弱无比的体质让每个认识她的人无不觉得无语至极。

三周一感冒，俩月一发烧，就连刚开始一直为吴叮铛紧张担心的张启书到现在也都有些不以为意了，听见她病了也只是发几条信息要她好好休息、多喝热水之类的。

这天早上吴叮铛一起来就很不惊喜地发现自己像是在桑拿房蒸久了似的昏沉沉的，当下条件反射抓过体温计一量，三十八度六。

她躺倒在床上长叹一声："苍天为何如此待我！"

打电话去店里向老板请了假后，吴叮铛准备起来去找林明镜报告自己的病情。结果一敲门，发现林明镜不在家，再看刘凤的房间，也空无一人。

"奇怪,人都到哪里去了?"

她郁闷地转身准备回房,却被眼前一张无限放大的人脸吓得尖叫起来。

"啊!有贼啊!"

那张脸十分耐看,完全符合吴叮铛对帅哥的所有标准。脸的主人也十分谦和有礼,尽管吴叮铛这样大吼大叫的没一点淑女形象,他却没有露出丝毫厌恶的神情来。

"对不起,吓着你了。"

脸的主人用一口夹杂着日本口音的英语对吴叮铛说道。

吴叮铛这才脑子一声轰鸣反应过来,家里还暂住着个日本大帅哥。

"Jacky?"

"你好,你就是叮铛吧?"

"嗯,你好。"

两人握了握手,尽管脑袋沉得像顶了个千斤顶,吴叮铛却依旧不改屌丝本色,誓要和帅哥多说上几句话:"今天没上班吗?"

"是的,我要在十一月底参加一个设计师的比赛。公司给安排了培训课程,现在要和 Kris 去上课了。"

"这样啊,"吴叮铛摸着下巴若有所思,尽管她觉得此刻自己就像一只水母,全身软绵绵的已经快要支撑不住了,"你们公司的人都要参加吗?"

"是的,所有不是正式设计师的员工都可以报名参加。赢得这场比赛就可以成为公司正式的设计师,设计属于自己的娃娃。"

"听起来很厉害的样子,"吴叮铛赞许地点点头,冲他伸出一只手握了握拳,"干吧爹。"

"干吧爹"是日语加油的意思。吴叮铛的日文烂得可以,就这句简单的还是从顾长安那老费劲学来的。尽管发音有些不伦不类,Jacky倒是听懂了,漂亮的眼睛笑得弯弯的,像两轮新月。

"死女人,你还不去上班吗?"

顾长安的声音冷不丁从背后冒出来,吴叮铛被吓得一激灵,回头骂了句:"靠,你走路是用飘的吗?出点声会死啊。"

顾长安走过来甩了吴叮铛后脑勺一下:"大声走路被骂怪兽,小声走路被说像鬼，你这死机器猫敢不敢再挑剔点！”

“我……”

吴叮铛话还没说完就觉得胃里翻江倒海地恶心，她捂住嘴，跌跌撞撞奔去走廊尽头的厕所关上了门。

顾长安追过去，趴在门上只听见吴叮铛在厕所里不停干呕的声音。他一张脸忽然沉得能够滴出水来，双手插在裤袋里一言不发。

吴叮铛漱了漱口，吐完之后不但没觉着好受，头反而更加昏沉了。一开厕所门，整个人就撞进了等在门口的顾长安怀中。

吴叮铛闻到顾长安身上那熟悉的香水味，管不住自己的嘴又开始损他："杵在这里干吗？当茅神啊！"

顾长安手抚过她光滑得像绸缎般的头发，声音低得几乎连自己都听不见："你怎么突然吐了……是不是……有了……"

吴叮铛一句"有你妹"后两眼一闭，晕倒在了地上。顾长安一摸她额头才反应过来她又发烧了，当即一个公主抱将吴叮铛抱回他房里，盖好被子，拿了小冰袋敷在她额头上降温。

Jacky从门外探头进来用日文问道："Kris，叮铛没事吧？"

"嗯，应该没事……"顾长安坐在床头，心疼地看着吴叮铛，"又发烧了。"

Jacky点头，冲顾长安晃了晃手表："我们走吧？时间差不多了。"

顾长安这才想起自己还有课，可看着小脸烧到通红的吴叮铛怎么也放心不下。他盯着窗外足有好几分钟后才开口对Jacky道："算了，我不去了。你快走吧，别因为我迟到了。"

Jacky有些迟疑："可是……"

"没事的，"顾长安扭头对他笑笑，"缺一节课也不会怎么样。"

Jacky见他如此坚定，便也不再说什么，道了别后就关门离开了。顾长安一下又一下地捋着吴叮铛的头发，她的睫毛微微颤抖着，像是在梦里遇见了什么恐怖的东西，害怕得像只受惊的小鹿。

顾长安怎么也舍不得移开自己的视线，只有在这样的时刻，他才拥有多看她一眼的资格。

他就一直这样静静坐到了下午，见吴叮铛不停翻身有要醒的迹象，便打算下楼去给吴叮铛煮点粥。

经过吴叮铛房门口时他听见吴叮铛的手机在响，进去电话声便停了。顾长安拿起一看，二十几个未接来电清一色是张启书打来的。

他眸色一沉，拉开抽屉将手机扔了进去。

吴叮铛睡到下午五点多才醒来。

"你醒了。"

最后一抹晚霞将天空渲染得分外美丽，昏黄的余晖从窗外照进来，将床边坐着的那个人笼在暮色沉沉的光线中。

吴叮铛以为是顾长安，刚要开口喊却觉得不对。定睛一看，人立马便清醒了过来："启、启书？"

没错。

坐在床边的人正是张启书。

他神色黯然，平日里含着深深的温柔的双眸此刻只剩下疲惫和一些不知名的情绪。

"启书？你怎么来了？什么时候来的？怎么没叫我呢？"

"刚来一会儿，顾长安给我开的门。我见你睡得沉，就没喊你。人还是很难受吗？"

"好多了……"吴叮铛勉强坐起身，拉着张启书的手臂晃了晃，"你怎么了？好像不开心？"

张启书看着窗外，天边已经隐隐有了一丝夜的墨色："哪有，你想多了。"

吴叮铛才不吃他这一套："不许骗人，快跟我说怎么了。"

"真的没有。"张启书爱怜地将吴叮铛散在额前的发往后拢了拢道，"叮铛，要好好照顾自己知道吗？别总是生病，我照顾不到你，该有多担心啊。"

"这话说的，"吴叮铛习惯性地噘嘴撒娇起来，"生病多难受多痛苦呀，又不是我自己要生病的……"

张启书笑，却凭空多了几分晦涩："呵呵，你知道就好啦，得好好照顾自己、爱自己，把自己养得白白胖胖。"

"我才不那么笨呢，白白胖胖像只小猪似的你就不要我了，哼！"

张启书低下头没说话，拉过吴叮铛握着自己小臂的手紧握在掌心中。吴叮铛满眼疑惑地看着他，她从未见过张启书这副死气沉沉的模样。

“启书，你——”

“我要回台湾了。”

“……”吴叮铛被这突然的一句弄蒙了，结结巴巴地问道，“回去，多久？”

张启书不敢看吴叮铛的眼睛，深吸了口气回答道：“我也不知道。”

“不……知道？什么意思？”

“外婆突然中风了，我和爸妈要回去看她，照顾她。”

“这样啊！”吴叮铛提到嗓子眼的心又稳稳落了回去，大大喘了口气，“吓我一大跳，还以为你再也不回来了呢。”

张启书舔了舔嘴唇，终于抬起头，好看的眼眸里此刻已然充满泪水。

“叮铛啊……我们……还是做……朋友吧。”

夜幕悄然降临，张启书的脸藏在阴暗中，竟是怎样都看不清。他苦笑，自己竟然真的说出口了，原来，还可以这样残忍的吗？

这一句话恍若当头棒喝，吴叮铛瞧着张启书，呆若木鸡。

“朋友？为什么？”

“爸妈……说什么也不答应我和你在一起……妈妈为了我们已经很久没睡个好觉了，爸爸也得了抑郁症，我、我不能这样对他们……”

吴叮铛一颗心沉甸甸的，有些喘不过气来：“那你就忍心这样对我？”

“叮铛……”

“你不是说不会放弃的吗？”

“对不起。”

吴叮铛声音里带着哭腔，眼巴巴地望着张启书，希望他刚才不过是和自己开了个过火的玩笑：“你说过我们会永远在一起的，你说过你不会放弃我的呀。”

“叮铛，你别这样。”

眼泪就快要抑制不住，吴叮铛紧紧咬着嘴唇：“那你告诉我，我要怎么样？”

张启书再次低下头，摩挲着掌心中的那只小手。吴叮铛一哆嗦，将手狠狠地抽了回来。

"叮铛,如果是你,你会怎么样?你告诉我,我能怎么做呢?深爱的人,养育多年的父母,你要我选谁?放弃谁都是痛……"

"我没有要你放弃你父母啊,我们慢慢——"

张启书突然提高了音量:"他们不会接受你的,你怎么就是不明白呢叮铛?他们讨厌你们这种人!他们绝对不会接受!"

"……"

吴叮铛愣愣地看着张启书,几近反常地咧嘴笑起来:"嘿嘿,所以之前那些为我义无反顾的话,都只是哄我的,对吗?"

"不是,叮铛对不起,我不是——"

"不对,你,你没错,你从来也没说过不放弃我……所以,在这场爱情革命中我从一开始就注定是失败的那个。无论发生什么,我永远是第一个被你放弃的炮灰,只因为我这么爱你,你可以对我为所欲为,不用理会我的心情,是不是?"

"……不是的……根本不是这样!不要说了,不要再说了!"

张启书狠狠搂住吴叮铛,眼泪再也止不住,一颗颗从眼眶滑落。吴叮铛很想挣脱开他,想狠狠打骂眼前这个懦弱的男人一顿,可她没有。

她只是靠在张启书的怀里默默流泪,为自己和张启书的过去还有未来流泪。她从没有想过自己的爱情会败在可笑的门当户对上。

原来,在自己的理想世界里,万能的爱情是如此不堪一击。

所谓能够排除万难的爱情,只需现实勾勾小手指就足以湮灭。

这么多年来,自己对爱情抱有的所有幻想不过是场幼稚的坚持而已。

夜幕终于完全笼罩了整个城市。没有开灯的房间里伸手不见五指,吴叮铛仿佛感觉到自己全身的血液在一点一点、一点一点地凝结成冰。

"你走吧……"

张启书环着吴叮铛的手臂微微颤抖着,越揽越紧。他不想松手,他真的不想。可是,谁来告诉他,他又能怎么做……

吴叮铛的声音缥缈似烟:"如果你真的不能留下,就请走吧……"

听见这句话,张启书终于无力地松开了手。

他站起身,每迈出的一步都用尽所有力气,那么艰难。

拉开门，走廊的灯瞬间照在他身上，随之而来的是一只毫无预兆的拳头。

顾长安不理会吴叮铛的劝阻，拽住张启书的领子又是一拳挥在他的脸上。张启书没有反抗，低着头，眼神空洞地看着地板。

脸颊传来隐隐的痛楚，嘴边依稀有血的咸腥味让张启书想哭。脑海里，挥之不去的全是吴叮铛那双带着泪光和绝望的眼。

耳旁顾长安在愤怒地咆哮，好像被抛弃的不是吴叮铛而是他："你这个孬种！乖宝宝！反抗不了父母，难道连我也不会反击了吗？"

吴叮铛疾步冲过去，挡在张启书身前张开双臂，老母鸡护小鸡崽似的拼命冲顾长安摇着头。冰凉的泪水甩在顾长安脸上，他却觉得像被一把利刃狠狠划过。

紧握的拳头硬生生停在半空中，此刻的顾长安像只被激怒的野兽，瞪着眼前紧咬嘴唇望着自己的吴叮铛。

她的眼泪，她的坚定，从来都不是为了自己。

从来都不是！

吴叮铛避开顾长安那双就要喷出火的眼睛，几不可闻地说了句："别打了，我……我求你。"

顾长安直到此刻才知道原来心真的可以这么痛，痛到让人难以忍耐，恨不得掏出来弃之不要。他缓缓垂下手，一张口却发现自己早已哽咽："从小你就很倔强……今天你……为这种人，求我？"

吴叮铛双手紧紧按在顾长安的胸膛上，披肩的长发垂落在两侧看不清她的脸，也看不清她的表情。

张启书反手一拽将吴叮铛拉到自己身后，仰头闭上眼对顾长安说道："你不用求他。是我混蛋，活该被打。"

顾长安瞪着张启书，恨不能一拳过去打爆他的头。可是适才胸膛上传来的力量早已像千斤巨石压在胸口，紧紧缠绕着他的心脏，让他就快要窒息而亡。

他僵硬地垂下手："给我滚，不要再让我看到你。"

吴叮铛跌坐在地上，她很想质问张启书为什么要这么轻易放弃，她很想问张启书是不是已经没有回转的余地。

可最终，她还是低头选择了沉默。

张启书僵直着背脊，慢慢地从吴叮铛身旁走开了。他承认，自己懦弱、胆小、没用，面对父母几近强势的分手逼迫，他除了妥协不知道还能做什么。

要为吴叮铛放弃父母养育二十多年的恩情，他做不到，他真的做不到。

他多想告诉吴叮铛他一定会努力，会想办法继续说服父母，让他从台湾回来找她，可话到嘴边连自己都觉得可笑。他不会再给这个深爱自己、自己也同样深爱的女人许下什么承诺，他宁愿此刻吴叮铛对自己彻底死心。

如果将来有一天自己会为今天所做的一切后悔，那么他愿意承担那份噬心的痛楚。

顾长安蹲下身，揉了揉吴叮铛的脑袋："去躺着好吗？地板凉，你病还没好。"

吴叮铛顺从地点了点头，站起身躺回了床上。顾长安随她走到床边想说点安慰的话，吴叮铛却一把将被子拉过蒙住了脑袋。

"那……你好好休息。晚安。"

吴叮铛听见关门的声音后慢慢将被子拉了下来。

失恋没有预兆地发生，令她措手不及。她木然地看了一圈房间，床头边满满摆着张启书送给她的一堆娃娃，书桌上摆着张启书亲手做的一只机器兔子，还有张启书送给自己的书，送给自己的生日礼物，这小小的房间里处处是属于她和张启书的回忆，躲不开，逃不走。

东西都还依旧如初，可送它们的那个人呢？为什么说走就走了呢……

自己到底做错了什么……

不是台湾人有什么错？家里没有钱又有什么错？不是每个人天生就像张启书一样可以当上富二代。就算爸爸不是用正当的手段来这里，但如果在国内还能生存得下去，赚的钱足够养活家人，谁又愿意背井离乡来这里？

而且不管是爸爸还是自己，哪一分钱是昧着良心赚的？就算家里的积蓄连张启书家产的十分之一都不到，但那些都是自己靠双手努力挣来的。

凭什么看不起，凭什么被歧视，凭什么！

吴叮铛越想越委屈，鼻子一酸又失声痛哭起来。她的人生观在张启书离她而去的那一刻完全崩塌了，她一直以为相爱是两个人的事，她一直以为爱是世界上最坚强的一个字，她一直以为爱是能够阻挡一切风雨、抵抗一切外来侵害的终极盾牌。

可以为终究是以为。

爱根本就是个脆弱得不堪一击的玩意儿。一颗血淋淋的真心，竟然比不过金钱和身份。

抽屉里的手机突然零零作响，吴叮铛拿出来一看，是张启书发来的简讯。

对不起。

吴叮铛看着这简短的三个字，忽然傻傻地笑了起来。她飞快地按着键盘，回了一条简讯过去。

启书，我知道你现在很为难。我会等你的，没有关系。我知道你也还没有放弃我，今年的平安夜我会在老地方等你，你一定要回来！

秒针滴答滴答，不知疲倦地转了一圈又一圈，手机却再也没有响起……

难得早睡一天的林明镜大清早就被厨房一阵剁东西的声音给吵醒了。她睡眼惺忪地走进厨房，顾长安正操着切肉的大刀几近疯狂地剁着洋葱。

"顾长安，你又在发哪门子疯！现在才五点半好吗？吵得老娘头疼死了，"林明镜攥住顾长安握刀的手腕，没好气地斜眼瞪着他，"不知道的还以为我们家改成杀猪铺了！"

顾长安扔下刀，转身就想走。林明镜紧攥住他手腕不放："你怎么了老弟？"

"没事。"

"眼睛都肿成这样了还叫没事？"

"洋葱熏到眼了。"

林明镜白眼一翻，根本不理会顾长安这套："偶像剧看多了？我看是熏到你屁眼了吧！"

顾长安一抹眼角未干的泪痕，将昨晚发生的事一字不落地说给了林明镜听。林明镜听完后默默地叹了口气，拍了拍顾长安的肩膀便让他回房去了。

感情和家庭之间有冲突早已是老生常谈的问题。

义无反顾的爱情是属于美好的年少时期，眼里只有对方，与金钱、权势、家庭背景都毫无关系，就是单纯地喜欢着那么一个人，想见到他，每分每秒和他在一起。

长大了，才渐渐明白，爱情虽是两个人的事，但随之而来的婚姻却是牵涉到两个家庭。

相处融洽则相安无事，感情美满；若婚前就有诸多不满与反对，婚后这些问题只会有如星星之火，足以烧毁掉婚前两个人辛辛苦苦建立起的一切。

那时痛苦肯定远胜现在，绝不是吴叮铛一人能扛得起的。

张启书是个很聪明很理性的人，自己能够想到的，他一定也不会遗漏掉。

林明镜在被窝里翻来覆去再也睡不着，额头上那根筋突突痛得难受，索性就爬起床去找吴叮铛。吴叮铛也没有睡，正蜷着身子像只猫咪一样躲在被窝里发呆，听见开门声她连忙转身把脑袋对着墙壁，往被窝里缩了缩。

林明镜没喊她，只是掀开被角钻了进去。吴叮铛又往里头挪了挪，几乎整个人都贴在了冰冷的墙壁上。

林明镜扯了扯被子："我妈打呼噜声音太大，我睡不着，过来和你一起睡。"

吴叮铛没吱声，她知道刘凤不会打呼噜，但也不想拆穿林明镜，于是把紧裹在身上的一半被子往她那边踢了踢。林明镜瞟了吴叮铛一眼，心想这小丫头平常不管大事小事都非得闹出点动静，这回忒安分了，真不对劲。

两个人就这样静静地躺了两个小时，直到吴叮铛傻里傻气的手机闹钟声响了起来。

来来，我是一棵菠菜，菜菜菜菜菜菜……

林明镜转头一看，发现吴叮铛正在删除手机里设置的闹铃。她推了吴叮铛一把："快起来上班，小心追不上公车。"

吴叮铛把手机往枕头下一塞，瓮声瓮气地来了句："我昨晚打电话向老板辞职了。"

"啊？这样突然辞职成吗？"

"我知道会让老板很为难……可是……我知道长安肯定和你说了我和他的事。我现在真的没有心情去上班……"

不愿再提起那个名字。光是想，都会心如刀绞。

"嗯……那，你先睡会儿吧。"

林明镜头疼终于减轻许多，她是真的累了，闭上眼没过多久就沉沉睡着了。

她想，也许醒来一切都会好些吧。

只可惜，情况比她预计的糟糕太多。

本以为吴叮铛伤心几天、跟自己哭诉下就会慢慢好起来，谁知道吴叮铛就像成了哑巴似的，不哭不闹，每天除了三餐被林明镜拽下去吃点东西外，剩下的时间都一个人待在房间里。

就这样整整持续了一个多月，吴叮铛的黑眼圈就连大熊猫看了都会自愧不如。林明镜和顾长安看在眼里，急在心中。他们宁愿吴叮铛砸东西、骂人、哭个惊天地泣鬼神、把家里搅到鸡犬不宁，也不希望她每天不累到极点不睡觉，一醒来就跟入了定的老僧似的只晓得躲在房里发呆。

为此，林明镜和顾长安两人秘密制订了各种拯救失恋少女计划，就连很少在家里露面的 Jacky 都自愿凑了一脚。什么电影计划、动物园计划、美食计划、购物计划，通通以失败告终。吴叮铛怎么都不开口、不笑、不伤心、不生气，整张脸完全失去了朝气，就像个重度面瘫患者。

"你说叮铛是不是被傀儡虫附体了啊？"

林明镜甩了顾长安后脑勺一下："你游戏打太多了！"

顾长安失望地摊了摊手："可是这一周我们什么方法都试过了，别说失恋，就算是抑郁症患者脸上也该有点表情吧？"

"还有一个方法没试，虽然很过时，但招不在新，管用就行。"

顾长安挑起一边眉毛："姐你是指？"

林明镜点点头："除非她的心跟着那家伙一起走了，否则我不相信她无动于衷。"

今年的冬季比往日来得迟，也更加灰暗沉寂，一切在吴叮铛的眼里都早已失去了生气与颜色。她望着落地窗外灰蒙蒙的天，还有远处房顶上的积雪，胸腔中那颗小小的心脏像被冰雪深埋了足有万丈之深，只剩下麻木、冰凉。

这个纷纷扰扰的繁华世界，与自己无关了。

这些天顾长安他们为自己做的，自己十分感激。她努力想要挤出一个笑容给他们几个，哪怕比哭难看都没关系，可是僵硬的嘴角做不到。

"叮铛,下来吃饭了!"

林明镜的声音准时响起,吴叮铛爬起身,活动了下僵硬的四肢慢慢下楼去了。晚餐很简单,一盘红烧鲫鱼,一盘清炒豆苗,外加一碗海带排骨汤。

"洗手了吗?"

吴叮铛点点头,忽然察觉平常聒噪得像只青蛙的顾长安不在饭厅里。

林明镜瞄了她一眼:"不用等长安了,他不肯下来吃。"

吴叮铛疑惑地看着林明镜,林明镜自顾自扒着碗里的饭:"我那蠢老弟不知道遇上什么不顺心的事,昨晚喝得酩酊大醉回来,今天躲房里一天不去上班,也不下楼吃饭。"

昨晚?昨晚顾长安不是和自己还有林明镜在外头逛商场吗?

看出吴叮铛的疑问,林明镜漫不经心地补充了句:"昨晚半夜的事,你早睡了。"

吴叮铛点点头,坐到林明镜身旁也开始吃饭。林明镜抬头一瞅,顾长安正站在二楼走廊拐角处冲自己挤眉弄眼。林明镜看了吴叮铛,冲他皱眉摇了摇脑袋。顾长安撇嘴,往暗处藏了藏。

"不然一会儿吃完饭你上楼去看看他?我这老姐的话他永远是左耳进右耳出,你说话比较管用。"

吴叮铛扒拉着碗里的饭,过了半天才缓缓摇了摇头。

"你不想去?为什么?"

吴叮铛看了林明镜一眼,放下碗筷准备走。

"给我坐着!"

林明镜哐的一声将饭碗重重搁在桌上站起身来。

"吴叮铛,你到底还要闹到什么时候?你是不是以为每个人都有大把的时间陪你耗在这个失恋游戏里?"

吴叮铛低着头,没有反应。顾长安冲林明镜直摆手让她别冲吴叮铛大呼小叫,林明镜却视而不见。

"我知道你很喜欢张启书,但那又怎么样?已经结束了!你以为张启书心里比你好受吗?也许他承受着比你更加难以想象的痛苦!也许他放弃你让你的爱情观发生了改变,但如果当时你们角色互换,你会因为张启书放弃你爸妈吗？可以因为这样一个不过在你生命里停留了一段时间的男人而与爸妈老死不相往来吗？"

"每个人生命里都有或轻或重的东西，我知道你是个重感情的人，但没有了爱情不代表你就失去了所有。是不是因为一段感情你就要放弃周遭所有的人与事？就算我和长安出事了、死了，也都跟你吴叮铛这个人无关了？如果是这样，那你回房间吧，我和你无话可说。"

吴叮铛从椅子上站起身，顾长安忙躲回房间里关上了门。林明镜冷眼瞧着吴叮铛犹如行尸走肉般上楼，穿过走廊，朝自己房间的方向走去。

她懊恼地将碗筷一推，靠在椅背上重重地叹了口气。

劝也没用，陪也没用，骂也没用。

难道真的是自己错了，因为不是感同身受，所以完全理解不了吴叮铛的痛苦？也许自己的从未得到和她的得到又不得不失去的伤心根本是两回事？

Jacky 正在顾长安房里摆弄着画图软件，看见顾长安像猴子似的蹿回房间，笑着用日文问道："成功了？"

顾长安摇头，同样用日语回答道："叮铛一点反应也没有，把我老姐惹怒了，对她劈头盖脸地臭骂。"

"啊？"Jacky 瞪着好看的双眼，结结巴巴地问道，"那、那叮铛她……"

顾长安把耳朵贴在门上听了一会儿，失落地说道："她回自己房间去了。"

"呵呵，看来你在她心里分量还不够重啊。如果是你姐姐装出事，估计叮铛就会有反应了。"

"是吗……"

顾长安坐到床边，掏出手机看着屏幕上三人今年春天去马尔代夫照的合照，心里像堵了一块千斤巨石。

自己在吴叮铛的心里，果真不值一提吗？

"对了长安，马上就要交设计图了，公司最后几次培训课你都没去，得加把劲呢，我听说 Ryan 已经把设计稿全部完成上交了。"

公司考核设计图上交日期到这个月底为止，每位参赛者被要求设计一份自己的娃娃 3D 图打印出来，还要包括妆容、发型和一套属于娃娃的官方衣服。最后的几堂课最为重要，自己却没有去，如果能让吴叮铛好起来这一切当然不值得一提，可是，到最后却验证了自己毫无地位。

有点可笑。

顾长安咧着嘴，有种想哭的冲动。

凌晨三点。

吴叮铛睁眼盯着天花板，脑海里不停重复着林明镜对自己的咆哮。那些话，自己何尝又没有想过呢？可是说得容易，做起来难。她不是不关心顾长安，听见顾长安出事，她也恨不得马上跑去安慰，可是瞧瞧自己现在这副行尸走肉的模样，能劝得了什么呢？

咚咚咚。

房门被轻轻叩响，吴叮铛本不想理会，奈何那敲门的人很有耐心，敲门声一直没有间断。她没辙，只好光着脚走到门边拉开了门。

"叮铛，我知道你没睡。"

Jacky！吴叮铛吃惊地瞪着双眼，看着门口这位温柔的少年。

"这个，送给你。"

接过 Jacky 递来的纸，吴叮铛打开来借着走廊的灯光一看，是幅油画。油墨还没有全干，想必是刚完成一会儿。

画上是一个满脸泪痕的小女孩蜷缩在雪地里，怀里紧紧搂着一颗破碎的心。而她身边围着一群人，打扮各异，通通微笑着向她张开怀抱。

"我想你懂我的意思。别让大家等太久。"

Jacky笑着替吴叮铛带上门，听着渐渐远去的脚步声，吴叮铛颓然地坐到了地板上。

还要让大家等多久？

这样的雪夜，顾长安也一样无法入眠。心里一把火烧得他心烦意乱，恨不能冲进外头的冰天雪地里好把自己冻个清醒。本以为假装自己失意，能让吴叮铛为了安慰自己而开口说上几句话，却想不到她连理都不理。

顾长安自嘲地笑起来。自己到底有没有在她心里过？对吴叮铛来讲，顾长安这名字，也只不过是普普通通的三个字吧？

门把突然发出轻微的声响，接着门便慢慢开了条缝儿。顾长安用余光瞟见吴叮铛探头进来，忙闭上眼装睡。

“长安，你睡了吗？”

顾长安一个多月来头一次听见吴叮铛开口说话，激动得差点从床上蹦起来。吴叮铛见顾长安没吭声以为他睡下了，这才蹑手蹑脚走进房中，并顺手掩上了门。顾长安听着那几不可闻的脚步声，尽量让自己的呼吸平稳下来。

额头上传来冰凉的触感，顾长安觉得心突突跳得厉害。他庆幸自己没开着灯，否则铁定是一张关公脸对着吴叮铛。

“不管发生什么事，我和明镜都在你身边，要好好的，别老像个大少爷一样不高兴就耍脾气。”

“你醒着我不知道该怎么劝你，想想我自己现在这种模样，说什么都起不到榜样作用。”也许是太久没说话了，吴叮铛的声音听起来很沙哑。可对顾长安来说，这久违的声音依旧那样温婉轻柔，让他鼻酸非常。

吴叮铛就这样说一会儿停一会儿，她的声音就像是夜风吹过时带来的细细碎语，若不是仔细特意地侧耳倾听，倒真听不清她在说些什么。

陪伴她的，只有床头柜上闹钟滴答滴答的脚步声和顾长安刻意压低的呼吸。

窗外的雪不知道何时停了，静悄悄的夜晚只有凉风阵阵，吴叮铛从进屋就一直感觉背后凉飕飕地发冷，她实在忍不住扭头仔细一张望，才发现顾长安睡前忘了关上被窗帘遮住的那扇小窗子。

她站起身要去关，却被背后一双手紧紧搂住了腰。她吓得抱头尖叫起来，挣脱不得回头才发现原来是顾长安抱着自己。

“你干什么呀顾长安，吓死我了！我以为见鬼了！”

顾长安将脑袋紧紧贴在她背后，瓮声瓮气地说了句：“你要去哪里？”

“我、我去关窗户啊！你这样开着窗户，暖气得浪费多少啊！敢情不是你在交这些费用！”

吴叮铛还要继续骂，一转念又想到刚才自己说那么多话怕是都已被顾长安听去了，心里又气又羞，一巴掌便朝他后脑勺盖了下去：“你快放开我！我要回去睡觉了！”

顾长安没有松手：“你不会不理我了吧？”

“我什么时候不理你了？”

“明天起来，你肯定又不会和我说话了。”

吴叮铛想到这段时间自己种种反常的行为，顾长安有这种担心也是应该的。她用力掰开顾长安的手坐回到床边，小心翼翼地岔开了话题。

“对……对了，你姐说你昨晚心情不好喝得大醉回家，怎么回事？”

“没什么，就是，工作，嗯……”吴叮铛看着顾长安不安分的眼神在房间各个角落里流转，心里顿时就清楚了大半。她顺手抄起床角的娃娃就往顾长安脸上砸去：“装！你就给我使劲装！没事说自己有事，和林明镜那王八蛋合着骗我！”

顾长安被砸得抱头乱躲，最后躲不及索性大手一挥将抱枕拍飞，一把将吴叮铛搂住按在自己胸口。

“对不起！对不起！我不是故意的！我好担心你……每一天我都害怕你会想不开，会做傻事，这样胡思乱想让我整宿地整宿睡不着……就算是我求你，别为那么一个男人让自己变成这样好不好……”

吴叮铛听着听着，眼泪就顺着脸颊流了下来。

不会了。

不会再为任何一个人，把自己变成这样了。

第四章

我们都会启程去新的旅途

We all are off to a new journey

林明镜一晚上都睡得不太踏实，醒来后第一件事就是准备去和吴叮铛道歉。谁知吴叮铛房门大开，满地狼藉，床上棉被、娃娃胡乱堆成一团，人却不在房里。再下楼一看，厨房、客厅也是空空如也，林明镜不禁大惊失色，上楼一脚踹开顾长安的房门，顾长安正呈大字形躺在床上睡得像只死猪。

“起来，起来，快起来！”

林明镜一把将顾长安拖起来拼命晃着，顾长安被摇得头晕，好容易才挣脱开对方的魔爪，颇为不爽地吼了一句：“干什么啊！今天是礼拜天！”

“我管你礼拜几！叮铛不见了！”

顾长安犹如被当头棒喝，唰地从床上蹦了起来：“什么叫不见了?!怎么会不见了？她昨晚还在我房间里！你试过打她电话没？”

“电话！对！快，”林明镜操起顾长安搁在床头的手机扔给他，“快打电话给叮铛！”

顾长安按下快速拨号键，并开启了扬声器。电话很快就接通了，与此同时，楼下也传来了吴叮铛傻里傻气的来电铃声。

两人对看一眼，一前一后冲下了楼。吴叮铛正坐在鞋柜旁脱靴子，听见身后如地震、海啸般的动静，她惊恐地回头一望，正对上两对愤怒的目光。

“你、你们……”

话未说完，林明镜就狠狠往吴叮铛后脑勺上扇了一巴掌：“你这么早死哪里去了？”

吴叮铛吃痛，捂着后脑勺没好气地踢了下脚边的早餐：“我去给你们买早餐了啊！不然你以为我愿意在这么冷的天出去啊！”

“都是你啦老姐，”顾长安埋怨地瞪了林明镜一眼，“没事瞎紧张什么，困死了。”

林明镜想起昨天晚餐发生的事，道歉的话卡在嘴旁支支吾吾愣是说不出来。吴叮铛也有些尴尬，弯腰拎起早餐就往厨房走：“都去刷牙洗脸，吃完早餐再睡吧。”

看着吴叮铛在厨房忙碌的身影，顾长安微微扬起嘴角，满意地笑着准备上楼去洗漱。

林明镜在背后喊了他一声：“喂。”

“嗯？”

“昨晚叮铛在你房里？”

“……”

“你们做了什么？”

“……”

早饭时顾长安告诉大家Jacky找到一间离公司近的公寓准备这个月搬走，林明镜在心里暗爽，这个小日本总算要从自己眼皮子底下消失了。

“怎么这么突然说要走呢？”

“我们家离公司太远了，公交车加地铁要一个小时的路程。之前也是因为公司附近实在没适合的公寓出租，Jacky才暂时搬来住的。”

“谁让你上次被撞车后不赶紧去买辆新车，坐公交车路上花的时间当然多啦。”

“等赢了这次考核，拿到奖金后就买辆兰博基尼来犒劳自己！”

林明镜笑着喝光杯子里最后一点牛奶：“兰博基尼？我看你只买得起比基尼吧？”

吴叮铛大笑出声，顾长安在桌下狠狠踢了她一脚：“笑你妹！将来我一定可以不靠我父母买到兰博基尼，请你们二位不要打击我伟大的理想，好吗？”

“没错没错，”吴叮铛嘴角一抽一抽地敛了笑容，顾长安无奈地斜了罪魁祸首林明镜一眼，“那你参赛图都准备好了吗？”

“还差一半，这几天赶工下就成。”

林明镜站起身：“嗯，好好加油，为了你的比基尼。”

“哈哈哈哈哈哈。”

顾长安忍无可忍地叉腰咆哮起来:"你们这两个混蛋女人!"

日子又恢复了平静,吴叮铛还不想出去找工作,便在家里帮忙照顾刘凤,好让林明镜有时间多去见几个客户。顾长安基本每天都埋首在书桌前涂涂画画,Jacky 也是神龙见首不见尾,只能在他回来搬一些画稿和书籍去新家时碰见说几句话。

闲暇的时间吴叮铛还是会忍不住想张启书,想起她和他的点点滴滴。那些往事清晰如昨,留在每一个脑细胞里,隐隐作痛。她很想知道不知是否已经启程返回台湾的那个人,心里是不是也和自己一样正在忍受着旁人不可窥见的煎熬。

吴叮铛还很想找个安全的洞穴躲起来,不让任何人找到自己,像只受伤的小兽一样舔舔自己的伤口,可她不能。

没有时间会为你停留疗伤,跌倒了只能忍痛爬起继续向未知的前方行进。也许你内心不想,可你必须这么做。

这就是现实。

"叮铛!你看没看见我的书?!"

顾长安突然闯进房里,发呆中的吴叮铛差点把遥控器砸到他脸上。

"吓死我了!书?什么书?"

"就是绿绿封面,讲人体运动构造的!"

吴叮铛摇头,还没来得及多问一句顾长安就火急火燎地冲了出去。

"喂!喂!你去哪儿啊?!"

"图书馆!"

巨大的关门声让 Jacky也好奇地从房里探出了脑袋。

"发生了什么事?"

吴叮铛:"不知道,他说什么书不见了。"

"哦,大后天就是最后期限,这家伙忙得焦头烂额,老是忘东忘西的。"

"你呢?都完成了吗?"

"昨天已经交给公司了,这两天就专心搬家。呵呵。"

吴叮铛探头一看 Jacky的房间:"哇,之前看你整整两个橱柜的书,这都已经快要搬完了!"

"是朋友开车来帮我把书载去新家的,我要亲自搬,可得搬上十天半个月。"

"哈哈,那就不吵你了,你先忙吧。"

Jacky温柔地笑了笑:"嗯,那我就先失陪了。"

吴叮铛回房间看了会儿电视,又下楼给刘凤喂了晚饭。时针慢慢指向六点,顾长安还是没有回来。吴叮铛打了两通电话给他,他也没有接听。

吴叮铛决定去顾长安房间里翻翻看,或许书就在哪个角落里丢着。房间里没有开灯,她刚推开门,就看见 Jacky猫腰站在顾长安的电脑前。电脑的荧光照在他转过的侧脸上,显得十分阴森恐怖。

吴叮铛一时没反应过来,呆呆地盯着 Jacky。

"叮铛?"

"Jacky,你……"吴叮铛摸索着开了灯,"你怎么在长安房间里?"

"我电脑放在新家了,刚好想查点资料就借用他电脑了,怎么了?"

"没有,你没开灯吓了我一跳。我看长安这么迟还没回家,想帮他找找,看书会不会在房间里。"

Jacky看了一眼墙上的挂钟:"是好迟了……我帮你一起找吧。"

顾长安房间乱得像猪窝,地上随处可见被揉成团的废纸,桌上画稿堆得如小山般高。吴叮铛这翻翻,那找找,却没有看见哪本书是绿色的封面。

"叮铛,你很紧张他?"

突然,一直沉默的 Jacky出了声。

"啊?"

"我是指,你很在乎长安?"

"当然了,我们是好朋友嘛。"

"仅此而已?"

吴叮铛歪着头,有些莫名地看着 Jacky:"怎么突然问这个?"

"只是觉得你和他,对彼此不只是好朋友的感情。"

不只是好朋友的感情?

吴叮铛又记起那次歌唱比赛,顾长安在众目睽睽之下抱着自己唱《说谎》,眼中的那份深情,确实也让自己误会了他。

"我们……感情的确不只是朋友这么简单,"Jacky停下手里的动作看向吴叮铛,吴叮铛低头摆弄着手里的书,轻声说着,"在我心里,顾长安和他姐姐与我从小一起长大,我们总是凑在一起干些傻事,还老因为意见不统一而争吵不断。可一旦谁出了事,另外两个都会永远陪在出事的人身边,不离不弃。对我来说,他们是我的亲人,不能取代的。"

"除了这些呢, 你有没有想过顾长安会成为你的——嗯……男朋友? 老公?"

"哈?!" 吴叮铛好笑地冲 Jacky摆了摆手,"我可从来没往这方面想过,我——"

"你这只蠢猪!"

身后忽然毫无预兆地传来顾长安的暴喝声,顺带一本厚重的书结结实实砸在了吴叮铛的后脑勺上。吴叮铛回头怒视着顾长安:"小兔崽子你不想活了?"

顾长安横眉竖目,显然是正在盛怒之中:"你怎么在我房间?!"

"我这不是来帮你找书嘛! 你吃错药啦你?!"

"我自己找到了,不用你帮我找!"

"我吃饱了撑的!"吴叮铛站起身,狠狠踹了那本书一脚,"以后你就是整个人丢了,我都不会再帮你!"

说罢吴叮铛气鼓鼓地推开顾长安,走回房间甩上了门。顾长安站在原地,背脊僵直,Jacky冲他摊摊手,一副"我早就告诉过你了"的表情。

顾长安扭头往吴叮铛房间的方向看去,嘴里喃喃着:"亲人? 谁要做你什么亲人,蠢猪。"

等待比赛结果的日子好像对于自信满满的顾长安来说并不是那么漫长。十二月的第三天,公司就通知所有员工要准时到公司参加颁奖和晋升大会。

顾长安特意穿了一身十分正式的西装,被林明镜和吴叮铛取笑"难得人模狗样地风光一把"。

公司里只零零散散的来了几个赶报告的人,顾长安一看表,才八点十五分。他和大家打了声招呼,竟发现和自己邻座的 Jacky已经来了,正坐在电脑前聚精会神地打日本网页谋略游戏。顾长安上前拍了他肩膀一下:"是太阳打西边出来了吗? 平常你可都是公司最后一个打卡的家伙。"

"家里网络不知道怎么回事一直连不上,我七点半可就到公司来了。别吵，我快赢了。”

顾长安双手环胸，靠在一旁看Jacky打游戏。过了八点半，公司渐渐热闹起来，凡是和顾长安一起参加公司培训和比赛的员工都是穿西装打领带，一个个打扮得像要去竞选美国总统似的。

“Yes，赢了！”

Jacky振臂欢呼，顾长安这才发现他穿着一件白色V领毛衣，浅棕色的裤子配上一双白色高帮靴，休闲到不行的打扮。

“你怎么穿得和平常一样啊？”

“嗯？”Jacky支着下巴，不明所以地看着顾长安，“那我要怎么穿？”

“今天对你来说不算大日子？”

“呵呵，也不至于穿得像是要去结婚一样啊。”

顾长安被说得有点窘，傻兮兮地冲他一笑坐回了自己位子上。也许Jacky这样的心态才是正确的，可今天对于自己来说，真的是人生很重要很关键的一步。成功了，他就可以证明给爸妈看，就算当初没有按照他们的意愿走下去，也能靠自己的努力在异地站稳脚跟。

“各位，请马上来三楼大会议厅集中。谢谢。”

等候已久的广播终于响起，顾长安和Jacky走在人流的最后头，Jacky一直在耳旁碎碎念有关那款游戏的内容，顾长安却一个字也没听进去。

公司的几位高层难得也在，话筒在每个人手里轮流转了一圈，废话一箩筐，听得台下百来号人昏昏欲睡。

“那么接下来，就请我们的董事长高桥先生为获奖的十名员工颁发奖章，获得头三名和最佳创意奖的四位员工可以成为我们公司新的设计人员。”

台下掌声雷动，顾长安一颗心提到了嗓子眼，死死盯着高桥先生手上的那份获奖名单。高桥先生热情地和上台的获奖员工握手拥抱，颁发完奖章后还不忘说一些鼓励的话语，让那些人一个个热泪盈眶得像是得了诺贝尔奖，就差没有当场抢过话筒感谢自己的爸爸妈妈、感谢祖国和父老乡亲的大力支持了。

“获得二等奖的是长谷川岛先生！”

长谷川岛一直是顾长安入公司以来最大的竞争对手，他的确是个不可多得的人才，好几次提出的创新想法都被经理采用。如果他都只得第二名，那自己……

顾长安不敢再想下去，放在大腿上的拳头紧紧握着，青筋尽显。

“再次祝贺长谷川岛，那么接下来就是我们的第一名。第一名会是谁呢？”高桥先生故意停顿了几秒，待整个会议室鸦雀无声，全体屏息凝神地盯着他时，他才满意地公布了答案，“获得第一名的，是我们的 Kris，顾长安先生！”

掌声如潮水般朝顾长安涌了过来，那是与唱歌比赛获奖时完全不一样的感觉。他忘了自己是怎么上台、怎么拿到奖杯的，看着周围一张张对自己赞许有加和羡慕嫉妒的脸，他除了微笑，再也摆不出第二种表情。

“哈哈哈，我们的 Kris 很害羞哦！”高桥先生拍了拍他的肩膀，和颜悦色地说道，“祝贺你，希望你能在未来的道路上更加成功！同时也欢迎你加入到我们的设计人员行列，你可是我们公司第一个成为设计人员的中国人。”

顾长安和高桥先生握了手，回到自己座位的路上瞥见好几个女生正对自己或暗暗摆手，或抛来一个暧昧的眼神。他笑到嘴角僵硬，Jacky 坐在椅子上跷着二郎腿看着他。

“我真该把你站台上那表情拍下来。”

“怎么了？”

“用你们中文话来说就是，恶刹紫？”

“恶刹紫？”顾长安皱着眉毛想了会儿，“二傻子？”

“对对对。嗷！干吗打我！”Jacky 捂着脑袋委屈地看了他一眼，“小心我的发型。”

“你的人生里除了发型和游戏，还有什么？”

“我——”

“下面有请我们获得最佳创意奖的 Jacky，黑泽治也先生上台！”

“啊?!”

Jacky 不合时宜的声音顿时让大家集体捧腹大笑，坐 Jacky 前排的女生回头冲他指了指台上的高桥先生。

“Jacky，还不上台！”

“我？最佳创意奖？How come？”

“废话少说，你先上去吧你。”

顾长安往他屁股上一踢，Jacky始终不相信自己能够得奖，一步三回头地想确认公司里是不是来了个和自己同名同姓的家伙。

意料之中，他站在台上的表情已经完全不能用二傻子来形容了，顾长安在底下呵呵偷笑了好几声，还用手机照了几张他迷茫傻笑的样子。

“那么现在，让我们大家一起来欣赏下这些获奖作品，希望没有获奖的员工再接再厉，争取在来年的比赛中获胜。”

高桥先生下台以后并没有坐下来和大家一起观赏大屏幕上播放的获奖作品，而是迅速换上一副十分严肃的表情离开了大会议厅。

顾长安和Jacky都还云里雾里，物极必反，或许心情也是一样，太激动反而变得没有感觉，太开心反而觉得心里空荡荡的，情绪细胞在这个时刻全都不知道躲到哪里去了。

屏幕画面定格在前三名和最佳创意奖的设计图上，顾长安无意一扫，整个人登时僵住了。

刘凤的病情好多了，尽管还是瘫痪着不能动弹，但神志清醒的时间倒是比以往多了。林明镜虽然还和以前一样不怎么和刘凤说话，但私底下大家还是能看得出她很开心，还特地买了个轮椅给刘凤，不下雪不刮大风的日子就趁着中午推她到家附近的公园里坐坐，呼吸下新鲜空气。

刘凤每每坐在轮椅上，披着羊毛毯没一会儿就歪头睡了过去，今天也不例外。林明镜替她掖掖毛毯，并不喊醒她。

她玩了会儿手机便开始东张西望地瞧着那些来遛狗的，或是带着孩子来公园荡秋千、坐滑梯的人们。在这里，每个人的生活节奏都是十分慢，悠闲的感觉会让每个人觉得自己提早迈入了老年时光。有时林明镜在这张长椅上坐一下午，恍神间像是过去了几年之久。

睡梦中的刘凤不知怎么被自己的口水噎着了，咳嗽着醒了过来。林明镜忙站起身给她拍背顺气，又拧开水壶盖子倒了点热水让她喝。好一会儿刘凤才渐渐止住了咳嗽，一张满是皱纹的脸却都已经咳青了。

林明镜替她围好围巾，起身推着轮椅往家的方向走去。

走出公园的小铁门才拐了个弯，远处一个熟悉的身影慢慢走进她的视线中。

她逃无可逃、躲无可躲，只能愣愣地推着轮椅，瞧着魏一晨迎面而来。

他身旁还依偎着一个女孩，林明镜忍不住打量一番才发现那人不是魏一晨的老婆庄玫。女孩身材娇小，穿一件黑色风衣配着同色长筒靴，脸上梨花带雨让人看着心疼。

好像在哪儿见过。

魏一晨一手搂着她的肩膀，另一只手捏着纸巾时不时替她擦去脸上的泪水。此番情景看得林明镜心中是五味杂陈，索性别过头去假装不认识。

就算是好男人如魏一晨，终究也逃不出“外遇”二字吗？

可把头埋在沙子里的鸵鸟，始终会把自己的屁股暴露给别人的。尽管林明镜快把自己的头扭成了一百八十度，魏一晨还是在远处一眼就认出了她。

“华，你怎么会在这？”

林明镜边在心底咒骂边尴尬地扭回头，嘴角僵在一个尴尬的角度不知该笑还是不该笑。魏一晨没有在意，瞧见刘凤紧盯着自己于是又谦和地问道：“这位是？”

林明镜抬手紧了紧刘凤的围巾：“我妈妈。”

魏一晨愣了愣，林明镜看出他的疑惑，淡淡地补充了句：“中风了。”

魏一晨了然地点头，转移了话题：“你现在搬到这附近了？上次我去书吧，发现书吧变成了便利超市，怎么回事？”

林明镜并不想和他解释那么多：“天冷，我先推我妈妈回家去了。”

“这是庄玫的妹妹，庄嘉欣。你们在婚礼上见过。”

哦，难怪那么眼熟。先前在婚礼那天不舍得姐姐出嫁哭得像只小花猫的原来就是眼前这位。

小姨子是姐夫最好的情人，这句话果然不假。

林明镜笑意全无地冲庄嘉欣点了点头。庄嘉欣看着林明镜，眼里无端端露出一种怨恨的神情来。

“这就是那个林小华？”

林明镜平常是不会理会别人这样的目光的，可今天她也不知道怎么了，心头噌地蹿出一股火气，冷冰冰就接了口道：“就是我，你认得我？”

“没吃过猪肉也没见过猪跑，总听过猪的大名吧。”

魏一晨一听顿时板下脸来："嘉欣，不可以没礼貌。"

"我怎么啦，说错了吗？"庄嘉欣很不服气，把与庄玫有七分相似的小脸仰得高高的，一抹眼泪声量又提高了好几度，"她不就是那个气得姐姐住院的女人——"

"够了！你给我闭嘴！"魏一晨呵斥了她一句，转头抱歉地看着林明镜，"对不起，家里把她宠坏了。你别跟小孩子一般计较。"

庄嘉欣见魏一晨维护外人，气得直跺脚："姐夫！"

"庄玫病了？"

"嗯，心肌梗塞，前天半夜送去医院抢救，到现在还没有脱离危险期。"

林明镜若有所思地瞥了眼庄嘉欣，难怪这个牙尖嘴利不讨喜的小姨子情绪这么低落。再细看魏一晨，他乌青的眼圈和布满血丝的眼睛原来还是一如既往地会让自己心疼。

刘凤忽然打了个喷嚏，林明镜一激灵，忙避开魏一晨的目光，低声说了句"我先走了"便推着轮椅大步离开了。

她不该问那么多的，魏一晨和自己早就没有瓜葛了。

"那个就是……是……你喜欢的……男生？"刘凤讲话不利索，足足结巴了一分钟才说完这句话。林明镜鼻子一酸，强忍着眼中的泪水低声说了句："认识罢了。"

罢了。

林小华与魏一晨这两个名字，这两个人，如今不过是"认识"两个字便可以总结得了的关系。

又何苦在意呢？

晚上从图书馆回家的吴叮铛远远便看见一个人在家门口徘徊，还时不时往楼上房间里看。她疑惑地走上前去问道："请问，你是来找人吗？"

那个人被身旁这突如其来的声音吓了一跳，拍着胸口转身，一双红肿的眼睛带着惊恐。

"对不起，吓到你了，"吴叮铛吐着舌头笑了笑，"我就是看你一直往我家里看，想看看有什么能帮到你的。"

那个人擤了擤鼻子："你住这？"

见吴叮铛点头，她说了一句"我没有找人"便转身不再理会她。吴叮铛觉得这人奇奇怪怪的，也不想多搭理就径直进了家门。

林明镜和顾长安正坐在沙发上看电视，见吴叮铛进来便甩了一句："回来啦？今天比平常早啊。"

"嗯，今天刚好有车送到附近就早回来了，外头风好大哦！"吴叮铛一边挂大衣一边抱怨起来，"今天一定是我的黑霉日，出门摔了个狗吃屎就算了，反正没人看到。地铁半路突然要我们全部下车，第二趟足足等了半个多钟头。到了图书馆我想看的书又被人借走了！在家门口又碰见个奇奇怪怪的人在游荡，要不是个女的，我肯定以为是来打劫我们的。"

顾长安侧头莫名其妙地看着她："什么奇奇怪怪的人？我也才回来一个多小时而已啊。"

"就我们家门口嘛，那个穿黑色大衣的女的。看着才十七八岁，长得挺漂亮的，问她话却爱理不理。"

林明镜皱了皱眉，站起身走到厨房的窗户边往外一瞄，愣住了："是她？"

吴叮铛和顾长安异口同声地问道："谁？"

林明镜转身对他们说道："今天我在公园碰见魏一晨和庄玫的妹妹庄嘉欣。魏一晨和我说庄玫前天因为心肌梗塞被送去医院抢救了，到现在都没有脱离危险。"

吴叮铛一时怔得不知道该说什么好，林明镜又盯着窗外看了一会儿后从挂衣架上取了件大衣披在身上。

顾长安站起身来："干吗，你要出去找碴啊？"

林明镜淡淡地说了句："我只是不想家门口站着个碍眼的人。"

庄嘉欣在门口徘徊着，其实她也不知道为什么自己要来这里。讨一个说法吗？

这个女人从来也没有真正意义上打扰过姐姐和姐夫的生活，可是，她就是那样牢牢占据着姐夫的心，尽管姐姐拥有了魏一晨妻子的头衔，尽管姐姐拥有了姐夫的人，可在姐夫心里，她不能拥有和林小华一样的地位。至少自己和姐姐都知道，天大的事都比不过"林小华"这三个字。

可是，她不甘心。

对，不甘心。

“你不觉得冷吗？”林明镜的声音从背后冒出来，庄嘉欣不知是神经被风吹得麻木了，还是刚才被吴叮铛吓过，这次竟然没什么反应，木着张脸转身看向同样面无表情的林明镜。

“你怎么知道我在外面？你室友和你说的？”

林明镜并不想和她多浪费口舌，四海皆内不是皆她姐，自己没必要对她忍让什么：“找我什么事，说吧。如果你觉得冷，可以改天再说。”

“你喜欢我姐夫吗？”

林明镜反感地蹙起眉头：“和你有什么关系吗？”

“我姐夫很喜欢你，”庄嘉欣掏出纸巾擦了擦鼻水，“一直一直，不管是和姐姐结婚前还是结婚后，他喜欢的都只有你一个人。”

林明镜愣住了，不可置信地看着庄嘉欣。

“你说什么？”

庄嘉欣不屑地看着她：“干吗露出这种表情？哼，难道你不知道吗？”

林明镜呆若木鸡，过了好半天才吃力地摇着头：“不，不会的。他若要喜欢我，就不会娶你姐姐了。”

你真的什么都不知道？姐姐是和姐夫在上学时候认识的，姐夫有次被人抢劫，是姐姐替他挨了三刀，当时失血过度，抢救了数次才没有了生命危险。后来调养了好久身体才慢慢恢复健康，但是身上的刀疤再也消不掉了。姐夫觉得很愧疚，所以就和姐姐在一起了。恋爱，结婚，姐夫对姐姐一直爱护照顾，每个外人看得都羡慕不已，说我姐夫是万里挑一的模范丈夫。

庄嘉欣顿了顿后又继续说道：“我真的不知道你有哪里好，能让姐夫对你这么死心塌地。姐姐总是私下里和我说，说哪天又看见姐夫偷偷看你照片了，说哪天又看见姐夫在你家门口或是书吧附近徘徊。每次说完姐姐就会伤心难过，走之前却再三叮嘱我别把这些告诉姐夫，就当作不知道。就算是姐夫，也是在姐姐被送去抢救室后回家无意翻到她的日记本才知道姐姐从一开始就明白他不喜欢自己。同样作为女人，我想你应该也很明白一份感情得不到回报是多么的痛苦！姐姐多希望姐夫对她是爱而不是愧疚，可姐姐知道，这是姐夫唯一能给她的。她太爱姐夫了，不舍得放手，就算只能到这里，就算姐夫只把人留给她，心还仍在你这，她也满足了。”

这场冲击来得太突然，林明镜傻傻地怔在原地，一句话也说不出来。她不是没想过魏一晨会喜欢自己，年少芳心初动，谁都想着暗恋的对象会对自己早有好感，然后把每一本少女恋爱小说里会发生的事都发生一遍。她只是不知道，原来这个过程竟要十二年之久，久到她早就不记得被喜欢的感觉，久到她不敢再有丝毫期盼，久到胸腔里小小的心脏早已被每晚的泪水浸透，泡烂了。

"姐姐昏迷的这两天，我没有遵守承诺，还是忍不住向姐夫询问起有关你的事。你没姐姐漂亮，没姐姐家世好，更没姐姐学历高。要说对姐夫，我姐要说是世界上第二个最爱他的女人，世上没人敢说自己是第一。可是姐夫还是喜欢你，喜欢你喜欢得发狂，一提起你，眼里就会发光、发亮，像是看见了世界上最美好的东西。我觉得不甘心，想看看你的庐山真面目。现在看到你，真替我姐不值。"

林明镜长这么大，头一次让外人这么劈头盖脸地说自己这不好那不好却没有出声反驳。是，她配不上魏一晨。从一开始她就知道，丑小鸭是没有办法得到王子的爱的。只有庄玫那样的公主才是门当户对的人选。今天不管庄嘉欣怎么替庄玫抱不平，都没有错。

"喂，你这个女人够了哦！"躲在门口偷听的吴叮铛和顾长安越听越生气，顾长安更是二话不说拉门就冲了出去，"你算哪根葱啊，在我家门口对我姐指手画脚。你姐有多好啊，喜欢本来就是一厢情愿的事，我姐逼你那个什么狗屁姐夫喜欢她了吗？你姐都没说什么，你凑哪门子热闹啊！"

庄嘉欣被这个突然冒出来对自己指手画脚的男人骂得一愣一愣的，完全忘记了反击。

"我看你根本是你自己也喜欢魏一晨才这么气急败坏的吧？你姐这昏迷了不是更好，你有机可乘——"

"长安！"

林明镜瞪了顾长安一眼，顾长安知道说错了话，识趣地闭了嘴，但眼神依旧愤愤不平地瞪着庄嘉欣。

"我不会插入你姐和姐夫之间，我和你姐夫从没有开始，但，已经结束了。"

说罢林明镜揪着顾长安快步回了家，候在门口的吴叮铛伸手就给了顾长安一个暴栗，顾长安扭头骂道："干什么！更年期提前发作是不是啊，突然就打人！"

吴叮铛也不甘示弱地冲他吼回去："谁让你说话不经过大脑！"

“你才说话不经过大脑！你全家都说话不经过大脑！”

“你说什么?!”

林明镜目不斜视地从两个争吵不休的人身旁走过，今晚，又是一个无眠夜。她很想打电话给魏一晨问清楚，可手指始终在通话键旁犹豫。庄嘉欣说的有几分可信？自己是从什么时候起会为这些片面之词而变得焦躁不安？

半夜，吴叮铛口渴下楼倒水喝，却发现林明镜和顾长安房里的灯都亮着。她自然知道林明镜为了什么而睡不着，可顾长安怎么回事？

吴叮铛悄悄推开掩着的房门一看。顾长安房间像龙卷风过境一般凌乱不堪，简直就是个小型垃圾站。顾长安坐在地上，手里捧着一摞画稿看一张扔一张，脚边的黑色垃圾袋里堆满了不知道是完成的还是未完成的画稿。

“你在干吗？”

吴叮铛一个箭步冲进去将顾长安手中的画稿夺下。顾长安默默从她手里拿回画稿，看都不看就直接甩进垃圾袋中。

吴叮铛又提高了音量：“我问你这是在干吗！再不说话我就下楼喊你姐了！”

“没干吗啊，没用了，就扔了。”

“你怎么了？我刚睡觉前听你姐说你得了比赛第一名，不是应该高兴吗？干吗还闷闷不乐的像别人欠你几百万没还一样。”

顾长安屁股往旁挪了挪，给吴叮铛腾出了一个空位：“你看这个。”

他从桌上抓过手机，翻出一张照片来递给吴叮铛。吴叮铛接过一看，不明所以地抓了抓头发：“这是什么？”

“这是这回比赛前三名和最佳创意奖的作品。”

“哦——”吴叮铛仔细看了看，还是没明白顾长安想要表达什么，“都很不错啊，怎么了？”

“……”顾长安垂下头，长长地嘘了口气，“第一个是 Jacky 的作品，他得了最佳创意奖。”

“哦哇！原来 Jacky也是个深藏不露的高手啊，以前你还老跟我损他，说他实力不怎么样。”

“他的作品，三分之二都是我的。”

“啊！”吴叮铛吃惊地盯着顾长安，“你是说，这作品是你替他完成的？”

“不是,他的作品里,很多都是我设计时不要了的想法。”

吴叮铛被搅得云里雾里,着急地挥了挥手机:“你就说直接点,不要在这里一直卖关子了啦!”

“笨蛋,我都说这么明白了,”顾长安伸手揉乱了吴叮铛的头发,“在设计的时候总是有很多的创意和想法,有好的有不好的,最后的设计图一定都是挑自己最满意的那些创意来完成。中途就会不断丢弃许多想法和原以为是最好的灵感。”

“哦,那你的意思就是Jacky看到你这些淘汰不用的画稿就拿去用在了自己的作品上?”

“是,也不是。那些想法,都是他叫我放弃的……”

吴叮铛一拍床铺差点蹦起来:“你讲什么?!”

“因为我的进度比别人慢了许多,Jacky说他差不多完成了,可以来帮我找资料什么的,替我省下很多时间。我的作品从中途创作到结束他一直都陪着我,我本来是很感激他的。但今天公司把获奖的作品往大荧幕上一放,我一眼就认出来他设计的那个娃娃,脸部妆容,古代剑客的发式还有衣服的造型,全部是当初我想放在自己的设计图里,但是他让我放弃,说这些想法已经过时了……”

“你是猪脑子啊,干吗要听他的话啊?”

“Jacky在日本就是艺术学校毕业,留学到这里来也已经在这家公司待了两年了。我想他懂的比我多得多,我应该多听他的意见。我是真的很重视这场比赛,很想赢,我只是没想到结果会这样……”

吴叮铛一个激灵,想起那天去顾长安房里替他找书,Jacky正躲在他房里看他电脑。那一瞬间她也有怀疑Jacky是不是要偷看什么,但是Jacky当时说他已经完成递交了作品,自己才没再多疑。

“他要是懂得比你多,比你厉害,前两年的比赛他早就赢了!真看不出来Jacky是这种人!你有没有去找他理论啊!”

顾长安拿回手机往床上一丢:“没有。”

“为什么啊?!”

“事情都已经成定局了,又还能怎么样。你以为他会去跟公司承认那些都是他抄袭我的吗？别太天真了。"

"难道你就这样让他拿着你的成就去得瑟？要是我，我就一把屎糊他脸上！亏你把他当作好朋友！"

"后来公司的董事长高桥先生还决定，让获得最佳创意奖的人去法国深造三年，一切费用由公司承担。所以这场比赛真正意义的第一名，应该是获得最佳创意奖的人。"

"这个奖本来就应该是属于你的！就算他获得了这个奖他也不会心安理得，因为那都是你的成果啊！"

"真相，你一个知道就好了。我不会去揭穿他。"

"那他什么时候去法国？"

"下周三，所以我向老板请了一周的假。"

"长安……"

"嗯？"

"不难过，不难过。"

吴叮铛伸手环抱住他，将脑袋轻轻靠在他的肩膀上，像哄小孩子一样在他耳旁轻声呢喃着。顾长安忽然觉得鼻子发酸，唯有抱着吴叮铛紧紧闭着眼，将眼泪逼回去。

失败并不可耻，"失败"两个字也不可能打倒他堂堂八尺男儿。可是这场看似胜利、实则却完败的比赛中夹杂着背叛、利用，这是顾长安万万不能接受的。Jacky所谓的暂住，要一起去公司，一起去上课，陪他研究设计大赛的作品，在现在看来，顾长安只觉得他一直都是想故意接近自己，从自己这里汲取灵感。

他没有想过自己会用逃避来结束这一切。对于"人心险恶"这四个字，他第一次有了深刻的亲身体验。自从离开日本来到这，他彷徨过、迷失过，进了公司也不是没受过气、吃过苦，很多时候他都和林明镜一样一宿一宿地睡不着只为了头疼一个看似简单的设计图。他一直以为自己已经足够强大，能够为自己遮风，为心爱的人、在意的人挡雨。

直到经过了这件事他再看着镜子里的自己，才第一次觉得自己真正长大了，世故了。只是他从没想过，原来成长的风雨来得这样让人措手不及，更没有想过，原来书里那些都是真的，所谓长大、成熟，是真的要付出这么大的代价的。

该走的走了，该继续的还是得继续。

离圣诞节只剩十来天，林明镜却惆怅不已，感觉自己一下老了好几岁。好不容易看着吴叮铛脸上笑容越来越多，碗里的饭也渐渐恢复成了原来的分量，那边厢顾长安却又出事了，好几天被自己逼着吃了上顿就不肯吃下顿。

吴叮铛帮林明镜收拾好碗筷，拿了垃圾袋准备出去倒垃圾。

林明镜靠在桌边，一边摆弄着手里的圣诞装饰灯一边叹着气："今天长安又一天都没吃东西，唉。你们俩，一个都不让人省心。"

"你说他就说他，有我什么事啊？"吴叮铛撇嘴，"我以为那天晚上劝过他就没事了，想不到他竟钻牛角尖里去了。你也真是的，怎么不拉他下来吃点？"

"他锁着门呢，我有什么办法。拉倒，一天不吃也饿不死。我比他妈都操心，我图个啥？"

"你说怎么没看出那个小鬼子那么贼呢！果然是人不可貌相！算我看错人！"

吴叮铛愤愤地骂道。林明镜斜眼看着她，似笑非笑地说："我早就提醒过了，珍爱生命，远离日本人。再说，你那双糊屎的眼睛什么时候看对过人？"

"你才眼睛糊屎，你全家眼睛都糊屎！一会儿我把中午炖的鸡汤给顾长安端上去，你劝不动他可不代表我也劝不动。"

林明镜笑得十分诡异："这点我比你清楚。"

吴叮铛突然觉得自己这话说得不太对劲，脸一红，拎着垃圾袋扭头就出了门。

顾长安对自己那点心思，吴叮铛若要再看不出可真得算是个二傻子了。只是顾长安既然没挑明，她也就装傻当不知道。她不想再陷进一段感情里，也不想再有人从她生命里用这种方式离开。

吴叮铛上楼敲了几次门，顾长安哼哼唧唧几声表示自己没死，但就是不来开门。吴叮铛没办法，只好把汤碗搁在顾长安门口离开了。

这样的戏码足足上演到圣诞节当天，顾长安就是不为所动，严守房间这块阵地，除了上班就是躲房间里。饶是吴叮铛每天刻意守在家里都没办法逮住他。

吴叮铛把自己裹了个严实准备出门，换鞋时听见楼上咣当一声，她跑上楼一看，原来是顾长安出来上洗手间了。吴叮铛在门口守了有十几分钟，顾长安终于从厕所里出来了。胡子拉碴，两眼迷蒙的样子，活像前两年网络上爆红的犀利哥。顾长安看见站在厕所门口的吴叮铛，转身又想进厕所关门。吴叮铛一个上前就用脚挡住了门。

“躲躲躲，你躲什么躲！躲房间不够，还打算把厕所也占为你的阵地是吧？”

顾长安没吭声，耷拉着脑袋不看吴叮铛。

“那天晚上你不是还好好的吗?为什么突然变成这样！公司里有人欺负你?”

顾长安把头摇得像拨浪鼓，缩着身子躲在门后不肯出去。吴叮铛拽了几下没拽动，索性一拉门把重重把厕所门关上了。

“随便你！顾长安，当初你劝我那么多全是劝假的，现在自己出点事，表现得比我还蔫！没用的男人！”

任凭吴叮铛骂到口干舌燥，顾长安就是不开门不出来，连个屁都不放。吴叮铛扭身假装走人，把拖鞋踢得啪啪响。走到楼梯口往回又瞧一瞧，见厕所门还是紧紧关着，便冲着那方向大声吼了句：“有种别出来！熏死你！”

今年的冬天来得特别早，早在圣诞节前一周雪就肆无忌惮、铺天盖地地下了下来。多伦多的冬天永远一样，天空灰，满眼白，吴叮铛走在雪地里有一瞬间觉得自己像在这里已经过完了自己的一辈子。

她坐公车来到小公园，那个属于她和张启书的老地方。

长椅上堆满了积雪，她用袖子扫出一片空地坐下，把冻僵的冰冷双手放在嘴边哈了哈气。

几个裹着大衣、戴着棉帽的小孩坐在公园里的秋千上，父母们站在他们身边一边聊天一边推着秋千。一条幼小的黄金猎犬和一只波斯猫追逐上了，在雪地里跑得很是欢腾。

孩子们的笑声穿破寒冷的空气在公园里回荡着，吴叮铛看着看着却很想要流眼泪。

不记得多少次和张启书一起坐在这张长椅上，在这个位置上两人依偎着，看着孩子们嬉笑玩耍。也不记得多少次两人说过要生两个小孩，一个男孩，一个女孩，然后带他们到处去玩，男孩陪张启书打游戏，女孩陪吴叮铛看言情剧。等孩子们长大了有了自己的家就养一只狗陪伴两个人，就这样一直到风烛残年，最后一起死去。

可是现在，两个人都再也看不见对方垂垂老矣的呆模样，也听不见对方口齿不清地喊彼此老伴，所有有关未来的画面都被张启书的离去无情带走。而今，在吴叮铛的脑海里只剩过往，没有将来。

就连吴叮铛自己都知道张启书今天不会来了，可是她就是想要等。就是不甘心，就是还有那么一丁点盼头。

他不会那么狠心的，吴叮铛这么安慰自己。这样深深地爱过，他怎么可以舍得抛下自己说走就走呢？不会的。

当时他走得那样急匆匆，一去不回头，是因为他外婆的病。现在如果有了起色能够抽得开身，一定会回来的。

寒风割得吴叮铛面颊生疼，她抱着腿蜷缩在椅子上，看着那些小孩子笑啊闹啊，然后大汗淋漓、小脸通红地被各自的父母牵着回家去。暮色将至，浓厚的乌云像是从天际滚滚压来，沉重地压在吴叮铛的心头。

天黑了。

他不会来了吧。

不会的，也许他飞机晚点呢？

或者他根本就还没离开多伦多。

再等等吧。再等等吧……

时间一分一秒地过去，吴叮铛已经感觉不到自己的手和脚，她想站起来走动走动，却连一丁点力气都使不出。就这样像雪球一样蜷缩着，眼巴巴地望着路尽头被昏黄路灯蒙蒙照着的小停车场，期盼那辆熟悉的奔驰车能够出现在自己的视线里。

天空又飘起了鹅毛大雪，吴叮铛哆哆嗦嗦掏出手机一看，竟然已经是晚上十点半了。

心灰意冷？痛苦绝望？

吴叮铛思来想去都不明白自己现在的心情到底是怎样的。眼睛涩涩地发疼，或许大哭一场能够排解这几个月挤压在心底的一切烦闷，可她连一滴眼泪也挤不出，胸膛里空荡荡的，像被人挖走了前一刻还在跳动的小心脏。

她自嘲地笑了笑，站起身准备离开。刚一起来就觉得两腿又疼又麻使不上力，脚一软就摔倒在雪地里。她倒在雪地里一动不动，任凭冰冷的雪紧贴着自己的脸。她想如果就这样在这里睡过去，会不会就再也醒不过来了。醒不过来了，是不是就是这件事最好的结局？

“我们回家吧。”

寂静的雪夜里冷不丁冒出这么一句话，吓得意识渐渐有些模糊的吴叮铛顿时清醒过来。她猛地回头一看，鼻头便酸了。

吴叮铛就保持着那样的姿势震惊地看着蹲在自己身后的顾长安。他浑身落满了雪，乍一看就像个超大号雪人。

“你，怎么会在这里？”

顾长安没理会满脸震惊的吴叮铛，伸手把她从雪地上扶起来，一手紧紧握着她的手臂一手替她挥去身上、头上的雪，然后又从口袋里掏出一样东西塞进吴叮铛手中。

一股暖流自掌心一路传进心底，吴叮铛摊开手掌一看，原来是个小熊形状的暖暖宝。她鼻子又是一酸，不敢去看顾长安脸上此刻的表情，又咬唇问了一遍：

“你、你怎么会在这？”

“我想你会来这等他。”

“那你来做什么？”

顾长安几不可闻地叹了口气，伸手摸了摸吴叮铛的头，说：“我知道我劝不动你，这样陪着你，就好。”

吴叮铛撇了撇嘴，想说什么却像被石子堵住了喉咙怎么也发不出声。强忍的泪水终究没忍住，伤心、委屈、感动，都在这一刻化成了决堤的泪水奔涌而出。

她一头扎进顾长安怀里，哇地大哭起来。顾长安身子一颤，继而双手环绕住她的腰，将头紧紧靠着她的头。

她知道的，在心底某一处，她一直是知道的，张启书不会来。他远在台湾，他与自己，隔着千山万水，再也不会见到了。

自欺欺人，矫情，都是自己的一厢情愿，不过是看多了琼瑶剧的结果罢了。

走了，便是走了，当初决绝的背影，又怎还会为自己这个幼稚可笑的等待再转过身来呢？

也许正是因为心中太过了然这一切，所以等待的心情是八分麻木两分期盼。而顾长安的突然出现，却让自己对自己设下的坚强防备瞬间瓦解。

原来自己也是需要一个怀抱来温暖。

原来自己也是需要一个肩膀来依靠。

曾经海誓山盟,不敌一个真实的拥抱。

顾长安自始至终一言未发,只是将吴叮铛越搂越紧。直到吴叮铛喘不过气,用力推了推他,他才松开手看着两眼红肿得像小兔子的眼睛一样的她。

"回家吗?"

吴叮铛点头,忽然又赌气地摇了摇脑袋。

"怎么了?"

"你不是不想理我,我才不要听你的话。"

"我什么时候不想理你了?"

"你最近都不和我还有你姐说话,除了上班就是把自己锁在房间里。我们如果没逮住你,你连饭都不下来吃。"

雪下得有些大。吴叮铛甚至看不清顾长安脸上的表情。

"我没有去上班,我辞职了。这段时间,我只是出去找工作了。"

"什么?!为什么?!"

"回家再说好吗?你都冻得发抖了。"

顾长安拉过吴叮铛,将手捂在她冻僵的耳朵上。两人肩并肩深一脚浅一脚地走在雪地里,昏暗的路灯将两人的影子拉得很长很长,就像他们心里那个无法填补的伤心黑洞一样,想要把整个清冷的世界吞噬而去。

到家后,顾长安和吴叮铛这两个雪人被守在客厅的林明镜足足训了半个多小时,两人各缄其口,任凭林明镜骂到口干舌燥都没有还嘴。

"赶紧从我眼皮子底下消失,没一个让我省心的。如果有天我死了,就是被你们活活气死的。"顾长安和吴叮铛得了特赦令,赶紧上楼各自去洗了澡。洗好后吴叮铛将手上的订婚戒指默默取了下来,那璀璨的光泽一如往昔,只是物是人非,看得她忍不住又开始心酸。

她捧在手中端详了足有半个多小时才将戒指放回宝蓝色的丝绒盒子里,锁进了最底下的抽屉中。

今天的等待并不是没有意义的。至少让自己明白,一切结束了。

不用再白费时间去幻想了。

张启书,再见。

第五章

我们从来看不清自己的心

One never see clear his heart

这边顾长安正穿着浴袍，坐在懒人沙发上擦着湿漉漉的头发，衣襟半敞，露出小麦色健康的肤色和结实的胸肌线条。

当房门被暴力地从外踹开，林明镜那喷着怒火的双眼出现在吴叮铛身后时，顾长安并没有感到任何意外。

“好你个顾长安，翅膀硬了啊！吃老娘的用老娘的，现在连辞职这么大的事情都敢瞒着老娘了！”

顾长安没吱声，吴叮铛拉着林明镜进屋坐下，抚着她的背给她顺气：“冷静冷静，我们先听听长安解释下到底发生了什么事。”

说罢她冲顾长安使了个眼色，示意他要是不想被林明镜轰出去无家可归的话就赶紧坦白从宽。顾长安双手用力揉着太阳穴，叹了口气后缓缓说道：“本来我是请假到Jacky走的那一天才去上班的，但是公司里有一项我参与的任务还没完成，第二天我必须回公司去。到了下午Jacky才来公司，一进办公室就把我给喊出去了。”

吴叮铛气鼓鼓地哼一声：“他还有脸找你！找你干吗啊！欠揍啊！”

“他说他知道我已经认出来他作品上用了一些我当初丢弃的idea。可他狡辩说他当时让我放弃这些idea的时候的确没有想过自己的作品会用到，更没有想到能获得这个创意奖。”

“呸呸呸，听他这衰人胡扯这辈子就玩完了！”

“我根本不想和他多讲废话，”顾长安音量渐渐大了起来，掺杂着无法形容的愤怒，“可是你们知道他竟然和我说什么？他觉得我生气是因为没拿到他得到的好处，他得这个奖也有我一部分的功劳，为了犒劳我他愿意付酬劳给我！他让我开价！他把我当成什么！”

“他怎么可以这么没有羞耻心啊？”

吴叮铛看起来比顾长安还要愤怒，把床拍得啪啪响。反倒是最开始在盛怒状态下的林明镜变得十分平静，一把压住吴叮铛在半空中挥舞的拳手问道：“然后呢？”

“我很生气，忍不住揍了他一拳。山口先生——就是我的经理刚好从办公室出来看到了这一幕。他质问我们发生了什么事，我忍无可忍便把 Jacky 和我之间的事和盘托出。经理问 Jacky是不是真有其事，Jacky 矢口否认，经理便把我和他各自喊去办公室问话。最后山口先生选择相信 Jacky，不但告诫我不要被嫉妒心冲昏了头，还明里暗里地讽刺中国人爱争强好胜，为了获胜不择手段之类的话，我一怒之下就辞职离开了。”

一时间三人你看我我看你，都不知道该说什么来表达心里此刻的想法。吴叮铛想指着 Jacky的鼻子狠狠臭骂他一顿，可是她知道 Jacky 已经远赴法国，就算能逞得一时口舌之快又怎么样，顾长安拼搏这么久的心血也不会回来了。

她只是没想过那个会用心画一幅油画来安慰自己的温柔男子内心里竟然藏着这样一副奸恶的嘴脸。

“难道公司里就没有人替你说话吗？”

“没有。”顾长安无奈地摇摇头，“公司里大部分是日本人，Jacky 平常对人都很好，他们全都站在他那边，仅有的几个中国人屁都不敢放，埋头做自己的事。”

林明镜拍拍顾长安的大腿：“至少这段日子你也算是有了工作经验，再去找工作机会就多了，我……”

手机铃声打断了林明镜的话，她把手机从口袋里掏出一看，顿时脸色大变。吴叮铛好奇地凑过去一看，来电显示“毒舌男”三个字，忙问：“毒舌男？谁啊？这世界上还有比你和长安更毒舌的人？”

顾长安没好气地白了吴叮铛一眼：“姐你快接吧，吵死了。”

“是我的新客户，我让你们见识下这朵奇葩。”林明镜深呼吸一口，不情不愿地按下了通话键和扬声器，“江先生，你知道现在几点了吗？”

电话那头悠悠飘来一个低沉的男声：“正好十二点整。怎么，林小姐家买不起钟吗？提醒你一句，你的手机也是可以显示时间的。”

“没有你妹——”见顾长安和吴叮铛同时用惊异的目光盯着自己，林明镜又默默地压下了一肚子的火气，“那请问江先生这么迟打来有何贵干？”

“我新房子的设计图，你打算什么时候给我？”

“过两个月。”

“我那么大的别墅，你只要两个月就可以设计好？看来林小姐真不把我的事放在心上啊。”

吴叮铛转头咧开嘴无声地仰头大笑，林明镜算是遇上难缠的对手了。

“那么江先生希望我什么时候交图呢？”

“如果我把时间说长了，林小姐肯定会偷懒。可我要把时间说短了，又怕林小姐赶不及草草了事。”

很明显林明镜的好脾气就快要用光了，一口银牙磨得咯咯响。顾长安冲吴叮铛偷偷做了个抹脖子的动作。

“那你到底想怎样？”

“没怎样，就想打来问下你什么时候完成任务。”

“我说了两个月就两个月，绝不会应付了事。”

“很高兴听到林小姐这么说。早点睡吧。哦，对了，有空你该去趟美容院了，上周和我在一起的朋友误以为你是我阿姨。”

“江景宁！你——”

电话那头的声音越发欠扁：“我怎样？”

“您也该洗洗睡了，男人过了四十身体就大不如从前了，熬夜更是不好。”

那头沉默三秒后才有了反应：“我二十八岁。”

“哦？不好意思，我以为您已经四十多了，也许只是你的脸给我的错觉。真不好意思，那么，祝您做个好梦，拜拜！”

不给江景宁反击的机会，林明镜迅速挂断了电话。吴叮铛这才放声大笑，一手捂着肚子一手捶着地板，笑得脸部肌肉都要抽筋了。

“哈哈哈，这、这江景宁是何方神圣啊？简直是我的偶像，哈哈哈……”

顾长安这会儿早就把不快抛去了南极，不停地笑着点头附和着吴叮铛：“就是就是，我还是第一次看见能把姐你气成这样的男人。”

“你们这两个没良心的小兔崽子，”林明镜无奈地用手支着下巴说道，“江景宁是我的一个大客户，就是叮铛你见过的那个江先生的儿子。他在北边新买了一栋别墅想要重新装修，江先生就把我推荐给了他。”

“啊？不会吧？那个江先生风度翩翩又很斯文耶，怎么他儿子和他一点也不像？”

“鬼知道！这家伙难缠得不得了，一天一个花样，我一看见他就想一个过肩摔把他扔进他家游泳池里。”

顾长安耸耸肩：“那你拒绝他不就好了，干吗还要受这鸟气？”

“我不能拒绝江先生，他这些年帮我很多忙。所以除非江景宁先炒我鱿鱼，否则我不会不干的。”

好不容易憋住笑的吴叮铛又咏咏笑了起来：“那只有祝你好运了。我希望有天我不会在报纸头条上看见你杀人的新闻。”

“滚滚滚，我懒得理你们两个。下楼睡觉了，长安你别胡思乱想了，过完新年再和叮铛一起出去找工作吧。”

林明镜下楼后，吴叮铛仍一副慵懒的模样赖在顾长安房间里。

“你怎么还不回房睡觉？”

“我怕你想不开跳楼。”

“我没那么脆弱。”

“是吗？这段时间一直在颓废的人是谁啊？”吴叮铛忽然凑近顾长安，若有所思地盯着他瞧了半天，“嗯……”

吴叮铛身上好闻的橘子香水味瞬间包围了顾长安，他的心顿时怦怦跳得像要离开胸腔，赶紧尴尬地别开头去：“你干什么?！”

“我觉得你应该留胡子了，很像犀利哥。”

“你想死就直说，不需要用这么委婉的方式。”

吴叮铛第一次没回嘴，站起身拍拍屁股准备回房：“我去睡觉了。”

顾长安歪头瞅着她：“不怕我跳楼了？”

“你会和我贫嘴就说明你没大碍，嘿嘿。”

“喂！等下！”

吴叮铛回头：“啊？还要干吗？”

“我……” 顾长安也起身走到她身边，拉过她纤细的手，“一切都会过去的。你会拥有更好的，我保证。”

看着顾长安轻轻摩挲着她手指上的戒痕，吴叮铛微微笑着抬手覆在了他的手背上。

“你也是。”

或许每个人的人生都是这样过来的，无论曾经遇到多么让你觉得天崩地裂、痛心欲绝的事，随着时光的飞逝，记忆里的某一处就像藏着块不为人知的小橡皮擦，在你毫无防备的时刻，慢慢地将这些事变成一条条刻在心上的模糊痕迹。

最后的最后，曾经让你念念不忘的人变成了生命中许多过客中的一个，你想不起他的特别，想不起当初他的好或坏，你甚至可以笑着说出那些曾让你痛不欲生的故事，然后，任凭心里刮过一阵风，空荡荡的再也不剩其他。

新年第二天，吴叮铛收到爸爸从美国寄来的贺卡，还有四万美金生活费，这让本准备积极去找工作的吴叮铛决定先完成课业。她回学校继续报名参加烘焙课程，但是放慢了课程进度，毕竟曾经需要她去努力追赶，好让自己有资格以最不容置疑的姿态站在他身边的那个人已经不在了。

顾长安在一家很大的华人报社里找到了份兼职的美术设计工作，尽管收入不多，但身边同事都很好。但近来的他很烦躁，几乎是更年期提前的状态，暴脾气一触即发。

“不是都叫你不要来烦我了！还有，我一直想问你，你到底是怎么知道我家地址的？”

顾长安一手拿着画笔一手拦在大门口，完全不顾帅哥形象地咆哮着。吴叮铛正坐在客厅看电视，她迅速将音量调小并偷偷朝门外瞟了一眼。

庄嘉欣头戴小熊帽子，穿着件西瓜红的羊毛呢子大衣站在门口。她显然已经对顾长安的臭脸免疫了，此刻正晃着手里的蛋糕盒子冲他调皮地笑着。

“上次我和姐夫在公园碰见你姐，后来我们就偷偷跟着她回家啦。我可不是来烦你，是特意送吃的给你哦，这家新开的蛋糕店里的蓝莓味蛋糕很好吃。”

吴叮铛暗想这小妮子追人也不事先打听清楚，顾长安最讨厌吃的就是蓝莓，这根本是火上浇油嘛。果不其然顾长安的愤怒顿时又升一级，青筋在他额头上欢愉地蹦跳着。

“我最讨厌的就是蓝莓！赶紧给我走，以后也不要再来了。”

“可是……”

“没有可是！”

顾长安哐当一声关了门，吴叮铛二郎腿一抖一抖地瞧着他。

“干吗对人家小女孩那么凶，你不想吃那蓝莓，可以拿来给我吃嘛。”

“吴！叮！铛！”顾长安一屁股坐到沙发上，用手肘狠狠勾住了吴叮铛的脖子，画笔一颤一颤的，好几次差点戳到她的鼻子，“你少在这给我幸灾乐祸！”

吴叮铛冲他无辜地眨眨眼：“我哪里有幸灾乐祸，只是觉得人家好歹是一片好意——”

“我正在做一件对我人生至关重要的事情！无论这只妖孽再怎么敲门按门铃，我都不许你放她进来！”

“哎哎哎，什么叫这只妖孽。”吴叮铛有些不高兴地推开顾长安，“人家小女孩喜欢你，来找你有什么错，你至于凶巴巴的跟她屠杀你全家一样吗？”

“我又没叫她喜欢我！而且你明知道我——”

吴叮铛在顾长安漂亮的眼里看见自己心慌的倒影，顿时脸红着从沙发上蹦了起来。

“反正你这样做就是很伤人家心就是了！一点绅士风度都没有！”

“绅士风度？”顾长安坐直身体，微微眯起双眼，“你想要我对她表现出绅士风度？”

“……”吴叮铛被他这没来由的凌厉眼神吓得寒毛倒竖，别过头嘟囔了一句，“男生对女生本来就该要有绅士风度，我要是庄嘉欣，早把那一盒蛋糕砸在你脸上了，还轮得到你喷她满脸口水叫她滚蛋。”

顾长安死死盯着吴叮铛的侧脸，半晌才紧握着画笔站起身来：“如果这是你希望的，我可以做到。”

吴叮铛没反应过来：“做到什么？”

“没什么，我回房去了。”

顾长安回房关了门，一把将画笔甩到桌上。MSN 的图标在电脑上不断闪动，他无意理会，坐在椅子上发起了呆。

本以为那晚庄嘉欣因为魏一晨来闹过之后就算完事了，谁晓得她新年当天又出现在家门口，态度出奇地好，不仅给林明镜道了歉，还送给自己一只惊世骇俗的猪兔子，据说是看了一部什么很火爆的韩剧去网上订购来的。

最让顾长安后悔的就是在林明镜和吴叮铛的怂恿之下，他同意收下了那只自认为丑到爆的猪兔子。这个举动根本就是给庄嘉欣打鸡血，庄嘉欣三天两头就往家里蹿，多嘴的吴叮铛还告诉给她自己的公司地址，现在这个成天无所事事的丫头一下课就公司家门两头堵，搞得自己惹不起也躲不起。

顾长安纳闷得紧，根本不知道庄嘉欣到底喜欢上自己什么，难道就因为那天晚上自己指着她的鼻子训斥了她两句？如果是这样，顾长安只希望她马上去看医生，因为她肯定患了很严重的斯德哥尔摩综合征。

如果不是这样，那她到底干吗没事对自己犯花痴？

刚才吴叮铛竟然还要自己对庄嘉欣表现出绅士风度。所谓的绅士风度是什么，是要自己去跟那个小自己五岁的小妮子吃饭看电影约会吗？

若不是愚人节还未到，顾长安肯定以为这只是场俗烂的恶作剧。他越想越不明白，甚至觉得有些可悲。那个被自己深深喜欢着的女人竟然丝毫没有在意吃醋的感觉，总是乐呵呵的像在看一场八点档狗血偶像剧，时不时还插上一脚让自己陷入更加进退两难的地步。

迫不得已，顾长安决定寻求林明镜的帮助。半夜他偷偷溜下楼，一转把手发现林明镜的房门锁着。他只好从刘凤的房间里穿过去，刘凤躺在床上还没有睡着，听见动静睁开眼来瞧着蹑手蹑脚进来的顾长安。

顾长安冲刘凤咧嘴傻笑了一下，打开隔着刘凤和林明镜房间的门偷偷摸摸地走进林明镜房间里。林明镜正趴在桌子上睡觉，顾长安踮起脚尖，猫着腰走到她身旁，手慢慢伸向放在桌边的手机。

“你干什么？”

一只冰冷的手握住顾长安的手腕，顾长安大叫一声差点把林明镜的手机给扔了出去。刘凤躺在床上无奈地摇摇头又闭上了眼睛。

“我、我……”

林明镜冷冽的眼神像机关枪一样扫射着顾长安。顾长安呆愣了两秒后，脸上渐渐笑出了一朵狗尾巴花。

"姐,你还好吗?冷吗?怎么睡在桌上?"

"如果你下一句再不老实交代,我就把你的手给拧成麻花。"

顾长安知道林明镜言出必行,就算手不被拧成麻花,估摸着也要残上好几天。他继续谄媚地笑着,试图将手轻轻地从林明镜的魔爪中抽回来。

"我那个,想、想美丽聪明、温柔大方又善解人意老姐你帮我个忙。"

林明镜一把将他手甩开,嫌弃地说道:"你又要我帮你去找叮铛说好话?"

顾长安笑容瞬间一敛:"谁要你去找那个没心没肺的女人!"

"哟,这话听来你们俩又吵嘴了啊,"林明镜两手环胸,靠到椅背上优哉游哉地闭着双眼,"那就是要找老姐我去哄她。行,给我什么好处?"

"都不是!我想让你帮我打电话给一个人。"

"谁?"

"呃……嗯……那个……魏……一晨。"

"什么?!"

林明镜不可置信地瞪着顾长安,顾长安不禁缩了缩脖子:"可、可以吗?"

"你要我找他干什么?"

"我——"

"如果你敢说想要我去找他告白,让我去当破坏别人家庭的第三者,我不止把你的手拧成麻花,明天我和叮铛还会喝上新鲜的人肉骨头汤。"

顾长安无语:"姐,你不是没睡醒就是被吴叮铛那大脑体积只有花生米一样大的傻女人给传染了!我怎么可能要你去干这些事?"

"那你小子磨磨唧唧的到底想干吗?"

"我想……"

顾长安凑到林明镜耳朵旁叽里呱啦了一阵,林明镜听完顿时鄙夷地看着顾长安。

"你觉得我会帮你?"

"为什么不可以?!"

"这种事你只有自己去说清楚,叫别人帮你去做说客,你也要看庄嘉欣会不会听得进去。"

"可是如果你出马——"

“少啰唆，快回房间睡觉去，别把你二姨吵醒了。”

“姐！”

“说了不行就是不行。”

林明镜态度很坚决，顾长安拿她没辙，气鼓鼓地关门出去了。林明镜拿过手机，指尖轻抚过自制的水晶壳。粉紫色的水晶在灯光下闪烁着璀璨的光芒，晃得林明镜有些眼花。

她是知道顾长安的难处的，也许别的什么她都能想办法帮忙，可要让自己再和魏一晨主动联系，她想她就算鼓起百分之二百的勇气都很难做到。就算庄嘉欣说的是真的，在自己疯狂喜欢着魏一晨的这些年里，魏一晨也同样默默地喜欢着自己，可那又怎么样？

他结婚了。

一切都已经变了，回不去了。

她将手机塞进睡衣口袋中，用力揉了揉太阳穴准备继续画图，口袋却突然振动起来。

她掏出手机一瞧，是顾长安发来的简讯。

“姐，真的见死不救吗？”

林明镜好气又好笑，回了一条给他：“我不是观世音菩萨，你要学会自救。”

没过一会儿，手机又有简讯传进来，林明镜拿起一看，整个人像被雷打了似的愣住了。

第二天吴叮铛没课，大清早就起床在客厅打电动。顾长安一夜没睡好，顶着对熊猫眼下楼来吃早餐，一边喝牛奶一边没好气地瞪着正玩得不亦乐乎的吴叮铛。

吴叮铛一被人盯着瞧就会莫名紧张，尽管她试图无视那两道粘在自己脸上地愤怒目光，但几场游戏下来都输得很惨烈证明她无法做到：“干什么一直盯着我，我脸上有东西吗？”

顾长安咬了口面包：“嗯。”

吴叮铛下意识摸了摸脸：“没有啊！”

“有屎。”吴叮铛听罢脱下一只毛拖鞋就朝顾长安砸了过去。顾长安头一偏，毛拖鞋擦着他的发际飞了过去，“拜托你也学学人家嘉欣，可爱又体贴。再看看你，脾气不好又只懂得吃，难怪沦落到大好年华一个人在家打电动。”

吴叮铛关掉电视，吃惊地瞧着顾长安：“哎哟喂，这一晚上怎么态度变得这么快？”

“这不都是您老人家教的吗？要对女生有绅士风度。我昨晚进行了深刻的自我检讨，发现我对可爱小女生那样不近人情的确会给她造成心理阴影。”

“反省得不错，然后呢？”

“所以我决定，和她去约会。”

顾长安把“约会”两个字咬得特别重，吴叮铛惊呼一声凑了过去：“发烧了？还是你早上忘记吃药了？”

“你才忘记吃药！”顾长安打开她要摸自己额头的小手，“你不是巴不得我赶紧找个女朋友结束单身生涯吗？丘比特都把庄嘉欣送到我家门口了，我有什么理由拒绝？”

“前一段不还有人说嘉欣比自己小了五岁，自己最讨厌老牛吃嫩草的吗？”

“现在最流行的就是大叔配萝莉，我老是拒绝她是因为我觉得庄玫、魏一晨和姐姐之间的关系，但是想一想这样对她一点都不公平。你觉得呢？难道你不想我和她去约会？”

顾长安死死盯着吴叮铛，希望能从她脸上看出一点不对劲来。吴叮铛眨巴着眼睛呆了半天，猛地一拍顾长安的肩膀笑道：“天生我材必有用，我就说我很适合当心理导师！我要去和林明镜说这个天大的好消息！”

看着吴叮铛像只出笼的小鸟一样欢乐地跑进林明镜房里，顾长安无奈地将手里没吃完的面包丢在了桌上。

或许自己真的该试试和庄嘉欣或是其他追求自己的女孩子约会了。一次次有意无意的试探之下所换回的永远是失望的答案，这么长久以来的等待和坚持他怎么都看不到尽头。

有点累了。

或许，该放下这段感情了。

林明镜坐在咖啡厅里，有一下没一下地用小银勺搅拌着早已冷却的咖啡。她一直想鼓起勇气说一些埋藏在心中的话，可话到嘴边又咽了回去。在魏一晨的面前她无法表现出强势干练，永远像个可爱无助的小女人。仿佛时光从没有更迭，她和他，还都停留在初中时期的青涩模样。

“嗯……一晨哥，嫂子好些了吗？”

“好多了，已经从医院回家休养了。”过了足足有两分钟，魏一晨才开口回答她，“嘉欣和庄玫说，她把什么都告诉给你了。”

林明镜点点头，几不可闻地嗯了一声。

“华——”

“我也喜欢你。”

魏一晨握着杯子的手僵住了：“华?！”

“一晨哥，我也喜欢你，”林明镜深呼吸了一口，自始至终不敢看着魏一晨的眼睛终于慢慢对上他震惊的好看的双眸。她温柔地对魏一晨说道：“你从来不知道吧，从初中开始我就很喜欢你，喜欢你像大哥哥一样照顾我，喜欢你的博学，喜欢你的体贴善良，我喜欢你的一切。还记得那次运动会我突然晕倒吗？是因为我的心脏有毛病不可以进行剧烈的运动。但你那时每天晚上都陪着我和叮铛在操场训练，我不想辜负你对我们的期望。后来叮铛陪我穿了一整个夏天的长袖长裤，大家都笑称我们是去注射毒品了，其实只是我要去挂瓶，手上、脚上都是肿起的针眼，我不想让你看见。”

魏一晨顿时湿了眼眶：“华……”

“听我说完好吗，一晨哥？”林明镜伸手握住魏一晨的大掌，他的手，还是像从前那样，无论何时都是冷冰冰的，后来你突然来了多伦多，我魂不守舍了很久，还央求同在一个城市的爸爸把我弄来这里。你知道的，我和爸妈感情很差，我花了很多力气才说服他们同意我出国。我一直很努力读书，我希望等我再见到你的时候，我这只丑小鸭能够光明正大地站在我的王子身边。

“很高兴，我终于又和你同在一个城市里。可我的王子，身旁却站着一个同样耀眼的公主……”

林明镜的声音渐渐起了些哭腔，可她还是一字一句，慢慢地向魏一晨道出这十几年来她对他的感情。好的、坏的、高兴的、悲伤的、寂寞的，她整整说了一个多小时，语气云淡风轻得像只是在诉说一个属于别人的故事。

直到说完最后一个字，林明镜才可笑地发现，十几年来对魏一晨的坚持、爱慕，不过是一段只需要一点时间就能阐述完毕的悲情故事罢了。她默默地收回了自己的手，眼睛撑得酸痛，但她努力不让眼泪流下来，她不愿弄花自己精致的妆容，让别人把自己看得像个小丑。

魏一晨吸了吸鼻子，声音有些颤抖："所以……这么多年，我们一直都在错过对方？"

"是我一直固执地以为我们还走在同一条路上，但实际上从你和庄玫在一起的那一天开始，我们就已经错过了。"

"小华，今天是庄玫要我来找你的。她希望我能和你……"

"一晨哥，我知道你想说什么，但，我不会和你在一起的。我告诉给你听的这些话，并不是要破坏你和庄玫的感情。我只是想要对你的这份感情做个了结。我不想十几年来都一直在懦弱地暗恋着你、仰视着你，今天能够告诉你这些，我很开心。但破坏别人的家庭，好让自己得到应有的幸福，我即使现在能够忍心做到，日后也会后悔得不断质疑自己的人格。"

魏一晨默默注视着林明镜，她确实和以前完全不一样了。那个初中时期会自以为聪明地跟踪自己回家的花菜头小妹妹已经蜕变成眼前这个漂亮的女人，姣好的面容，优雅的举止，再也看不见当年羞涩不自信的痕迹。

他放下咖啡杯呵呵笑了起来，垂下头不让林明镜看见自己眼里慢慢泛起的酸楚："小华，你真的长大了。我，今天才知道，你已不需要我。"

"一晨哥，我知道你不会放弃庄玫，不然当初无论她为你做了多少事，你还是会选择我的。我们都回不去了，虽然我还是会有些难过，可我很庆幸我看清了这一点。"

林明镜拎着包包站起身来，恨不能立刻夺门而逃。她害怕，再多待一会儿自己定又会泪流满面："我该回家了，还有最后一件事我希望一晨哥能帮我。"

魏一晨点头："你说，我一定帮。"

"希望你和嘉欣说下，不要太黏着长安，长安心里有喜欢的人了，嘉欣做的这些事会让他觉得很困扰。谢谢你。再见。"

"小华等等，"魏一晨也站起身来，"我送你回去。"

"没关系，我走十分钟就到家了。"

“最后一次。”

林明镜望着魏一晨几近哀求的眼神，不能自已地点了点头，和他一前一后走出咖啡厅。今天风很大，吹得人眼睛生疼。林明镜站在十字路口等红灯，低头在包里翻着墨镜。忽然冻得生疼的耳朵上传来淡淡的温暖，林明镜转头，发现高出她半个头的魏一晨正用大衣袖子捂着她的耳朵，温柔地看着她。

林明镜有些恍神，想起刚认识魏一晨的那个冬天很冷，有天放学她的自行车爆胎了推去店里补，魏一晨载她回家时她见魏一晨耳朵冻得通红，于是就拉长校服的袖子捂在他耳朵两侧为他的耳朵挡风。

她还记得魏一晨当时夸自己：“将来绝对是个贤妻良母。”

时过境迁，一晃眼这么多年，自己和他，再也回不去……

眼看绿灯就要亮起，一辆红色跑车忽然唰地停在林明镜和魏一晨面前，挡住了他们的去路。

车窗被摇下，一个穿着黑色风衣的男人昂着下巴，一脸傲气地瞧着林明镜。

林明镜微微皱起眉头：“你知道不知道这里不能停车？”

“所以请林小姐赶紧上车，否则我被开罚单的话一切费用你负责。”

“……”

林明镜抬脚踹了他的车门一下，高跟鞋刺啦在车门上划走了一块漆。

江景宁不以为意，修长的手指在方向盘上敲打着：“到底要不要上来？今天可是你定下的交任务的日子。”

林明镜恶狠狠地瞪了他一眼，拨开魏一晨的手转身对他说：“一晨哥对不起，我有点事，先走了。”

魏一晨还没来得及说话，林明镜就拉开车门钻了进去。跑车飞驰而去，魏一晨站在凛冽的风中久久注视着他们离开的方向，然后举起袖子捂住自己的耳朵往停车场的方向慢慢走去……

林明镜坐在江景宁车上，正以翻白眼的形式表达着自己心中的强烈不满，一双眼只剩眼白，完全看不见黑眼珠子。

江景宁每到十字路口就会转头看她一眼，最后终于忍不住幽幽来了一句：“你不去演僵尸可惜了。”

“我就想知道，江先生是不是跟踪我，否则怎么会刚好在那里？”

“干吗，被我撞见你跟你情人约会害羞了？”江景宁耸耸肩膀，露出一副十分理解的表情，“虽然我觉得你是个不折不扣、绝对没男人敢靠近的男人婆，但个人口味毕竟不同嘛，我明白我明白，不用担心我会攻击你男朋友什么。”

男朋友……魏一晨……

林明镜下意识地伸手摸了摸耳朵，想起魏一晨最后望着自己忧伤的表情，神色不由得黯淡下来，也没心思张口反击江景宁。

原来自己也可以这样果断地将那个男人推开，可以这样把他一个人留下。

今天以前，哪一次不是自己看着他远走的背影……

“喂，醒醒，想得哈喇子都快流到我车座上了。”

江景宁伸手在林明镜眼前晃了晃，林明镜这才回过神，白了江景宁一眼后扭头看向窗外。要不是看在江老先生的面子上，她发誓她绝对会毫不犹豫地把身边这个男人塞进马桶里冲掉。江景宁一定是上天派下来折磨自己的妖精，不能动气，一动气自己就输了。

一路无言，二十分钟后江景宁的跑车缓缓停在了他的别墅车库前。林明镜下车，发现别墅里灯火通明。

“你不是说这别墅就你一个人住吗？没人在家还开得这么亮，不觉得很浪费国家资源吗？”

江景宁甩上车门：“本少爷乐意。”

林明镜鄙夷地看着他：“你该不会是怕黑吧？”

江景宁回头，像看土包子似的看了她一眼：“不要用这么过时的勾引方式，本少爷不会留你在这过夜的。”

我勾引你奶奶的大鸡腿！你这个靠脸吃饭的小软汉！

林明镜张嘴冲江景宁后脑勺无声骂了几句后，跟他进了那宽敞得两排皮卡可以并排行进的家门，这才发现房子里很热闹，原来还有其他人在。

“各位，这位就是我别墅的设计师，林小姐。”

林明镜冲大家点点头算是打过招呼，江景宁走过去与那些人攀谈起来。他面容英俊，身材高挑匀称，身上总是带着 GUCCI Pour Homme II(一种男士香水）的淡淡香水味，在一群男人中十分出众。初次相见，林明镜对他还颇有好感，觉得他一点也不像那些只知吃喝玩乐的纨绔子弟。事实证明，他的确不只知道吃喝玩乐，还练就了不为人知的毒舌功。这厮在他人面前永远是一副谈吐优雅、自信风趣的成功好男人模样，林明镜看着他迷人的笑容，背过身抽了抽嘴角，心想这个道貌岸然的富家公子最好不要惹毛自己，否则定让他在众人面前现出闷骚腹黑的原形！

"杵着干吗，设计图呢？"

江景宁不知道什么时候走了回来，一到林明镜面前立马换上地痞流氓来讨债的模样，林明镜从包里拿出文件袋甩在他胸口。江景宁看也不看就将文件袋递给身后那位西装革履、毕恭毕敬候着的眼镜男。

"吕秘，就按这图来，一点差错也不许有。"

"是，二少爷。"

江景宁挥手示意他退下，林明镜抬头不解地看着他："你不过目？"

"怎么，难道你的设计图是敷衍的？"

"当然不是啊！"

江景宁摊手："那不就结了，你既然说过你会给我最好的，那我就相信你，还需要过目什么？"

"你——"林明镜气得差点破口大骂，碍于周围那么多陌生人，她只好紧紧捏着拳手低声质问道，"那你刚才在我家直接把设计图拿走就好了，还要我过来做什么！"

江景宁抿着嘴，无辜地看着林明镜："是你说你要来我家交稿的啊，又不是本少爷说的。"

"你还给老娘强词夺……"

江景宁握住林明镜戳在自己鼻尖上的食指就往门外走，丝毫不给她说完的机会："走吧。"

"去哪?!"

"请你去旋转餐厅吃顿晚饭，就当是奖励你尽心尽力为我画设计图。"

林明镜甩开江景宁的手："这都是我分内的事，江先生只要把酬劳给我就好，我不需要什么额外的犒赏。"

“饭后才能拿到你的薪资,你有三十秒考虑。”

说罢江景宁就自顾自坐上车发动了车子,改装后的冷蓝色车灯打在林明镜脸上,她正双手叉腰,僵着一张脸瞪着自己。

“上不上来? 不上来你只好自己打电话给计程车公司让他们派车来接你喽。”

林明镜觉得肺都要气炸了,可想到今天是最后一次见到这个大恶魔,又百般安慰自己不要动怒。不看僧面看佛面,就当是给自己攒阴德了。不就是吃顿饭嘛,免费的晚餐不吃白不吃!

林明镜这样重复安慰着自己,心里顿时气消了许多,踩着高跟机车皮靴噔噔噔就上了车。

庄嘉欣和顾长安从电影院走出来,她像只小麻雀似的围在顾长安身边叽叽喳喳个没完。顾长安敷衍地回应着她,目光在熙攘的人群中流连。

“长安长安! 我们去吃那个吧!”

顾长安顺着庄嘉欣手指的方向看去,有些不太乐意:“不是说好只是来看场电影吗?”

“我很久没去市中心那家旋转餐厅里吃饭了。去嘛去嘛,吃完就回家! 我保证!”

庄嘉欣做了个保证的手势,顾长安看了她一眼,双手插裤袋无奈地转身准备进地铁站。

“你去哪啊长安?”

“去地铁站啊。”

庄嘉欣一把拽住他:“我们走过去!”

“什么?!”顾长安挣脱开她的手一脸无语,“你知不知道从这里过去有多远?”

“不会很远的,我保证! 好嘛,好嘛。”

顾长安没辙,被庄嘉欣连拖带拉地往餐厅方向走去。

林明镜晃着高脚杯中的 Carruades De Lafite(小拉菲,红酒名),颇为赞许地看了眼江景宁。

“江先生品味不错,这年份的确比 2006 年好喝得多。”

"配这葡萄蔓烤马头鱼口感特别好，"江景宁一边切着肉一边漫不经心地说着，"如果你觉着好，我一会儿可以从餐厅的酒窖里再挑选两支，你带回去和你男朋友一起共饮。"

"……"

林明镜喉咙一紧，品尝眼前这桌好酒好菜的好心情就这么硬生生被江景宁给毁了。

共饮？只怕夜深人静还能和魏一晨共饮的，是他人吧。想起下午魏一晨拉着袖子为自己护耳朵的样子，林明镜猛灌了一口酒，将酒杯轻轻搁在了桌子上。

"我没有男朋友，请你不要再这么说了。"

"那下午在你身边的那位……"

林明镜又为自己倒了杯红酒一饮而尽，不再理会什么优雅的品酒程序："跟江先生你有什么关系吗？"

"我只是看你们两个关系很亲密才误会了，莫非……"江景宁上下打量了林明镜一番，压低声音说道，"你该不会是他的居家保姆、小三，还是你们曾经在一起，然后你被甩了？"

林明镜看着满脸揶揄表情的江景宁没有说话，二人对视几秒后她发现眼前的江景宁越来越模糊，就像一潭泛起涟漪的湖水，再看不清倒影在湖面上的美景。直到他惊诧的脸又清晰地出现在自己视线之中，林明镜才察觉是自己流泪了。

"江景宁你知道不知道你真的很像个混蛋……"

江景宁呆愣地看着脸上挂着两道泪痕的林明镜，半晌才手足无措地拿过餐纸替她轻轻擦去眼泪。林明镜打开他的手，拉开酒塞将酒杯倒满，又一口气咕噜噜喝到杯子见底。

江景宁坐回位子上有些歉疚地看着林明镜，但他并没有多说什么。他想或许眼前这个女人并没有自己想的那么纯爷们，或许在这样一个宁静的夜晚，自己的话击中了她内心最柔软的死穴。

林明镜一杯接一杯，丝毫没有顾及自己那小得可怜的酒量。她觉得江景宁真是自己的克星，这么多年她什么苦没吃过，什么难听的话，讽刺的话她没听过,还以为自己早就修炼到了无论何时都能保持优雅微笑的境界,却不想每每到了江景宁面前就自动破功,他随意几句话就能撩得自己大动肝火,恨不得变成一个彻头彻尾的骂街泼妇指着他骂上三天三夜。

去他的淑女形象,对面这个男人想要看自己笑话,就让他看个够。反正过了今天,他们老死不相往来!

“我还要酒!你不是要犒劳我嘛!我要喝最好的!”

林明镜一边晃着空了的酒瓶一边冲江景宁喊。江景宁伸手唤来服务生,又要了两瓶餐厅里最好的红酒。林明镜双眼红得像小兔子的眼睛,接过服务生手里递过的酒瓶就往酒杯里倒。

或许是过了饭点,又或许还只是周二并没有太多人来,餐厅里只有两三桌客人。位处半空中的餐厅缓慢地旋转着,江景宁支着下巴一会看看林明镜,一会看看窗外美丽的多伦多夜景,并没有打扰她像灌凉白开一样灌红酒的疯狂举动。

两瓶酒下肚后林明镜早就不记得对面还坐着个自己讨厌的男人,她甚至已经搞不清自己在哪儿了。江景宁看林明镜眼神飘忽不定,嘴里开始嘟嘟囔囔就赶紧买了单,起身扶着林明镜走出了旋转餐厅。

林明镜醉得不轻,江景宁试图让她乖乖靠在自己身上等电梯,她却手舞足蹈、乱喊乱叫起来。

“有什么大不了!我干吗要喜欢你十几年啊!”

“我早就不用再仰视你!早就不用!”

江景宁见餐厅里有人探头朝这边张望,他抱歉地笑笑,伸手准备捂住林明镜的嘴,却被她一口咬住了。

江景宁吃痛抽回了手:“啊!混蛋!你这个悍妇!”

“咬死你!咬死你们这群坏人!我不怕,我很坚强!”

江景宁看着自己手上那排清晰的带着口水的牙印,额头上顿时暴出两条青筋来:“林小华你闹够没有!”

林明镜被江景宁这一吼竟乖乖地安静下来,噘着嘴,两眼呆滞地看着他。江景宁正要继续训斥,林明镜突然扑上来像无尾熊似的搂住了自己。

“嗯……一晨哥……一晨哥你来了……你再载我去书店吧。”

江景宁把她从自己身上弄下来，手臂圈住她的肩膀生怕她站不稳摔倒。这死女人真是喝多了，嘴上占了便宜还把自己错认成别的男人，简直无法原谅。

"我……我和你说个秘密哦，嘿嘿，你不可以告诉别人，"林明镜的身高只到江景宁胸口，她将嘴贴着他的胸膛小声地说着，"其实……我是故意让我自行车爆胎的……这样、这样才有机会坐在你的车后面……"

江景宁听罢没有出声，心底某一处却因为这话而滋生出淡淡的酸楚。林明镜见他没反应，又开始乱舞着双手不停拍打他结实的胸膛："你答应我，你答应我，你答应我，不许和别人说！答应答——"

江景宁握住她的手腕，俯身在她耳旁轻声答道："我答应你，不和别人说。别闹了。"

林明镜这才罢休，像摊烂泥一样软趴趴地靠在江景宁身上。电梯叮地响了一声，电梯门打开后，江景宁想扶林明镜站到一旁给电梯里的人让路，却不想电梯里传来一声怒吼。

"放开我姐！你要对她做什么?！"

顾长安冲出电梯，一把将林明镜从江景宁怀中拉了过来，恶狠狠地瞪着眼前这个素不相识的男人。

江景宁莫名其妙地说："她是你姐？"

"不是我姐难道是你姐！你谁啊！"

庄嘉欣诧异地捂住嘴："景宁哥哥?！"

"嘉欣？"

顾长安站在一旁完全搞不清状况，听见"景宁"二字，他脑海里第一个反应就是林明镜手机里那个毒舌男。难道这个毒舌男想把姐姐灌醉然后趁机胡作非为?

"景宁哥哥，"庄嘉欣看见江景宁显得十分高兴，"在这里碰见你好巧啊！你什么时候从西班牙旅游回来的呀？"

"已经有一段日子了。阿姨不是说你想留在国内读大学吗？"

"改变计划，我跟姐姐他们一起出来了！哼，姐姐婚礼你都没来参加呢。"

"呵呵，改天一定去登门道歉。这位是？"

江景宁一脸疑惑地看向顾长安，庄嘉欣忙介绍道："他是顾长安，是小华姐的表弟！”

“你好，我是江景宁。你姐姐今晚喝多了，我正打算送她回家。”

顾长安对自己刚才龌龊的想法有点尴尬，想表示友好一张俊脸却莫名绷得老紧。他看着靠在自己身上已经有点不省人事的林明镜，扭头对庄嘉欣说：

“我们改天再吃饭吧，我想先送姐姐回去。”

庄嘉欣乖巧地点点头：“嗯，好吧。”

“你们有开车吗？”见二人摇头，江景宁率先走进电梯中，“走吧，我送你们回家。”

一路上三个人都用惊恐的眼神盯着后座不安分的林明镜耍酒疯。鬼哭狼嚎般唱完一首歌，又错认顾长安为魏一晨搂着不放表白心迹，再不然就是戳着前排副驾驶位上的庄嘉欣把江景宁骂了个狗血淋头，气得江景宁差点想把方向盘拽下来砸晕她。

车停到家门口，江景宁下车帮顾长安将林明镜从车里弄出来。吴叮铛正在为明天的收垃圾日做准备，当她看见江景宁和顾长安像自己拖垃圾箱一样把林明镜从后座上拖出来时，惊得捂住了嘴。

“明镜！”她松开垃圾箱飞奔了过去，“长安，她怎么了？”

顾长安被林明镜折磨得有些晕车，脸色臭得像被人逼着吃下一坨不新鲜的粪便：“喝醉了。”

“喝醉了？”

在吴叮铛的印象里，林明镜一直是个很有分寸的女人。别说在外面，就是在家里，在自己的面前，她也都不会喝成这副头发散乱得像刚从疯人院出来的样子。要知道，林明镜最不允许的就是自己丢掉优雅的气质。

“受什么打击了？”

吴叮铛伸手去扶林明镜，林明镜却一把甩开她，搂住身旁江景宁的胳膊像小女孩似的撒起娇来。

“一晨哥，下次你再带我出去哦。要拉勾勾，不许骗人。”

“……”

吴叮铛这才发现庄嘉欣也在，见她一脸麻木的表情，吴叮铛想来这场戏码林明镜应该已经在车上上演不止一遍了。江景宁垂眸看着她湿漉漉的眼，伸出小拇指轻轻勾住了她的小拇指。

“拉勾勾，骗人是小狗。”

吴叮铛这下彻底蒙了，这个帅哥又是哪里冒出来的。这相貌、这身材，和顾长安比起来真是有过之而无不及啊……

“嘿嘿，好。亲！”

林明镜捧住江景宁的脸，垫脚吻住了他。其实她三分之二的嘴唇都还在江景宁的唇边，并不算亲对了地方，但这并不妨碍把在场每个人都吓得下巴差点掉在地上，尤其是被强吻的江景宁双眼圆睁，竟忘了推开她。

吴叮铛最先反应过来，上前用力拉了一把林明镜。林明镜没站稳晃了几晃，只听哇啦一声，她竟吐了吴叮铛和江景宁浑身都是。吴叮铛跳了起来：“臭女人！我刚洗的澡啊！”

“先把姐扶进去吧，外头风大，着凉就不好了。”

几个人合力把林明镜扶进了吴叮铛房里，顾长安和吴叮铛并不想让刘凤看见林明镜这副狼狈的模样。

顾长安累得满身大汗，比做了两个小时健身还疲惫。他一屁股坐在地上，呼哧呼哧地喘着气。林明镜在床上翻了两翻就呼呼睡了过去，吴叮铛抱歉地看着江景宁：“对、对不起，您、您的衣服——”

“不要紧，我先走了，”江景宁看了林明镜一眼，转头对庄嘉欣说，“走吧，嘉欣，我送你回家。”

庄嘉欣也累得够呛，向顾长安和林明镜告别后她跟着江景宁出了家门。江景宁脱下自己的风衣塞进了门口的可回收垃圾桶里，庄嘉欣拉住他：“你干吗啊景宁哥哥，外面这么冷！”

“难道你要我穿着这么臭的衣服回家去吗？那个死女人……”

庄嘉欣钻进车里搓着双手：“景宁哥哥，你怎么会认识小华姐啊？”

“工作原因，你呢？你又怎么会和他们认识？”

一路上，庄嘉欣向江景宁解释了有关魏一晨、庄玫、林明镜还有自己和顾长安之间的事，江景宁静静地听着，不发一言。

他好像又多了解了林明镜一些，可好像，又还是完全不懂。

“谢谢景宁哥哥，我先进去了。”

“等下，”江景宁也跟她一起下了车，“我进去和阿玫，还有叔叔阿姨打声招呼。”

“嗯！”庄嘉欣开了门，连鞋也没脱就跑去了客厅，“爸妈！姐！你们快看谁来了！”

庄玫下了楼，冲着正在客厅和爸妈聊得不亦乐乎的江景宁开心地挥了挥手：“景宁哥，好久不见！”

江景宁回过头去，正对上庄玫身后魏一晨冷冷的眸色。

“你怎么也不看着点你姐啊，让她喝成这模样。”吴叮铛换了身新的睡衣出来，边闻身边是否还有呕吐物的味道边踢了还坐在门口的顾长安一脚。

“拜托，我是和嘉欣看完电影在餐厅遇上姐姐的，她那时候已经喝得酩酊大醉了。”

“啊？她是遇到什么事竟然连面子都不要了……”吴叮铛咬手指想了半天无果，遂蹲下来问顾长安另一个问题，“那、那个送你们回来的大帅哥是谁？”

“花痴女，”顾长安弹了她额头一下，“就是那天姐姐电话里的那个毒舌男，江景宁。”

“啊?！”吴叮铛大吃一惊，结结巴巴地说，“可、可是那天明镜和他打电话，不是说他看、看起来长得像四十多吗？”

“猪头！”不等她说完，顾长安就又狠狠打了她一下，“姐姐那说的是气话！你没听他说姐姐老啊！”

“不要老打我嘛！”

吴叮铛摸着被打疼的后脑勺，气鼓鼓地说道。顾长安站起身来：“那你就不要老是说一些傻话逼我出手。”

“哼！”吴叮铛踢了他小腿一脚，“真不知道庄嘉欣喜欢你这个家伙哪里。”

“你不喜欢不代表人家不喜欢！”

顾长安突然回过头吼了她一句。吴叮铛愣住了，他吼完也愣住了。

“你……干吗那么凶……”

“因为你话太多！猪头妹！”

顾长安懊恼地扔下一句话，快步回了房间。吴叮铛看着他重重甩上的房门，心里突然有些不是滋味。

江景宁心想自己在车上果然猜得没有错，下午在林明镜身旁的就是庄玫的老公，庄嘉欣的姐夫，林明镜口中的一晨哥。难怪吃饭的时候，自己无心说的那番话会让林明镜落泪。

十三年，女人最好的时光都留给了眼前这个不可能的男人。

这蠢女人到底是怎么想的，真是无可救药。

“景宁哥，你怎么会和嘉欣在一起？”

“说来话长，我们——”

“只是刚好碰到……”

江景宁打断了庄嘉欣的话，庄嘉欣瞧见他对自己使眼色，反应过来忙附和道：“嗯嗯，只是刚好碰到而已。”

“都别站着，坐，坐着聊。来。”

庄玫的爸爸沏茶回来，招呼着大家往沙发上坐。魏一晨拍了拍庄嘉欣的肩膀说：“嘉欣，你到书房来，我有事和你说。”

“刚好，我也有话要和姐夫说。”

两人神色都显得十分凝重，庄玫不由得觉得有些奇怪，笑着揶揄两人：“你们两个什么时候起会有正经的事要谈论了？”

魏一晨笑着摇头：“只是点小事。你先和爸妈陪客人聊，我们一会儿就下来。”

看着庄嘉欣尾随魏一晨上楼，庄玫似乎想到什么，脸色黯了黯又立刻恢复了正常。

“景宁哥，喝茶。”

江景宁将视线从庄玫的脸上挪开，笑着接过了茶杯。

魏一晨站在书桌旁，双手环胸看着庄嘉欣。

“嘉欣，我希望你以后不要去打扰小华的弟弟顾长安。”

“什么？为什么？”

庄嘉欣没想到魏一晨会找自己说这件事，皱着眉头有些不明所以。

“他有喜欢的人了，你老缠着他，会给他造成困扰的。”

庄嘉欣不服气地噘起嘴：“你很了解他吗？！你怎么知道他有喜欢的人？”

就算林明镜不说，魏一晨也知道顾长安喜欢的是吴叮铛，可他并不想和庄嘉欣说得那么深入。

“姐夫我就是知道,所以我不想你给别人造成困扰。”

“我真奇怪,你为什么不希望我和顾长安成一对呢? 这样你和小华姐就成了亲戚,可以光明正大地见她了。”

“你把我当成什么?”魏一晨板下脸来有些不高兴,“我和小华今天谈过了,现在也可以很明确地告诉你,我不会离开你姐姐。”

庄嘉欣恍然大悟地敲了一下桌子:“难怪——”

“难怪什么?”

“我是在去市中心的旋转餐厅吃饭时碰见景宁哥哥的。小华姐也在,她喝得酩酊大醉,撒了一晚上的酒疯,错认顾长安和景宁哥哥是你,拼命搂着他表白,还强吻了景宁哥哥。”

魏一晨紧握着桌角,竭力控制着自己的情绪:“你说什么? 她喝醉了?! 怎么会喝醉呢?!”

“我不知道你们今天谈了什么,但是对小华姐一定打击很大,我从没见过她这副狼狈的模样。她一会笑一会哭,像个小女孩一样一直撒娇,说她怎么怎么喜欢你、暗恋你。”

“……”

魏一晨想起下午,慢慢仰头靠在书架上,深呼吸着试图赶走笼罩在心头整整一天的阴霾。疼痛的眼睛提醒他心里某道防线又被无情地撕裂。

“姐夫……”庄嘉欣见魏一晨难过自责的样子,有些愧疚地搓着衣角,“我……对不起,我不该那么说。”

魏一晨声音沙哑地回了一句:“傻丫头,跟你没关系。”

“其实,不用姐夫你说,我也知道顾长安有喜欢的人。”

庄嘉欣走到窗边摇开窗子,寒冽的夜风吹起她的长发,她的眼里映出不远处的点点灯光,迷离得有些哀伤。魏一晨闭着眼,听庄嘉欣慢慢说着:“可是,姐夫你已经不能改变。又也许你可以改变,只是会引来很多很多的麻烦和痛苦。可我是有机会的,只要长安没有和他喜欢的那个女孩在一起,我就有机会改变现在的一切。他从前讨厌吃蓝莓蛋糕,现在也不喜欢,但从前和现在并不代表着将来,不是吗?”

魏一晨听见有人上楼，尽管来人已经刻意放轻脚步，但他还是立马就听出是庄玫。他冲庄嘉欣做了个噤声的手势，庄嘉欣赶紧闭嘴关上了窗子。

庄玫敲了敲书房的门，试探地喊了一声："一晨，嘉欣，你们谈完了吗？"

魏一晨拉开门，脸上的难过神色已不复存在："谈完了。"

"那，下楼吃点水果。"

"好啊！客人走了吗？"

"还没呢，下楼我介绍你们两个认识下。"

"嗯，呵呵。"

"姐夫！"庄嘉欣叫住魏一晨，魏一晨和庄玫同时回过头去，"记住你今晚和我说的话，大男人不可以食言。"

"嗯，我会的，"魏一晨伸手揽过庄玫的肩膀，"回不去的，就是回不去了。"

收到魏一晨的保证，庄嘉欣却有种想哭的冲动。这段感情里，到底是谁错了，为什么三个人都要承受着常人不能理解的痛楚？

庄玫扭头看着魏一晨，抬手摸着他下巴上那些刺手的胡楂。

"别老熬夜，眼睛都红了呢。"

"好，我没关系。"

魏一晨别扭地别过头，那刻意闪避的目光令庄玫心疼。

"庄玫，你是我的妻子，我很早就已经做出选择。所以请你不要再让我去和小华谈，我不会离开你，无论发生什么。"

下午魏一晨回到家对自己说的话仍在耳边盘旋。他说得那么恳切、那么平静，就像只是出门去处理了一趟公事回到家中。可是他的心里，他的心里该是怎样的痛不欲生？

可是她不舍得放手，哪怕他的爱，他的心都在另外一个女人身上。

她不会比林小华做得差，只要他在自己身边，总有一天他会明白。

第二天，吴叮铛是被林明镜推醒的，她睁开惺忪的睡眼，一翻身就看见林明镜迷茫地盯着自己瞧。

"唔……你醒了啊明镜……"

"你干吗睡我房里？"

林明镜的声音十分沙哑，显然昨晚声嘶力竭地哭闹毁了她如黄莺出谷般的嗓音，更显然她已经把昨晚的事忘得一干二净了。

“拜托大姐，这是我房间好不好。”吴叮铛揉着眼睛坐起身来，伸了个大大的懒腰，“你昨晚喝醉了，我就把你弄我房里和我一起睡了。”

“什么？我醉了?!”林明镜大吼一声，接着又立马双手抱头像虾一样蜷起身子，“头好痛！怎么回事？”

“喝成那样还吹了半天的风，不痛才怪。我下楼去给你泡点西洋参来解酒。”

“等下，”林明镜腾出一只手拉住吴叮铛的袖子，“昨晚一晨哥是不是有来？我……我总觉得我一直和他待在一起，他不会看见我喝醉了吧？”

吴叮铛同情地看着披头散发的林明镜，心里想着该不该告诉她那个比魏一晨看见她喝醉酒还要残酷的现实。

“我就知道，他一定看见了对不对……”林明镜抓过枕头蒙住自己的脑袋，呜呜嗷嗷了一阵，“我真蠢我真蠢，怎么就控制不住自己！”

“明镜，一晨哥没有看见你醉酒啦。”

“啊？真的?!”林明镜捂着脑袋坐起身，半信半疑地看着她，“可是，可是我好像记得——”

“那人不是一晨哥，是顾长安。你喝醉认错人了。”

“哦……这样……长安就无所谓了……”

“你还……”吴叮铛扭捏了半天，还是决定把真相说出来，“还把江景宁也错认成了一晨哥。”

“江景宁！我完全把他忘到九霄云外去了！他送我回来的?!”

“嗯，而且，”吴叮铛咽了口口水，默默将桌上的铅笔刀放进自己的睡衣口袋里，“你还、你还亲了他。”

这简直是不亚于世界末日谣言的另一颗重磅炸弹，林明镜傻坐在床上，脑袋顿时一片空白。

“姐，你大清早在鬼叫什么啊？我在楼下都听见了。”

顾长安叼着块吐司面包推门而进，吴叮铛凑到他耳旁低声道：“我和她说了。”

"你傻呀,"顾长安也压低声音道,"瞒着她不会啊！那么坦白做什么！"

"你才傻,要是回头她从江景宁或者庄嘉欣口里听见这件事,我们两个就会被五马分尸的好嘛！"

"你们两个……"林明镜抬头看着惊恐的二人,一字一句冷冷地说道,"把昨晚的事一桩一件地给我说清楚。"

两人你看我我看你半天,只好硬着头皮走到床前,由顾长安声情并茂地将昨晚从碰见江景宁和林明镜开始所发生的事通通讲了一遍。林明镜一直抖着肩膀在冷笑,看得吴叮铛直往顾长安身后躲。

"就这样？没了？"

"没……没了,"顾长安也被她笑得全身发毛,往后悄悄退了两步,"姐,你,你没事吧？"

林明镜冲他俩咧嘴一笑:"我很好,你们可以出去了。"

"明镜要不要——"吴叮铛想问林明镜饿不饿,却被她扫来的一个凌厉眼神给吓得把话吞了回去,"那、那我们一会吃完饭再上来找你。"

两人逃也似的飞奔出房间,留下林明镜一个人坐在床上吸气、呼气、吸气、呼气。

也没什么大不了的,林明镜这么想。

不就是当着江景宁的面前撒酒疯,再一路对着大家剖明自己对魏一晨的心迹,最后在家门口把自己的初吻献给了那个世界第一大恶魔吗？

现在有几个女的到自己这把年纪了连初吻都还在？林明镜试图安慰自己,却发现脑袋乱得像锅煮开了的粥,咕嘟咕嘟直冒泡,混乱到极点。头疼欲裂的她再次倒回床上,并做了一个自认为是本世纪最正确的决定。

她不要再出门见人了。

但事实证明她不找别人,别人却仍旧会不知死活地寻上门来。

比如江景宁。

晚上吴叮铛去上课,顾长安又被庄嘉欣拖出去吃夜宵,只剩下睡着的刘凤和依旧待在吴叮铛房里万念俱灰的林明镜。

十点半忽然有人按门铃,林明镜一头钻进枕头底下装听不见。过了一会儿,她又听见楼下传来钥匙声,心想大概是吴叮铛下课回来了。

“喂。”

这突如其来的一声吓得林明镜直接从被窝里蹦了起来，江景宁靠在门边上上下下打量着眼前这个披头散发的女人，和平日里那个优雅精致得像个陶瓷娃娃的林明镜相比，他更喜欢现在这样的她。

因为平常的她，完美得太不真实。

林明镜伸出手，颤抖地指向江景宁："你、你是怎么进我家的？"

"你的包昨天落在我车里了，"江景宁晃了晃手中的挎包，"我刚才按门铃没人来开门，就从你包里找了钥匙进来了。"

江景宁说得理所当然，顺带着一甩手把她的包和钥匙扔在了床上。林明镜虽然不记得昨晚发生的事，但光是凭顾长安的描述她都能想象得出自己在江景宁面前丢了多大的人。

她发誓，此时此刻如果江景宁还敢再啰唆一句，她一定会用最惨无人道的方式杀他灭口。

"昨天，对不起。"

林明镜没好气地瞪着他："太阳打西边出来了，你没事道歉干吗？"

"昨晚说了一些不该说的话惹你伤心。"

"……"

林明镜心想这家伙十分不对劲，突然这么温柔一定非奸即盗。她想着想着脸上的神色更加难看了。

江景宁板下脸来："你这是什么表情？"

林明镜钻回被窝，她觉得在江景宁面前自己根本已经没有什么形象可言，她还能干出比昨晚更呆蠢的事来吗？

"没有啊，你道歉完了，可以走了。"

"你就没什么想和我说？"

"没有。"

"该死的，你这女人，你昨晚强吻我难道就不觉得心存愧疚吗？"

不提这茬还好，一提林明镜顿时又气又羞，又暴跳如雷地从被窝里蹦了起来："江景宁你真是得了便宜还卖乖！那可是我的初吻！"

"就你是初吻，难道本少爷就不是吗？"

林明镜双眼圆睁，好半天才反应过来："你是初吻？"

"原来你俩都是初吻啊。"

门口突然又冒出来一个声音，江景宁吓得一个踉跄，脑袋差点磕在墙上，回头一看吴叮铛正拎着大包小包，一脸猥琐地站在自己身后。

江景宁和林明镜脑袋里不约而同冒出掐死吴叮铛为自己保守秘密的冲动，但两人都很努力地克制住了蠢蠢欲动的双手。

江景宁露出招牌的绅士笑容对吴叮铛点头笑道："你好，请问你是？"

"我是明——小华的死党兼室友，我叫吴叮铛。"

"你好，我是江景宁。"

吴叮铛进屋把工具扔到地上，挤进林明镜怀里凄凄哀哀地说道："呜呜呜，人家刚才回家路上被打劫了。"

"打劫?！怎么回事？"

"从学校到车站的那一条大路晚上不是都没什么人嘛，来上课的学生基本都开车。我下课正拿着手机跟我妈打长途，突然一个很高很壮的男人从我身旁冲过去撞倒了我，还抢走了我的手机。"

"你人没有事吧？"

"那倒没有，就嘴角和膝盖磕破了，"吴叮铛瘪着嘴，一脸委屈到不行的模样，"可是那是我刚签约的新手机……"

"人没事才是最关键的！手机再买一个就是了。"

"可是……可是……我刚下了很多游戏和视频嘛！"

林明镜和江景宁顿时满头黑线，涌到嘴边安慰的话悉数吞了回去。

"我先走了。"林明镜看也不看江景宁，心想赶紧给老娘滚蛋，"下周一我要看见你拿着一件新的 Prada 大衣出现在我面前，否则你别想拿到你的薪资。"

"什么 Prada大衣？"

"昨晚你吐了我满身，我不得不丢掉我新买的风衣！"

"又不是我让你丢掉的！你不会洗洗再穿啊！"

"我的衣服我乐意怎么样就怎么样，总之是你先弄脏的，你得赔！"

"江景宁你别无理取闹！我是不会赔你的！"

“你这女人，我只是让你赔我件大衣你哪里来这么多废话！我还没要你还我初——”

见吴叮铛不怀好意地看着自己，江景宁适时地咽回了接下来的话。

“总之你下周一最好出现，否则休怪本少爷手下无情。”

“干吗！你还能来杀了我吗？”

“本少爷才不稀得对女人动手，就是昨晚不小心按到了手机录音，又无意把你骂我的话全录进去了。如果我爹地听到你这样辱骂他的宝贝儿子，不知道会是什么反应。”

林明镜咬牙切齿地瞪着江景宁，半晌才从嘴里吐出三个字：“你赢了。”

第二天吴叮铛还是晚上的课，下课后她戴着耳机摇头晃脑地从教学楼里出来了。走到一半耳机猛地被人一扯，她心想你奶奶的大鸡腿，昨天抢手机，今天连耳机也不放过了？

她转过头，却发现顾长安正居高临下，一脸鄙视地看着自己。

“长、长安？”

“跟你说过多少次耳机声音不要开那么大，过小路万一没听见车开过来的声音被撞死怎么办？”

“呸呸呸！我有那么笨吗?!”

顾长安一甩手把耳机扔还给吴叮铛：“你不笨，就是蠢了点。”

吴叮铛把耳机往包里一塞：“你大晚上特意到教学楼门口站着就是为了来损我？”

“听我姐说你昨晚被人抢劫了？”

“嗯！好倒霉的！当时吓死我了，还好没劫老娘的色。”

“切，你想得美。谁劫你色那才亏大——啊呀！”

话没说完，顾长安就被吴叮铛用力踢了一脚：“你这小子到底是来干吗的？”

顾长安一把勾住吴叮铛的脖子，将她拉到自己身旁：“我奉老姐之命前来保护你这个猪头妹的安全。”

吴叮铛不屑地瞄了他一眼：“就你这小身板，我看来跟不来也没啥区别。”

顾长安听后顿时气不打一处来：“吴叮铛你就不能有一刻和我和平共处

下吗？”

吴叮铛也气鼓鼓地反问道：“我干吗要和你和平共处，这么多年我们不都是这么过来的嘛！你想找浪漫时刻怎么不找你的小嘉欣去呢？”

“她和朋友去逛街了。”

“哼，难怪会这么顺从你老姐的命令，原来是美人不在身侧相伴。”

顾长安恼羞成怒：“吴叮铛！你——”

“怎样！”

“你自己回家吧！我觉得我姐的担心根本是多余的，你的价值还超不过被抢的那个手机！”

顾长安一把推开吴叮铛，快步走掉了。吴叮铛一个人站在原地拎着蛋糕和工具，委屈地看着他渐行渐远的背影。

说什么自己不能和他和平共处，哪一次不是他先挑起事端？自从那个庄嘉欣出现，他更是对自己动不动就冷嘲热讽，不屑到了极点，反而跟那个才认识一段时间的庄嘉欣好得像一个人似的。

他有什么道理冲自己发脾气！

膝盖上的伤口隐隐作痛，吴叮铛弯下腰来轻轻揉着伤口边缘。昨晚手机被抢后，她抱着工具一直奔到另外一条人多的大路上才停下来喘气，那时候她才发现自己嘴角磕破了，裤子也破了个口，膝盖上的破皮处正一点点往外渗着血。

她当时害怕得不行，心怦怦直跳，在那家转角处的咖啡屋外坐了很久才去搭公车。没有手机，她找到一个投币电话亭，把仅有的零钱都扔了进去。第一个顺手拨的，却是张启书的电话号码。

没有悬念的，这个号码已经成为了空号。分手半年多她一直克制自己不要去想张启书，以至于到现在张启书的样子已经在脑海里模糊了，像一张泡在水里多时的画轴，只剩下简单的轮廓。

可是初次相见时，张启书令自己觉得天地顿失颜色的感觉却仍很清晰。

他的电话号码自己仍然倒背如流。

他爱吃什么、不爱吃什么、喜欢穿什么颜色的衣服，她都记得。

但那个人，却已经离自己而去了。

她是多么希望张启书那一刻能抱着自己、安慰自己。或许不需要任何语言,只要他在自己身旁,给自己一个眼神就好。可笑的是,在自己最需要他的时候,却连他在哪里都不知道。

她记起在微博上看到的一句话,男人其实就像降落伞,若需要的时候不在,就没有必要在了。

吴叮铛最后没有给任何人打电话,拿着退回的零钱去坐了公车。

自认为最难熬的日子竟然熬过了,吴叮铛想,她比自己心里所想的那个自己,要坚强得多。

回到家中,庄嘉欣和林明镜正坐在客厅喝茶聊天。想到撇下自己独自回家的顾长安,吴叮铛心里更加闷闷不乐,更不想看见这个几乎把这里当成自己家的庄嘉欣,但出于礼貌还是和她打了声招呼。

"嘉欣你好,和朋友逛街回来了啊?"

"逛街?"

吴叮铛没理会她诧异的目光,换了鞋子准备上楼洗澡,走到一半她忽然像想起什么似的停住脚步朝楼下看去:"对了明镜,你不要叫顾长安去学校接我下课。他那小身板,还没我抗打,找他去你还不如亲自去呢。"

"啊?"

林明镜一脸迷茫地抬头看着吴叮铛:"我没叫长安去学校保护你啊。就你这样的还需要保护?"

"他大姨妈。"

顾长安开门而进,一张俊脸上写满了"郁闷"二字。他抬头正对上吴叮铛投来的目光,四目相对的那刹那他立马转开了头。吴叮铛奇怪地盯着他,心想怎么比自己早走还回来得比自己晚。

"你去哪里了长安?不是说好我们一起去吃晚饭的吗?你怎么到这么迟才回家?"

庄嘉欣起身过去,拉住顾长安的手臂又摇又晃。顾长安拨开她的手,勉强笑了笑没有回答。看着庄嘉欣在顾长安身旁像只看见主人回家的吉娃娃一样又跳又闹,吴叮铛抬腿飞奔回房间,不让第二个人看见自己落下的眼泪。

原来他是怕自己出事,特意去陪自己的,根本不是听了谁的命令。

为什么要对自己那么好……

为什么要对自己那么好,又接受着别的女生的追求……

自己对于他,到底算是什么?

周一清晨,正在美梦中的江景宁被一阵电话声给吵醒,睡得迷迷糊糊、口水横流的他看也没看来电显示就接了起来:"唔……谁啊?"

电话里头传来一个尖锐的女声:"江景宁,你还给老娘睡着?"

"唔?"

"唔你妹啊,滚出来开门!"

江景宁从床上坐起来,揉着被震聋的耳朵,像梦游似的摇摇晃晃下了楼。

江老先生有早起的习惯,刚打完太极的他正坐在楼下客厅吃早餐,看见江景宁下楼来,他和在打扫卫生的陈嫂不敢置信地对看了一眼。

陈嫂停下手里的活喊了他一声:"二少爷,今天怎么这么早?"

江景宁压根没听见她喊自己,像个刚学会走路的小孩子一样跌跌撞撞走到大门边开了门。林明镜一身运动装站在门口,双手环胸闲闲地看着江景宁。她并没有发现门后不远处一脸三八地望着自己和江景宁的江老先生还有陈嫂。

"哟,难得见到江少爷不修边幅的模样,一瞬间从彭于晏变成了芙蓉姐夫啊。"

江景宁搓了搓眼睛,视线里林明镜的身影也终于清晰了些。他低头看了一眼自己,米白色的睡袍加一双同色拖鞋,门口的水晶玻璃上映出他鸡窝似的浅棕色碎发。"你知道现在才几点吗?你想干吗?"

林明镜抬手看了看表:"七点零一分。怎么,轮到你家买不起钟了?"

"……"江景宁有气无力地瞪了她一眼,"你到底要干什么,有话说有屁放,讲完赶紧滚蛋。我昨晚很晚才睡觉。"

话音才落,江景宁就觉得一个硬邦邦的东西砸在了他的脑袋上,陈嫂吓得捂住嘴,不由得替门口的林明镜捏了把冷汗。江景宁顿时被砸得清醒了,像只被激怒的狮子般咆哮着:"你这死女人到底要做什么?!你拿什么东西暗算本少爷!"

"江先生您真是贵人多忘事,我来给您送Prada大衣啊。"

江景宁揉着脑袋低头一看，一个银质的大衣形状手机挂件正静静躺在他脚边，上面一排闪瞎眼的水晶 Prada字样。看来刚才砸中他的罪魁祸首就是这个。

“这是什么鬼东西？”

“你要的 Prada大衣啊，全球限量一件，鄙人亲手制作，怎样？还满意吗？”

被愚弄的江景宁气急败坏地将那挂件一脚踹出老远：“林小华你耍诈！是不是不想要你的薪资了？”

“你又没和人家说清楚。”林明镜语气虽可怜巴巴，但脸上早已满满地洋溢着得意之色，“忘了通知你，我的酬劳江老先生已经代你付给我了。拜拜。”

说罢林明镜昂首挺胸，像只骄傲的小母鸡一般转身走了，留下江景宁一个人站在门口气得直发抖，他咬牙切齿地瞪着林明镜远走的背影，半晌才冷冷地从鼻子里哼了声。

“林小华，给我好好等着。”

暑假来临前夕，吴叮铛终于拿到了烘焙课的毕业证书，顾长安也转成了报社的正式员工。他从日本朋友那得知一位日本很有名的人形娃娃设计师要来多伦多的尼亚加拉大瀑布附近的赌城度假，那朋友的朋友的师傅正好与这位大师是故交。朋友托朋友的师傅拿着顾长安花了三个月完成的作品向大师引荐，那位大师看后很爽快地答应与顾长安在下榻的酒店见面。

这天上掉下来的美味馅饼可把顾长安高兴坏了，他当即决定大家一起开车去尼亚加拉大瀑布。自己不但可以拜见大师，一家人还能一起欣赏欣赏那世界奇景。

“我不去了，你们去玩吧。也要有人在家照顾阿姨。”

对于顾长安提议的瀑布之旅，吴叮铛选择了拒绝。自从上次吴叮铛和顾长安闹过别扭后，两人几乎就不怎么说话了，就算是遇见或者在一张桌上吃饭，气氛也十分尴尬。林明镜并没有充当和事佬的角色，她知道有很多事是她这个旁人无法插手的。

吴叮铛替顾长安这来之不易的机会感到高兴，可是面对着他却什么鼓励的话都说不出来。她也不想和顾长安一起去玩，否则这场短程旅途只会变成一场沉默的灾难，闹得大家都不能玩得开心。

“也好，这样嘉欣坐后座也不会觉得挤。”

顾长安并没有异议，很平静地表达了对吴叮铛不能去的想法。庄嘉欣在一旁静静听着却有些难过，她知道这不是顾长安的真心话。眼前的两个人，似乎在往相反的路上越走越远。

而造成这个结果的，似乎就是自己。

她想起魏一晨告诫自己的话，忽然心很酸。

也许有些事即使能改变，也不是自己想要改变就能改变得了的。

第二天下午顾长安他们开车走后，吴叮铛一个人在客厅玩着WII。她心不在焉，连输了十几场比赛。空荡荡的家，第一次让她觉得这样不习惯，想着顾长安，想着庄嘉欣，想着两个人如胶似漆、笑语欢声的模样，她的心就莫名地很不是滋味。

门铃声忽然响起，她大汗淋漓地开门一看，愣住了。

“江景宁？”

江景宁摘下墨镜，酷酷地站在门口看着她：“你好啊，叮铛。”

“你好。请，请进！”吴叮铛把江景宁请进门，进厨房为他倒了杯冰水，“什么风把你吹来了？”

“刚好顺路，就过来看看你们。”

“找借口就找个好点的，我们和你还没熟到需要你顺路来看看的地步吧，”吴叮铛心里正搓火，就算面对江景宁这个正点大帅哥也实在没兴趣犯花痴，“你是不是要找小华？他们去尼亚加拉瀑布了，明天才回来。”

“看来小美女一个人被抛在家里心情不是很好哦。”

“我都去了两三次了，那地方有什么好玩的。周末人多得跟米一样，与其说是看风景还不如说是去数人头。”

“呵呵，我——”

江景宁正要说话，房里的刘凤忽然叫唤起来。吴叮铛赶忙跑进房间查看：“阿姨，怎么了阿姨？”

“疼……脖……脖子……”

吴叮铛弯下腰，伸手往她脖颈处按了一下：“这吗？”

刘凤轻轻地摇了摇头。吴叮铛又往她项背处按了一下，这下刘凤疼得连眉毛都挤在了一起，吴叮铛忙给她轻轻搓揉着："怎么会突然脖子疼呢？"

"是不是落枕了？"

跟在吴叮铛身后走进来的江景宁插了一句，吴叮铛这才发现刘凤人虽然躺着正，脖子却是歪着的，她稍稍一推刘凤的头或是一按她的肩膀后背，刘凤就疼得直哼哼。

"阿姨你等等，我去弄条热毛巾来给你敷一敷。小时候我落枕我妈妈也是这样给我敷的。"

吴叮铛跑进厕所准备热毛巾，江景宁也屁颠颠地跟了过去。

"对不起，江景宁，我没空和你聊天了。你要是想找小华的话后天再来吧，我得照顾阿姨了。"

"这位是林小华的母亲还是？"

"嗯，是小华的妈妈。"

"阿姨这是生了什么病？"

"中风了，瘫痪。"

吴叮铛没空理会江景宁，拧干毛巾后把毛巾叠成小方块敷在了刘凤的脖颈处。江景宁并没有走，一直站在一旁背着双手看吴叮铛给刘凤做按摩，但刘凤疼得直吸冷气，并没有觉得舒服一点。

"叮铛，我觉得你还是别按了。"

"我妈妈以前也是这样啊，按完过一会儿就不会这么疼了……"

"我想你可能是手法不对，把老人家弄得更疼了。"

吴叮铛停下了动作："那我总不能让阿姨就这样疼着吧。"

江景宁皱着眉头想了一会儿，掏出手机给他的秘书打了一通电话。

"我找了人来，她是专业的护理医师。"

吴叮铛看着江景宁，一副你太小题大做的样子："不至于吧，落枕需要这么专业的人来吗？"

"那你要把老人按摩出毛病来了，林小华不会找你算账吗？"

吴叮铛被他反问得说不出话来，心想反正江景宁也不是坏人，有专业的护理医师来总比自己这个什么都不会、只知道一通瞎按的菜鸟好。

二十分钟后，那个叫 Lisa 的专业护理医师就来了，苏州人，长相十分秀气。简单寒暄几句后，她就进屋为刘凤按摩去了。江景宁和吴叮铛在旁看了会儿后一前一后走出了房间。

“谢谢你，多少钱我会付的。”

“钱就不用了，帮我个忙就行。”

吴叮铛指着自己：“我？”

“嗯。”

“我能帮你什么忙？”

“和我去一趟尼亚加拉瀑布。”

“我才不去，”吴叮铛一听就抓狂了，摇着头不肯答应，“你要去自己去。我去了阿姨一个人在家怎么行？”

“我让 Lisa在家帮忙照看，她是很好的护理医师，你不用担心。”

“不要。”

“叮铛你听我说，我真的是有很重要的事情要找林小华。”

“那你打她电话呀。”

“她一直不接我电话，就算我去找她又怎么样？就当是帮我个忙，你真的不用担心阿姨在家出事，我江景宁可以以人格担保。或者……你把你的手机给我。”

江景宁拿过吴叮铛的手机拨通了自己的电话并开启了视频通话，把她的手机放在了刘凤的小桌边。

“如果你真的放心不下，这样我们一路监控着，总没有问题吧？”

“手机一会没电了怎么——”

刘凤在一旁开口劝道：“叮铛……你……你有事……去……阿……阿姨……没……没事。”

“不行，我——”

“去……去吧。”

吴叮铛没辙，上楼换好衣服后顺带着拿了个充电器和自己的手机接上了，对 Lisa千叮咛万嘱咐后她才不情不愿地跟着江景宁出了门。一路上两个人都各自想着自己的事，气氛沉闷无比。

到了瀑布已经是晚上八点了。

尼亚加拉瀑布位于加拿大安大略省和美国纽约州的交界处，是北美东北部尼亚加拉河上的大瀑布，也是美洲大陆最著名的奇景之一，与伊瓜苏瀑布、维多利亚瀑布并称为世界三大跨国瀑布。

夜晚的瀑布在彩虹灯光的照耀下十分壮观，大街小巷也是人来人往，热闹非凡。

吴叮铛突然说道："这瀑布名字取得真难念，什么尼亚加拉，拉他妹啊拉。"

"呵呵，这尼亚加拉是印第安语，是雷神之水的意思。"

"雷神之水？为什么是雷神之水？"

"印第安人认为瀑布的轰鸣是雷神说话的声音。"

"你怎么知道的？"

江景宁冲吴叮铛竖了下大拇指："百度一下，我全知道。"

"……"

两人驱车来到顾长安预订的喜来登酒店停车场停好车后，吴叮铛拨通了林明镜的电话。

"喂，叮铛啊。"

"明镜，长安见完那个大师了吗？"

林明镜坐在床上翻着下午在超市买的杂志："嗯，傍晚就完事了，谈得很愉快。"

"那你们现在在哪儿？"

"刚从外头逛完回到酒店一会儿，怎么啦？"

吴叮铛支支吾吾地说道："我……我在你们酒店前台这里。"

"啊?！"

林明镜听后差点从床上跌下去，一旁吃着苹果的庄嘉欣纳闷地看着她。

"你等着。"

"你去哪，小华姐？"

"我出去一下。"

林明镜挂了电话，一开门就撞到了顾长安的下巴。

"干什么啊老姐,见鬼了啊!"顾长安扶住林明镜,举了举手里的纸牌,"玩牌吗?"

"我下去一趟,你和嘉欣先玩吧。"

顾长安看着林明镜慌慌张张跑进电梯里的身影,奇怪地走进屋问庄嘉欣道:"我姐怎么了?"

"不知道……接完叮铛的电话后就这样火急火燎地跑了。"

"……"

顾长安眼珠子转了转,忽然神色一凛,把牌扔下就追了出去。庄嘉欣被这姐弟俩搞得丈二和尚摸不着头脑,赶忙抓过桌上的房卡也准备下楼。

吴叮铛挂了电话又赶紧和家里连线,确认刘凤一切都安好。

"叮铛!"电梯门一开,林明镜就从里头朝吴叮铛飞奔了过来,"叮铛——江景宁!"

江景宁露出一个似笑非笑的神情来:"林小华,你想不想为你不接我电话做出点解释?"

"叮铛!"林明镜拉了吴叮铛一把,"你干什么把这家伙带来啊?!"

"对不起……我也不想的……他、他说他找你有很重要的事,我才——"

林明镜恨铁不成钢地瞪了她一眼,又转身冷眼瞧着刘景宁:"江少爷找我有什么所谓的重要的事?"

"这东西,"江景宁从裤子口袋里掏出一个东西扔向林明镜,"坏了,既然是全球限量,就要无期限保修。"

吴叮铛看着林明镜手里那个缺了好几颗水晶钻的手机挂件顿时火冒三丈,冲江景宁发起了脾气:"你说的重要的事就是这个吗?江景宁你这个骗子!"

江景宁无辜地耸了耸肩:"对我来说很重要啊。"

"叮铛?江景宁?"

尽管证实了自己的猜测,顾长安仍是一脸吃惊地看着来人。吴叮铛见到他顿时尴尬地别过脸去,浑身不自在地解释着:"是、是江景宁找你姐有事我才来的。"

顾长安哦了一声,两人间的气氛又陷入了低谷。吴叮铛不想和他在这大眼瞪小眼，用力拽了江景宁的手一下："那你重要的事说完了，我们可以回家了吧？"

"我开了一个多小时的车很累耶大姐。"

"江景宁，你——"

"你别走，"顾长安上前一步抓住了吴叮铛的手，吴叮铛脸一红想要甩开他却被他朝酒店外拖去，"我有话要和你说。"

追下楼的庄嘉欣看见这一幕，傻呆呆地愣在原地，林明镜白了江景宁一眼，用力一脚踩在他的运动鞋上转身就走。

"死女人，你干吗踩我?！"

从酒店出来走十来分钟，附近就有一条热闹非凡的购物街，还有一家吴叮铛每次来瀑布下面就会去玩上半天的电动城。电动城再往前走点是一个不大不小的游乐场。游乐场里最显眼的莫过于那个边缘全部挂上了银色彩灯的巨型摩天轮，从很远很远的地方就能看到，从早到晚，缓缓转动着不曾停歇。

"要坐吗？"

顾长安指了指摩天轮，吴叮铛摇头，不敢和他对视，心里像有一只小手在拼命挠似的让她坐立不安。

"你还在生我的气？"

吴叮铛忙把头摇得像拨浪鼓："不不不，我……我没有。"

"那为什么最近见到我总是一副闷闷不乐的样子？"

"我……"吴叮铛想起这段日子两人尴尬异常的相处，还有顾长安和庄嘉欣那嘻嘻哈哈震得房顶快塌下来的笑声，脸色慢慢就黯了下来，"我哪里有，可能是上课太累了吧。"

顾长安看着她，握着她手腕的手紧了紧："叮铛，看着我。"

吴叮铛抬头瞅了他一眼，这几个月来第一次看见他看着自己的神色又如同以前一般温柔。她睫毛轻轻颤着，不敢再继续与顾长安对看，又垂下了头。

"叮铛，我喜欢你。"

这一声告白来得太突然，吴叮铛脑袋嗡的一声，整个人顿时就蒙了。顾长安松开手，一把将她拥进自己怀中。吴叮铛的脸被压在他结实的胸膛上就快要喘不过气，免得她又是踢他小腿又是捶他后背："长安！"

"不要挣扎,听我说完,说完我就放开你。"

吴叮铛这才停止挣扎,只是象征性地转了转小脑袋,给自己的鼻子找了个呼吸新鲜空气的缝隙。顾长安低下头,亲昵地蹭了蹭她的脖颈。

"叮铛……你心里都明白的对不对? 你不过是没有揭穿我,害怕尴尬,害怕不知道怎么来面对我。可是在你心里,你知道我对你的感觉。"

游乐场周围吵吵嚷嚷都是声音,情侣也特别的多,不知是不是被这巨大的摩天轮给吸引来的。他们有的在排队买票,有的坐在长椅子上卿卿我我,喂对方吃手里的零食。顾长安和吴叮铛站在角落里,那些转动的荧光照不到他们身上,他们两个的身影像是和周围的灌木丛融合在了一起。

"叮铛,你别紧张,也别害怕。我不会强求你什么,你喜欢谁、和谁在一起都没有关系,真的。记得小时候我们很爱玩家家酒,给娃娃打扮,闹得我爸妈都觉得我不太像个男孩子。每次角色分配时我就特别希望我是爸爸,你是妈妈。如果别的男生选到你当他的妻子,事后我都会等你和老姐离开了把那个人揍一顿。在日本那么些年,我也一直没有办法停止思念你,我害怕我不在你身边,一刻不出现在你的生命里,你就会忘了我的存在喜欢上别人。所以我拼命地读书,只为能尽快逃脱牢笼,飞回中国去找你。毕业后我得知你也来了多伦多,就背着父母偷护照跑了过来。你不会明白,我有多想靠自己的能力给你一个家……"

"长安……"吴叮铛听着心好酸,垂在两侧的手轻轻环上了顾长安的腰,"不……不要说了。"

"其实在多伦多这些年,我真的很害怕。我是个自负的人,可是我从小到大所有经历过的挫折加起来都不如这几年在多伦多来得多。有时候,我真的很想放弃,回到父母身边继续念医学院,然后找一份稳定的高收入工作,或者继承我爸妈随便一个人的产业,就足以令我和我的后代衣食无忧。可是我不能走,不想走……因为你在这里……"

"叮铛,你知道多伦多的英文是什么意思吗?"

吴叮铛哭着摇了摇头,顾长安的灰色衬衣早被她的泪水浸了个透,他爱怜地抚着她的头,温柔低沉的声音也开始有些哽咽:

"意思是相聚的地方。是呀,我们终于相聚了……我曾经天真地以为这全天下只有我顾长安一个男人能给你所想要的,可你却和张启书在一起了。我看着你们在一起,又看着你们分开,看着你为了他生不如死地挣扎、煎熬。我忽然明白,不是我能不能给你幸福的问题,而是你会不会、愿意不愿意接受我。"

怀中的吴叮铛早已泣不成声,眼泪一把鼻涕一把哭得胸口直疼。她想起小时候顾长安又黑又瘦,很少主动和男孩子玩打仗之类的游戏,总是像跟屁虫一样跟在自己和林明镜身后,唯自己二人的命令是从。印象里,自己从小与他便是欢喜冤家的设定,见面讲话不超过三句就斗嘴吵架,有时候一方急眼了就升级成拽头发掀裙子,很少有好好坐下来说真心话的时候。

这样来得突然的真情告白,一瞬间击碎了吴叮铛这段时间为自己所建造起来的堡垒。尘埃与废墟之间,她看见自己伤痕累累、疲惫不堪的心。

她不知道自己是否已经放下那个为家庭父母突然离自己而去的男人,即便真的已经放下了,她也无法此时此刻贸然去接受顾长安的感情。她相信顾长安的每一句话,只是自己那一颗经历过太多的心需要一个过程来慢慢回归到最初能够勇敢去爱的模样。

现如今最好的感情或许便是友情之上,恋人未满。她不知道跨越过友情这条界线,自己与顾长安的未来会发生怎样翻天覆地的变化。

是圆满结局,又或者,是一条不归路……

见吴叮铛久久不回应,顾长安嘴角也泛起苦涩的笑容,一滴不为察觉的眼泪落入吴叮铛的发间。他是知道这个结果的,可他却依旧飞蛾扑火般不要命地掏出血淋淋的心双手奉上。

就正如林明镜所说,什么事都会有个终结,不在此时,即在不远的将来。

今天,就是他顾长安和吴叮铛的结局。

"叮铛,别哭了。是我不好。"

他摸着吴叮铛柔软的秀发,这是第一次,也是最后一次,他可以这样光明正大地拥着她,如果时间能停止,如果时间能停止……

"我知道你不喜欢我,没有关系,你别哭……感情的事不能勉强,我们永远是朋友,是……亲人。"

这几句话说得顾长安肝肠寸断,眼泪像断了线的珠子一样一颗接一颗。

当初听见吴叮铛说她把自己当亲人时气得暴跳如雷拿书砸她后脑勺，现在却从自己嘴里亲口说出了这两个字。

亲人。

就像一条绝望的没有尽头的直线，把吴叮铛和他从此隔在了不会相交的两个世界。

顾长安捧起吴叮铛的脸，替她抹去脸上的泪水。吴叮铛抽噎着，两眼泪汪汪的像只可怜的小狗一样看着他。顾长安牵起她的手："走吧，回酒店去。"

路上顾长安执意给吴叮铛买了她最爱吃的棉花糖和焦糖苹果，吴叮铛举在手里哪个都不舍得吃。一路上好几个中国女生指着顾长安一副花痴状，她看着身旁这个男人好看的侧脸，心如血滴。

为什么偏偏是自己，全世界最不想伤害顾长安的就是自己。

回到酒店后吴叮铛没有逗留，尽管林明镜叫她不要担心刘凤，留下来陪大家一起玩，她还是逼着江景宁开车载她回家去了。庄嘉欣一直静静地在林明镜身侧，没有像往常一样聒噪得像只鸭子。看着两个人顶着红肿的双眼一前一后进房间时，忐忑不安的心突然像是只烂透了的橘子被人一把捏得稀巴烂。

那是从来没有过的一种负罪感。

之后的日子一直很平淡，今天做的事和昨天的基本没差，而明天又是在重复着今天的生活，有时候一觉醒来都会感觉活得好空虚很无趣，不知道到底活着是为了什么。芸芸众生各自忙碌，最终不过就是为了那看似最简单，其实很揪心充满艰难的三个字：活下去。

吴叮铛思来想去，给别人打工不如自己当老板，于是她决定攒钱开一家蛋糕店。有了梦想，动力也就随之而来，吴叮铛每天都很努力地买各种报纸找工作中，只是冬天快来了工作本来就少，依旧懒得去考驾照的她因为没车，许多偏远但是待遇不错的工作都将她拒之门外，这让吴叮铛苦恼了很久。

顾长安从瀑布回来之后就没有再对自己的心意提过只言片语，两人相见他也总是嘻嘻哈哈，像个没事人似的。吴叮铛并不拆穿他，便陪着他装没事，可每次一看到庄嘉欣来找顾长安，或是晚饭时间只剩下林明镜和自己两个人大眼瞪小眼地扒着饭碗时，她总会觉得心里少了些什么，空荡荡的，没个着落。

如果一定要在这平淡无奇的生活里挑出一点乐子来说，那就不得不提到江景宁这个人了。他的皮囊绝对是帅哥中的帅哥，但他时而聪明过人，时而呆得仿佛脑容量只有一粒米那么大的脑子却也是奇葩中的奇葩。

他的别墅于前两个月开始动工，这几天他不知道受了什么刺激，又打着他老爸的旗号来让林明镜陪他回别墅去监工。林明镜自然不肯顺从，并让他尝到了林氏高跟鞋痛击的滋味。一周后江老先生亲自光临，再一次恳切地向林明镜提出了江景宁的要求。

与其说是爱子心切，宠溺过头，不如说是江老先生觉得自己已经到了可以在家和孙子共享天伦之乐的年纪，只是家有了，还缺着个儿媳妇和大胖孙子。

没错，他很欣赏林明镜，他希望林明镜能当他江家的儿媳妇。只可惜林明镜浑然不知，而且对江景宁已经嫌弃到三天三夜都说不完他坏话的地步。你要说让她试着和江景宁处对象，不如给她一瓶含笑半步颠来得痛快。

“你这后院才刚刚开工，房子里也还在刷油漆，要我来监工个屁啊！”

林明镜踹了一脚地上的油漆罐，没好气地拢拢衣领不让风吹进来。

江景宁摘下墨镜：“我觉得很多事需要做啊。”

“麻烦给我举个例子。”

“比如他们用的材料，比如——”

“比如你吃饱没事干！”林明镜大声冲他咆哮着，“我哪儿知道他们用的材料是好还是坏，我又不是学建筑的！就算是你也不一定知道哪个油漆牌子好哪个油漆牌子差吧！”

“要是我的房子出了事情，你负责吗？”

“我要负责什么?!”

林明镜几近抓狂，真是秀才遇上兵，有理说不清！有钱人她林明镜见得多了，富二代客户更是如天上的繁星一般数不胜数。抛开外头的陌生人不说，就家里顾长安那想一出是一出的大少爷，也没神经质到像眼前这个男人似的。

阴晴不定，精神分裂，腹黑……

“我说林小华，你干吗对着别人总是和颜悦色，有求必应，对我就这么凶巴巴的从没个好脸色？”

林明镜冷哼了一声："你怎么不说你老是神经兮兮的让人无法用阳光般的微笑来对待你呢？"

两人只要一杠上，周遭气氛绝对堪比即将开火的战场，那无形中弥漫的硝烟足以呛死方圆十公里内所有生物。在外头刷漆的工人们尽管听不懂他们在争执些什么，但光是看到两人凌厉如刀的神色就吓得赶紧找借口蹿进别墅里，能躲多远是多远。

"江景宁你到底想怎么样？我大不了把钱还你，这活老娘给你白干了还不行吗？要不是看在江老先生的面子上，我才懒得接你这单 case！"

"……"

早就做好还击姿势的江景宁瞬间沉默了。

他微微眯着眼，抿成一条薄线的嘴唇令他看起来十分冷漠无情："原来是这样，我还以为……"

"以为什么？以为我贪你这笔钱？"

"算了，林小姐你回去吧，"江景宁背过身去，"亏得你自己开车来，我要待到很晚，是不会送你回去的。"

"不劳您操心，就算没开车我也可以坐计程车。"

走出几步远后，江景宁在背后很小声地喂了一声。林明镜转过身，一手叉着柳腰不耐烦地看着江景宁："还有何贵干，你就不能一次把话都说完吗？"

"我今天找你来的确和监工没多大关系，我找你来……是为了这个。"

江景宁走到她身旁，从钱夹里掏出一张叠得四四方方的纸递给林明镜。林明镜接过来嗤笑了一声："几岁了你，还玩这种小孩子传纸条的游戏？"

"我本以为我用不到这张纸，不过看来我想的没错，林小姐并不愿意和我独处，本少爷不强人所难，慢走不送。"

说罢江景宁头也不回地进了别墅，进门时他不小心踢倒了一罐油漆桶，昂贵的西裤顿时染上一大片粉紫色，十分难看。

但江景宁只是皱着眉头看了看，并没有在意。他单薄的背影在落日余晖下显得十分孤单，林明镜想起他似乎总是一个人独来独往，没见过他身旁有什么女孩子，最多有时带着那个对他毕恭毕敬，把他当皇帝伺候的秘书吕臣。

林明镜坐上车，打开那纸条一看，上头写着一个地址和名字，还有一行十分工整刚劲的字。

“明天让顾长安找这个人，报上我的名字就好。”

林明镜觉得莫名其妙，打开手机谷歌了一下那个地址才发现原来是加拿大某家非常知名的游戏设计公司。想起刚才江景宁望着自己突然沉默的样子，林明镜的心像被人狠狠揪了一把，酸疼酸疼的，喘不过气。

“哇塞！这个江景宁果然是我偶像！要知道这家公司可是很难进去的！”

“人家又没说要收你，你激动个毛啊！”吴叮铛白了手舞足蹈的顾长安一眼，转头看向林明镜，“那这家伙就把纸条给你，别的什么都没说？”

“……没有。”

林明镜不想把下午发生的事和两人说，她呆呆地坐在沙发上，把手机放在茶几上推来推去。

“江景宁还真够无聊的，这么点事打个电话或者当面说清楚不就好了嘛，还要神神秘秘地塞个小纸条。是不是有钱人家的小孩都这么神经兮兮的？”

吴叮铛说的话和下午林明镜对江景宁说的相差无几，这一刻她听着吴叮铛用同样的语气说出这些话，心中却五味杂陈，刺耳得要命。

“别这么说人家，人家也是一片好意。”

林明镜丢下一句话后就回了房间，剩下吴叮铛和顾长安面面相觑。

吴叮铛冲顾长安吐了吐舌头：“我看你姐又是被江景宁刺激得大脑运作不正常了。”

“所以我说这世界上再无敌的人都有克星，哼哼！”

看着顾长安扬扬自得的模样，吴叮铛扑哧笑出声来：“看你小人得志那样，是不是觉得一山更比一山高，你终于找到压制你姐的秘方啦？”

“说得没错！果然还是你最懂我！此时此刻本大爷只想高歌一曲……”

顾长安刚把手中的纸卷成筒要开唱，急促的门铃声就不识趣地打断了他。

“开门开门，长安快点开门！”

吴叮铛听出是庄嘉欣的声音，脸上的笑意便渐渐隐去了。顾长安看了她一眼，别扭地走到门边开了门。

一包沉甸甸的东西砸在顾长安的身上，顾长安下意识一接，发现是火锅料、肉片、罐装饮料之类的东西。

庄嘉欣从缝隙处挤了进来，大口大口呵着气，小脸冻得通红，头发也有些散乱。

“我的天，今天外面也太冷了吧！才十一月耶！”

顾长安把袋子往地上一放关上了门，他对庄嘉欣毁了自己和吴叮铛之间难得的欢快气氛有些不高兴：“你知道冷干什么还要跑来？不会在家里待着啊？”

“那怎么行，说好今天这个节日我一定要陪你过的。外面那么冷，我们在家吃火锅就好！”

吴叮铛看了看墙上的挂历：“节日？今天有什么节日吗？”

“十一月十一号光棍节啊！”

吴叮铛愣了愣，是哦，好像每年一到这时候网络、论坛、社区什么的都会把这天炒得沸沸扬扬，自己最近忙着找工作都无暇上网闲看，也就忘记了这茬。

不过只是几个数字而已，招谁惹谁了？单身又碍着谁了？

吴叮铛撇撇嘴，起身上了楼。顾长安伸手拽住她的胳膊：“一起吃吧？把姐姐也叫下来。”

“我饱了，你自己去叫明镜吧。”

说完吴叮铛拨开顾长安的手就上了楼，她不去看顾长安失望的眼神，同样，她也不想让顾长安看见自己失落的表情。

这样，最好。

保持着一只手拉不到的距离，不至于让彼此再陷进去。

爱情，是条插满尖刀却流淌着蜜水的大河。好不容易才爬上岸的吴叮铛不想再跌进这条大河里，她怕自己这次会尸骨无存。

第二天顾长安这场勉强称之为面试的见面十分顺利，被告知以他目前的能力足以胜任公司设计副总监这一职位，下周就可以正式来上班了。

顾长安高兴到发狂，刚出公司大门就打电话给林明镜和吴叮铛报喜，回到家还给两人每人一个无尾熊抱抱。林明镜和吴叮铛也很替他高兴，早早就准备好了一顿丰盛的晚餐和啤酒，扬言今晚不醉不休。

顾长安和吴叮铛的酒量可以说是半斤对八两，酒过三巡，两人根本就成了一对横扫亚洲影视界的怪咖组合，从客厅跳着兔子舞到厨房，又从厨房勾肩搭背地蹦回客厅。

而三人当中酒量最差劲的林明镜却连脸都没有红一下，那罐啤酒在她面前摆了四个小时只喝掉了三分之一，手中的手机壳因为被握了太久而热得发烫，她用指甲轻轻抠着水晶钻，犹豫着该不该给江景宁打个电话道谢。

可思来想去，她又拉不下这个面子。反正是江景宁自己主动要帮顾长安的，该道谢也应该是明天让顾长安自己打电话去谢，凭什么是自己？

她这么想想顿时就理直气壮起来，可没过几秒她又瘪下嘴，觉得不管怎么样，昨天自己对江景宁的态度真的不是很好，要是知道他找自己出来是因为帮顾长安介绍一份工作，自己说什么也不会那样对他的。

说来说去，还是怪那个家伙不直接切入主题让自己误会他有不可告人的目的。

林明镜蜷在沙发上矛盾不已，偏得顾长安和吴叮铛还在一旁闹得惊天动地，吵得她脑仁直疼，不得已她只好丢下这两个神志不清的家伙独自回了房间。

林明镜开门瞧了瞧刘凤，外头尽管闹翻了天，刘凤却已经睡得很沉，还打着小小的呼噜。林明镜轻轻关上门，在房间里踱来踱去，思量再三，林明镜举起手机拨通了江景宁的电话。

只是为了顾长安，她这么对自己说。

电话响了很久江景宁才接起来，电话那头他的声音与平常不同，十分低沉慵懒。

“喂？”

“喂……是我。你睡了吗？”

林明镜不知怎的，听见电话那头沉稳有力的呼吸声，心头像揣了只小鸟儿般扑棱扑棱直心慌。

“没有。林小姐，有何贵干？”

“我、我是打来向你道谢的。今天长安的面试很成功。”

“没什么好谢的……顾长安是靠他自己的实力进那家公司的。若他没有实力，我就是推荐了也没用。”

林明镜本以为江景宁会拍着胸脯把功劳全揽到自己身上，再以此为借口让自己陪他干些蠢事，没想到他难得说句人话，林明镜反倒不知该怎么回应他，过了很久才憋出一句："不管怎么样，还是谢谢你。"

"知道了。"

林明镜觉得今天的江景宁有些奇怪，试探着问了一句："你怎么了？不开心吗？"

"跟你有什么关系吗？"

"你这个人，"林明镜有些不高兴，真是好心没好报，谁想和你有什么关系，"昨天嫌我不给你好脸色，今天关心你你这样，神经病又发作了啊你？"

江景宁沉默了许久才吐出一句："早点睡。"

没等林明镜回话，江景宁就挂断了电话，挂断那一刹那林明镜听见玻璃碎裂的声音。她支着下巴想了想，该不会是这厮遇到什么问题想不通要自杀吧？所以人之将死其言也善，其行也善，才帮顾长安安排了这么个好工作？

林明镜越想浑身越起冷汗，她随便换了身衣服，躲过门口两个撒酒疯的家伙，驾车朝江景宁的别墅飞驰而去。

江景宁坐在空荡荡的别墅里，为了散去油漆味所有窗户都大开着，冷风呼呼直往房子里灌。吕臣收拾掉自己不小心摔碎的玻璃杯和空了的红酒瓶，蹲在江景宁身侧替他轻抚着背："少爷，回家吧。很晚了。"

"少啰唆，"江景宁不耐烦地挥了挥手，"你要怕被你老婆骂，自己先回去就是了。"

"谁在害怕那个泼妇，我是——"

话还没说完，吕臣口袋里的电话就叮叮当当响了起来。江景宁好笑地看他一眼，指了指他的口袋："夺命连环 call 来了。"

吕臣尴尬地笑了笑，起身快步走到稍远的地方接起电话来，手一抖却不小心按下了扬声器，登时他老婆的河东狮吼充斥了整间别墅。

"吕臣你他妈去哪儿了，这么晚还不给老娘回家！胆儿肥了是不是？"

江景宁晃着酒杯，看着那暗红色的液体在杯中旋转，又顺着杯壁慢慢淌下。吕臣和他老婆争执的场面江景宁已经见过许多回，对他老婆的大嗓门也早已见怪不怪。

吕臣慌忙关了扬声器，好声好气地解释着，完全没了刚才那副天不怕地不怕的男子汉模样。半晌他才挂了电话,耷拉着脑袋走到江景宁跟前。

江景宁放下酒杯,伸出十个手指头来两面翻了翻。

“你和你老婆,零比二十。”

吕臣红着脸有些窘迫:“二少爷,您别取笑我了。”

“好好好,回家吧。”

“您一个人在这真的没事吗?您不是怕——”

“你再啰唆就别走了,大不了明天回去跪搓衣板。”

“别别别,”吕臣不再装大爷了,对家中那只母老虎他是真的一点办法都没有,“那、那我先走了。少爷你别太晚回家,这油漆味还很重,闻多了对身体不好。”

江景宁摆摆手让他快走,吕臣这才一脸不放心、几步一回头地出了门。一开门,他就看见林明镜站在前院草坪旁的石子路上,背着路灯的脸庞隐在黑暗,看不清她此刻的表情。他关上门,径直朝她走了过去。

“林小姐。”

酒入愁肠愁更愁,江景宁越喝越发觉得胸闷。他摸索着抓过地上的起瓶器又开了一瓶新的红酒,随手将手中的软木塞一甩,木塞一下被扔得老远,咕噜噜滚到林明镜粉紫色的高跟鞋旁。

林明镜手按在门把上,看着靠在墙角喝得微醺的江景宁,她弯腰捡起软木塞用力朝江景宁的头砸了过去。江景宁被砸得抽了口冷气,手捂住额头看向门外。

“林小华?”

林明镜冷冷地盯着江景宁,突然转身就走。江景宁大喝一声:“站住!”

如果会听别人发号施令,她也就不是林明镜了。走到半路,她就被追出来的江景宁一把握住了手腕。林明镜皱眉,抬起另一只手就劈向江景宁脖颈,却被江景宁轻易制住了。

“放手!”

江景宁自然是不会放手:“你来做什么?”

“我怎么就不能来?这地盘是你——”林明镜想说这里又不是你做主,但转念一想这别墅的确是江景宁的地盘,又赶紧改了口,“你不是喊我来监工,我就来视察一下。”

“切，”对于林明镜这个借口，江景宁不屑地笑出声来。他松了手，目光越过林明镜的肩头不知在看什么，“哄谁呢……要不是我老爹出面，怕是拿把刀横在你林大小姐脖子上你都不会答应。说吧，是不是我爸和你说我在这里？”

“江老先生？跟江老先生什么关系？”

“哼，不是他你怎么会知道我在这？这里、这里现在还有谁敢来……”

林明镜听他一个人神神叨叨，觉得莫名其妙到了极点。这里又不是鬼屋，别人怎么就不敢来了？

江景宁也不理会林明镜投来的目光，踉跄着走到左边草坪中的小喷泉边台阶旁坐下，抬头看了看暗沉沉的天，又垂下头去拨弄凉如寒冰的池水。忽然他一个人开口说了起来：“以前我们家还在国内的时候，江氏集团还只是一个不大不小的公司。爸爸妈妈工作很忙，但每年寒暑假，我们一家都会去各地自驾旅游，晚上住酒店还要故意一群人挤一间双人房，惹得那些酒店的服务生在背地里说我们是土包子。”

林明镜站在夜风中瑟瑟发抖，只穿了一件衬衣和灰色马甲的江景宁却似乎没有任何觉得冷的迹象。

“后来我们出国了，还是雷打不动每年都去各处旅游。妈妈总是要把照片洗成好多份，让我们人手一本，生怕将来谁手中那份丢了，其他人那好歹还有。妈妈说她等我们兄妹三个长大后要买一栋小别墅，环境优雅，她要在这安静地养老。很喜欢黏着妈妈的妹妹说还要在别墅门口弄一个小喷泉，在喷泉里养金鱼……”

林明镜惊讶地问：“你还有妹妹呢，以前我去过好几次你家，怎么都没见到过？”

“……去世了，”江景宁叹了口气，把冻得失去知觉的手从水里抽了回来，“我十二岁那年，妈妈刚考到终生驾驶执照，兴奋得央求爸爸让她也开一辆车一起去自驾游，爸爸很爱妈妈，自然是同意了。回家路上，一个开货车的司机醉酒……”

江景宁深吸了一口气，别过头，眼睫毛微微颤动着。

“同在妈妈车上的妹妹还有哥哥的未婚妻……全部当场死亡……”

林明镜恨死自己的好奇心，在心里抽了自己好几个嘴巴子。她走过去，伸手拍了拍江景宁的肩膀："对、对不起，别难过……"

江景宁摇了摇头："大哥很伤心，一蹶不振了好几个月后扔下江氏集团走了，再没有音讯。爸爸痛失挚爱，还要一肩扛起家和整个公司的责任，一夜白头，老得我有那么几个瞬间……都认不得他。"

林明镜想起吴叮铛被骗钱不得不远走美国去挣钱的爸爸，想起自己不争气的弟弟，想起瘫痪在床的妈妈和留守在弟弟身边的爸爸，心里顿时也火辣辣地疼了起来，像被人抹了一把辣椒。

江景宁忽然用手背一抹脸，噌地站起身来："你该回去了。"

林明镜舔了舔干燥的嘴唇，不知道该怎么做能让他好受些："你别难过了。"

"我很好。你回去吧，很冷。"

江景宁进去后，林明镜又在别墅外站了很久才失落地开车回了家。

"二少爷一直忙于学习，大少爷走后小小年纪的他又要替董事长分担公司的事情，根本没有时间去交所谓的真正朋友。悠闲地喝杯下午茶、逛街、打电动，对年少的二少爷来说都是件很奢侈的事。如果非要这么说，我吕臣可以算是二少爷这么多年来唯一可以说知心话的朋友。"

"除了必要出席的宴会外，少爷通常都只在自己房里发呆。私下，他是个十分孤僻的人。"

"少爷只是觉得你和他是同类人，可你又比他幸福，他羡慕你。"

林明镜躺在床上翻来覆去，吕臣和江景宁的话在脑海中不断地倒带重复，搅得她根本无法入眠。

吕臣干吗要和自己说这些，江景宁过去怎样和自己有什么干系？

她也想不通吕臣说江景宁羡慕自己指的是什么。家境？背景？学历？事业？说实话自己哪样都没他好，总不能说他有变性倾向，羡慕自己是女儿身吧？

但江景宁想得没错，他和自己，在某一方面，的确是同类人。在人前装三孙子的功夫都可谓是练到了炉火纯青的地步，看起来根本就是没心没肺最佳形象代言人。

但喧嚣散去，夜幕降临，万家灯火亮起的时候，卸下面具的"这一类人"又该是怎样的憔悴和不堪呢?

就这样辗转反侧地熬过一夜,林明镜头疼的毛病又犯了。她爬起来去厨房倒水喝,却发现昨晚那两个撒酒疯的活宝霸占了整张沙发,正搂在一起睡得香甜。

林明镜无奈地摇了摇头:身边怎么都是些问题宝宝?她倒了杯水走回来,抬脚把顾长安踢醒,冲正趴在他身上口水横流的吴叮铛努了努嘴。

顾长安困得眼睛只能勉强睁开一半,迷茫地看了眼林明镜,又低头看着压在自己胸口的重物。

"靠……我说我怎么老做噩梦……"

顾长安费了老大劲儿才把吴叮铛推开,刚爬起身脚却踩到地上的瘪酒罐,重心不稳又朝后倒去。林明镜伸手没扶住,眼睁睁看着他一屁股跌坐在了吴叮铛的肚子上。

这简直就是要了吴叮铛的老命,只见她圆睁双眼,一下子从美梦中痛醒过来。

顾长安忙冲她道歉:"对不起对不起!我不是故意的!"

"对不起个屁……"吴叮铛奋力吸了口气,冲顾长安大吼,"还不快起来!你想坐断我的老腰呀!"

顾长安忙蹦起来,把地下的酒罐踢出去老远。

吴叮铛揉着肚子,一脸痛苦地坐起身来:"你说你到底想干什么顾长安?!"

"我没想干什么啊……我踩到罐子滑倒了才坐你肚子上的。"

"你那是坐我肚子上吗?你直接坐我的腰上了!"

"你那是肚子!"顾长安戳了吴叮铛的小脑袋一下,"再说,你有腰吗?"

林明镜在一旁喝着水,这大清早就爆发的战争让她脑仁越发疼起来。她心想幸好自己没和江景宁是一对,不然家里真是天天都热闹,不用再花钱买电影票了。

想完林明镜又真想抽自己一嘴巴子,自己到底在胡思乱想什么!

顾长安上任第一天可说是雄赳赳气昂昂,就差没在胸前挂个我在某某地方上班的牌子了。只是到了下班回来,正在厨房做饭的吴叮铛发现他像霜打了的茄子似的耷拉着脑袋,一进门就把那个被她和林明镜吐槽了好久的黑色公文包甩在了沙发上。

吴叮铛往围裙上抹了抹手上的油渍:"你回来啦长安,怎么了这是?"

"啊啊啊啊,"顾长安一屁股坐到沙发上,烦躁地搓揉着头发,"叮铛我好郁闷,今天公司里的同事都对我毕恭毕敬的,我该怎么办啊?"

吴叮铛白他一眼:"呆子,人家对你毕恭毕敬还不好啊,你现在好歹也算得上是半个领导,难道你还想像在之前那个公司里一样被人使唤来使唤去?"

"我不是这个意思……你都没看见他们今天,简直把我当神牌供起来,就连比我大一级的设计总监也是和颜悦色,什么活都不让我干。在我面前大家都是能站不坐,能干不说,一天下来我跟大家说的话十根手指头都能数过来。"

听他诉苦完吴叮铛扑哧一声笑起来:"看来你真是,那话怎么说来的?对,少爷的身子劳动的命!不习惯当皇帝被人伺候。好啦好啦,今天不是第一天嘛,大家都不是很了解你,多相处一阵大家熟悉了就好了。"

"这样也就算了,更重要的是今天是周一,早上他们开例行公司大会,说是要开发一个新的游戏,让每个人提一点自己的想法。我虽然游戏玩得多,却没有接触过开发编程这些,说得可能有些太天马行空不切实际。中午吃饭的时候我去茶水间倒咖啡,听见几个人在那议论我,说我根本是靠董事长的关系进公司来混日子,没有真本事。"

"走哪儿不都有这么一群爱嚼舌根子的人嘛,你就别在意——"

"我怎么能不在意!"顾长安又开始抓狂,"我就是不想让任何人误会我是靠关系坐上这个位置的,我想大家明白我是真的有这个能力!"

"不气不气,"吴叮铛忙好声相慰,"别太把这些流言蜚语放在心里,你要想董事长可是看好你的,你只要以后做出成绩来,那些人也就不会说你什么了。好啦,我煮了你和你老姐最爱吃的麻辣鱼汤,上楼洗个澡下来吃饭吧。"

顾长安点点头,发泄完心里顿时也觉得好受许多,他抓过包上来了楼,心想你们这群人,来日方长,咱们走着瞧!

结果果真是来日方长,一直到了第二年四月顾长安都没能在公司里做出值得大家赞同他的业绩的事情,这让他很是挫败。他也终于明白了什么叫位不高但仍任重,常常为了一点普通员工完全不用理会的小事加班到很晚。但这样也大大降低了他见到庄嘉欣的机会,在庄嘉欣和工作两者间选一,顾长安自然是毫不犹豫地选择工作。

为了这个正在开发的新游戏，公司里所有员工都忙得焦头烂额，设计总监分配给顾长安小组一个新的任务，为了让游戏某个场景更加逼真，贴近现实，他要大家分头去照山川的四季景色回来，地点公司已经选好，来回机票和过夜酒店住宿费等回来到公司报销。难得才过冬天，小组成员都希望去暖和些的地方，顾长安却第一个自告奋勇选择了冬景。

"所以说公司安排你去卡尔加里取景？"

"嗯。冬天的景色也是最难的一项，因为雪山都是一个样子，最重要的是拍摄手法和角度。"

林明镜颇为兴奋，卡尔加里一直是她很想去的一个城市，最近爸爸林忠强从国内回来，趁着有人照顾刘凤的这段时间刚好可以出去好好散散心。

她把这个想法和吴叮铛提了提，希望吴叮铛别再像上次去尼亚加拉瀑布一样丢下他们。可怜的吴叮铛依旧没找到工作，天天在家对着电脑写小说，宅得都要长出毛来了。难得有个出去旅游的机会，她想都没想就答应了林明镜。

顾长安知道林明镜和吴叮铛要陪他去，自然高兴得不得了，一边找自驾游旅行攻略，一边还编了借口瞒着庄嘉欣，不希望她跟来捣乱。

三天后，三个人兴高采烈地拎着行李准备出发，临登机前林明镜却因顾客的设计图出了问题不得不打道回府，剩下顾长安和吴叮铛两个人独自去了卡尔加里。

卡尔加里又称卡城，是一座位于加拿大艾伯塔省南部落基山脉的城市，是艾伯塔省经济、金融和文化中心。这座城市的工程师密度是全加第一，多次被评为世界上最干净的城市。城市以西的班夫国家公园是世界著名的自然风景区，也是加拿大第一所国家公园，各国游客亦慕名而来。而班夫国家公园也正是顾长安公司指定的游戏场景取景地。

两人坐着计程车到早就上网预约好的一家当地华人租车公司租了辆车后才慢悠悠地开车去了林明镜定好的五星级酒店。

"什么?!"

顾长安和吴叮铛两眼直溜溜地盯着房间里的单人床，顿时一个头两个大。顾长安一把甩下行李，掏出早就准备好的长途卡给林明镜拨了通电话。

林明镜正在客户家里帮忙改设计图,来电显示是顾长安,她赶忙接起来道:“你们到啦?”

那头是顾长安愤怒的声音:“姐你搞什么?干什么把我的那间房给退掉啊?”

林明镜放下笔:“做什么这么大声,我退你什么房?”

“你不是说你定了两间房,一间双人房一间单人房吗?”

“是啊,我不是不去了嘛,就把双人房退了呀。”

“……”顾长安简直气不打一处来,这人怎么还说得这么理直气壮的!趁吴叮铛进房间参观的空当,他走远几步压低声音道,“那你要我和叮铛睡一张床上?”

“小色鬼,你脑子里都想什么呢!谁说——啊!”

林明镜这才反应过来自己犯下的错误,可碍于客人在身旁她又不好抓狂,眼珠子一转又恢复了笑意盈盈的模样:“是老姐匆忙之下弄错了,你再去前台开间房不就好了吗?不用这样凶巴巴的。乖。姐这里忙,先挂了。爱你,回头再联系。”

不给顾长安任何答话的机会,林明镜赶紧掐了电话调成静音。顾长安无语地瞪了老半天手机,参观完毕的吴叮铛挤了过来:“明镜挂电话了吗?她怎么说?”

“她想着自己住双人房,既然没去就把双人房给退了!哼,不道歉就算了,还说自己忙挂我电话!我看铁定是跟你在一起待久了,感染了你的猪脑。”

吴叮铛一个背包甩在顾长安后背上:“你才猪脑!那现在我们怎么办?再去开间房?”

“只能再去前台再开间房了……就是不知道你会不会在我隔壁房。”

可悲的是等他们到前台一问,别说顾长安隔壁的房间,所有的单人房、双人房都已经被预订光了,只剩下豪华大房和总统套房,住一晚上的价格都贵得离谱。

吴叮铛垂头丧气地看着顾长安:“现在怎么办?”

“那……那只能睡一间房了……”

顾长安哪里有招,半天才扭捏着挤出这一句话,吴叮铛的脸顿时唰地就红了。

“喂喂喂，死女人你别乱想，我是不会让你吃我豆腐的！我睡地上！”

“谁要吃你豆腐啊！”吴叮铛被他这么一说更是脸红到就要爆血管，双手叉双腰瞪着他，“当然是你睡地板，难道还是我一个女孩子睡嘛！”

话虽这么说，可到了就寝时间两人还是别扭得不行，换了睡衣的两人一人床上一人地上，不约而同地盯着天花板，就差没把天花板用眼神开个洞出来。

许久过后，吴叮铛小声地问了一句：“喂，睡了哦。我可以关灯了吗？”

地上，顾长安也小声地回了一声：“嗯。”

床头的灯虽然暗了，但各怀心事的两人转来转去好半天才睡着。吴叮铛睡眠质量一直不太好，除非是特别疲惫或是醉酒的情况下，否则周围稍微有些动静她就会醒过来。国外墙壁的隔音效果不好这是众所周知的，但隔壁房的住客也不知道是怎么个情况，呼噜打得贼响，一声接一声，吵得吴叮铛醒来后根本不能再睡着，只好躲在被窝里玩手机刷微博。

过了一会儿她尿急，于是轻手轻脚地拧开灯下床去卫生间。地上的顾长安弓身蜷在两条浴巾铺成的临时毯子上，身上盖着大衣，虽然没被隔壁的呼噜声吵醒，却也是眉头紧皱，睡得不太安稳。

虽说是单人间，床却十分大，能并排躺三个大男人。吴叮铛上完厕所回来，关灯想试着睡觉，无奈隔壁的呼噜声还在继续。她翻了个身，忽然听到床边咚的一下，她吓了一跳，脑袋瓜里顿时冒出酒店不干净、床底下有脏东西之类的鬼故事。

她往被窝里缩了缩，为了壮胆又掏出手机来看笑话。过了一会儿床边又传来轻微的咚的一声，她顿时整颗心提到了嗓子眼，想到顾长安还在地板上，万一鬼爬出来看他长得那么好看，把他拖走怎么办？

吴叮铛紧紧攥着被角，平常看到的那些鬼故事一个接一个地从脑袋里冒了出来。她后背直冒冷汗，隔壁烦人的呼噜声什么的此刻听起来却十分可爱。她动作迅捷地一手抄着枕头一手从被窝里伸出来拧开灯，床下没什么脏东西，那咚咚声是顾长安不知道什么时候翻了个身，因为床边空间小，他的头磕在床底板上时发出的声音。

吴叮铛悬着的心又终于落了下来，可是看着顾长安蜷得像只虾米一样，她心里很是愧疚。其实要睡地板也该自己去睡，自己这么小个还能转个身蹬个腿什么的，他缩到明天早上应该都手脚麻木了吧。

她越想越不安，伸出一只脚踢了踢顾长安的肚子。顾长安动了动没醒。她又加重力气踢了一脚，顾长安才睁开眼，迷迷糊糊地嘟囔了声："干吗……"

"……呃……"见顾长安醒来，吴叮铛反而不知道该怎么开口让他上床来，心里怎么念台词怎么听自己像个十足的老色鬼，"嗯……"

"你是不是又在害怕酒店房间里有鬼这些傻事？"

顾长安的声音听起来有些沙哑，前几天为了找旅游路线他本就没睡好，今天又折腾了一天，这会儿困得不行，于是挣扎着坐起身来靠到床边："睡吧，我这样陪着你就不怕了。"

吴叮铛愣住了，顾长安怎么知道自己害怕酒店里有鬼？她红着脸，一个骨碌滚到床的另一头说："上来睡。"

"嗯……"顾长安靠在床边迷糊不清地应了一句后突然拔高了音量，"什么?！你说什么?！"

"我让你上来睡你叫那么大声干什么啊？又不是我要强奸你！扭扭捏捏的像个女人！"

吴叮铛背对着顾长安，一张脸已经红得像熟透了的番茄。长这么大第一次和除了爸爸以外的男人同床，还是自己要求的，这要让别人知道了她纯洁的老脸该往哪里搁！

杀千刀的林明镜，看自己回去怎么抽她！

顾长安一张俊脸此刻也涨得通红，却又不得不故作镇定："你骂谁扭扭捏捏的像女人？"

"这房间里除了我和你难道还有第三个人吗？我睡了！晚安！"

"睡就睡！身正不怕影子斜！晚安！"

吴叮铛明显感觉到大床一沉，顾长安躺上来后伸手关了灯。房里顿时又陷入了一片黑暗与寂静，除了隔壁大叔的呼噜声仍然孜孜不倦地响着。

闹腾了这么一会儿，吴叮铛是真的困了，蜷成一团没过多久就睡了过去。顾长安一直在黑暗中注视着她的后脑勺，直到听见她绵长的呼吸声响起，才慢慢闭上了双眼。

也许，在你心中某个地方，也有我顾长安的位置吧。

哪怕微不足道，但够了。

真的。

这边厢两人睡得香甜，因为工作没得玩的林明镜正叼着棒棒糖在把行李箱里的衣物收拾回衣柜中，虽然她想过帮客人搞定设计图后直接飞过去找顾长安和吴叮铛他们，但下一趟航班要到第二天中午，顾长安统共只在卡尔加里待三天，自己再花几百块钱改机票又玩得匆匆忙忙，还不如在家里躺着吃薯片看电影来得痛快。

客厅突然响起门铃声，林明镜心下一沉，一种不好的预感噌地就从脑子里冒了出来。

她开门，江景宁拎着一个厚厚的黄色袋子斜倚在门旁栏杆上。他穿了件灰色的翻领大衣，不得不说他真是天生的衣服架子，多普通的款式在他身上都能穿出不一般的感觉来。

自从那晚江景宁说出自己的伤心事后，林明镜本想着以后对他态度好些，谁知第二天酒醒的江景宁又恢复成了以往的模样，还经常乐颠颠地载着庄嘉欣三天两头来找林明镜和顾长安，堪称银河无敌的骚扰特工队。

"我说你就这么喜欢大晚上到处跑吗？"

"我白天也跑，你没看见。"

林明镜语噎，恶狠狠瞪江景宁一眼，人却往旁边一站让他进门来。

"有话快说，说完我要睡觉了。"

"哟，你家今天难得的安静啊。"

"长安和叮铛昨天下午去卡尔加里了。"

"你怎么没去？"

林明镜脑门青筋蹦了两蹦，这混蛋，是故意来戳自己的伤心事吗？

"临时有事，就不去了。"

"什么事？"江景宁歪头一笑，"是知道本少爷会来吗？"

"已经凌晨三点了，你如果再啰唆一句我就把你踹出门。"

江景宁难得识趣地闭了嘴，把手中的文件袋往桌上一扔。

"我来给你送成果图。"

林明镜打开袋子一看，里面装着大概四五十张的高清照片和一个U盘。照片全是江景宁别墅装修好后的样子。奢华却不庸俗，一些特别的小设计还透着淡淡的家的温馨。

"你给我这干吗？"

"前一段你不是和我说打算在网上建一个你工作室的网站吗？我想你需要这些照片。"

"那一张也足够了吧，你至于给我这么多嘛，不知道的还以为我是开网站在卖你家别墅呢。"

"我只是让你挑而已，你喜欢哪张就扫描哪张进电脑。"

林明镜合上袋子："哦……那U盘是干吗的？"

"U盘里是你之前替人家画设计图后装修好的效果图，如果你看到满意的，也可以放在你工作室的网站上。"

林明镜咋舌："你从哪里弄来的？"

"秘密。"江景宁吐了吐舌头转身准备走，"我走了。你慢慢看吧，不要太感谢我。"

"我感谢你以后不要在我面前装可爱，恶心。"

江景宁回头要开骂，见林明镜兴高采烈地抱着袋子跑进房间里，嘴角轻轻扬起一个好看的弧度。

第二天吴叮铛和顾长安两人睡到日上三竿，阳光从没有拉上帘子的窗户外透了进来，照在两人身上暖洋洋的，很是舒服。

顾长安先醒了过来，他最怕一睁眼就见到刺眼的灯光，正要抬手遮眼，却发现自己的手臂已经失去了直觉。他转头，正对上一个毛茸茸的脑袋。

顾长安的心又咚咚咚地敲起鼓来，他试图轻轻把胳膊从偎在自己胳肢窝的吴叮铛后脑勺下解救出来。只可惜动作大了些，吴叮铛被这么一震也嘬着嘴，蹭着顾长安的腰背醒了过来。

四目相对，如此近的距离让二人都在彼此的目光中看见了自己惊慌失措的大红脸。

"咳……咳……"顾长安不自在地别过头去，"你，压到我的手了。"

吴叮铛这才发现顾长安一直缩在昨晚他爬上来的地方，而自己占了三分之二个床位，头还正钻在人家的胳肢窝下，刚才还误把他结实又温暖的身躯当成枕头来蹭……

她赶紧往后挪，一直挪到床的另一边才停了下来。

"对……对不起啊。"

"没事，我知道你睡觉不老实。"

顾长安起身去洗漱，吴叮铛乖乖地躺在床上等他出来。过了几秒后，她越想越不对劲，冲着卫生间一声怒吼："你什么时候起知道我睡觉不老实了啊?！"

两人吃了早饭之后才出发去了班夫国家公园。在壮丽的大自然景色熏染之下，两人醉心于山河冰川间，渐渐忘记了同眠的尴尬。

班夫国家公园是加拿大第一个国家公园，坐落于落基山脉北段，其奇峰秀水，位居北美大陆之冠。公园中部的路易斯湖又称翡翠湖，湖水会随着光线深浅，又蓝色变为绿色，漫湖碧透，翠色盈盈，风景极佳。

顾长安和吴叮铛一路上都不停地举着相机拍照。只不过目的截然不同，一个是为了工作取景，而另一个则是为了自拍传到微博上去刺激林明镜这个退错房的死女人。

班夫国家公园十分大，一路转悠下来景点没看两个已经到了傍晚，顾长安拍完黄昏下的冰川后扯着还依旧恋恋不舍的吴叮铛离开了。

"你老板真小气，只给你三天假期还包括来回路程，这哪里能够玩嘛。"

吴叮铛把旅游攻略拍得啪啪响，坐在对面的顾长安一边喝着冰水一边看菜单："没办法，小组其他成员都只去两天呢。"

"那他们去的地方没我们远嘛，怎么着也得让你玩上四五天。"

"小姐我是来工作的，你要是想玩可以等我走了继续留下来玩。"

吴叮铛嘟哝了一句："真是个没情调的男人……"

顾长安没听清，抬眸看着她："你说什么？"

"没有……我在看吃什么好。"

酒足饭饱后从餐馆出来，吴叮铛提议去商场逛逛给林明镜买点什么弥补她没来的遗憾，顾长安爽快地答应了。这一逛就又逛到了晚上九点多快十点，两人大包小包上了车，顾长安顺道载着吴叮铛去租车公司把车退了，第二天就可以直接从酒店坐专门的班车去机场。

“这老板好好心哦，嘻嘻。”

走在前头的顾长安听见吴叮铛这话顿时翻了个大白眼：“人家给你吃的你就觉得人家心好，你是怎么平安活过这二十几年的？”

“你傻了吧唧不也活得好好的。”

“吴叮铛，你再啰嗦就自己拎。”

“我错了。”

听到这句吴叮铛立马闭嘴投降，她真的是累了，后脚跟酸得都提不起劲来。全身上下的装备早在半小时前就都转移到了顾长安的身上，自己只背了个小背包。

两人打算去大路上打计程车回酒店，走着走着前头的顾长安突然停下，正拿着手机刷微博的吴叮铛一个没留神撞在了他的背上。

“干什么啊，停下来也不打声招呼。”

吴叮铛揉着被撞疼的鼻子从顾长安背后探出头，这才发现有几个人影气势汹汹地朝他们靠了过来，一看就不是什么好人，吊儿郎当，痞子气十足。

已经接近深夜，路上早就没几个行人。顾长安一把将吴叮铛的脑袋推到身后，小声嘱咐她：“你赶紧跑。快！”

“我跑哪里去？我才不会丢下你的。”

“拜托别背这么烂俗的台词行不行？你背包里装的是我的相机和记忆卡，要是弄没了我就不好交差了。”

吴叮铛有点受挫：“你妹的，搞半天不是为了我的安危！”

“别开玩笑！我答应过我姐要保护你的安全，你少根寒毛她非把我抽筋扒皮不可！”顾长安板下脸，那几个人已经走到离他们不足两米的地方，“往租车店的方向跑，叫老板报警。”

吴叮铛斩钉截铁地回答：“不行。”

“吴叮铛，别闹了！这不是在拍电视剧！”

“谁闹了！你看我跑得掉吗?!”

吴叮铛这一声低喝，顾长安才发现原来他的背后也站着两人，一看就是和前面这批是同一伙的，打扮很朋克，嘴里有一下没一下地嚼着口香糖。

走在一排人中间的是个黑人，典型肌肉男，纯色贴身背心下的胸肌比顾长安和吴叮铛两人加起来还大。吴叮铛脑海里腾地就冒出一行字：虎背熊腰黑老大。

剩下几个高矮胖瘦都占全了，但一看就是小喽啰角色，长得不帅还忒没气质。黑人一手搭在他身旁的喽啰身上，用黑人口音十足的英语开口调侃道："哟，瞧瞧你们两个，买了这么多好东西啊，还都是大牌子。"

顾长安微微眯起眼，神色中的阴冷令人不寒而栗："麻烦你和你朋友让一让。"

"可以啊，只是我看你们拎这么多东西一定很累，不如都给我和我的兄弟，你们也轻松一些。"

话虽说得像是句玩笑话，可配着这严肃到窒息的气氛，听起来却异常刺耳恐怖。吴叮铛一直用余光扫着身后的两个人，生怕一个不注意他们就会扑上来。

"正好我也拎累了，既然你喜欢，就给你。"

顾长安一手紧牵着吴叮铛，另一只手将所有袋子递给了黑老大。那黑老大一把抢过去，翻来翻去脸色反而比刚才还差。

"尽是些女人中意的烂东西，"黑老大把袋子甩给身后的喽啰，那喽啰正忙着装酷，双手来不及接住袋子被砸了个正着，"我家里那位对这些感兴趣，我嘛，喜欢钱。你，把钱包交出来。"

顾长安二话不说，一把把钱包也递了过去。他稍稍转了转身，侧对着前后两路人，把吴叮铛护在身后。他一点也不想和这群人起冲突，如果可以，他愿意被扒得浑身精光换这次平安过关。因为他知道，如果动起手，第一个出事的绝对是手无缚鸡之力的吴叮铛。

黑老大本很满意顾长安不反抗的态度，但他信用卡两大排，现金却只有几张可怜的五块钱的钱包又再度点燃了他的怒火。他伸手一指缩在顾长安身后的吴叮铛："小妞，把你钱包拿来！"

"她是我的妹妹，她身上什么也没有，值钱的都在我这。"

后头的人吹了个口哨，用他们自己的语言冲黑老大不知说了句什么。黑老大拧起眉头，冲顾长安扬了扬下巴。

“把你妹妹身上的包拿过来。”

“不拿！”

吴叮铛摇头，脱下包紧紧护在怀里。这一举动根本是此地无银三百两，那黑老大提高了音量：“拿来！”

顾长安伸手要拿，吴叮铛却紧紧拽着包带不肯给他。黑老大横眉怒目，不耐烦地大手一挥，几个喽啰蜂拥而上，恍惚间吴叮铛还看见有亮闪闪的东西一晃而过。

好像是刀。

“傻子！快跑！”

顾长安见后路两人朝自己扑来，他用力推了吴叮铛一把，想让吴叮铛从二人的空隙间钻过来。按照电影里接下来的情节，吴叮铛应该是从众人的包围中逃脱，然后撒丫子狂奔去租车公司求救。再不然就是学古装武侠剧，正义凛然地大喝一声：“不！我们同生共死！”

只可惜上述两者都没有发生，因为吴叮铛摔倒了。

没错，顾长安急于想让吴叮铛脱身，这一掌力气十分之大。吴叮铛这棵弱不禁风的小白菜被他这么一推，顿时左脚绊到右脚，双手抱着包摔了个狗啃泥。

“吴叮铛你这个白痴！”

顾长安弯腰躲过攻击，伸手刚想抓吴叮铛起来肩膀就被人扳过，脸上狠狠吃了一拳。顾长安骂了一声娘，一个拳头也还了回去。

吴叮铛自然没傻到躺地上装死，她知道顾长安跟林明镜一样是跆拳道高手，对方虽然人多，但当中只有黑老大体型彪悍，不见得能一下子占得上风。她用最快的速度爬起身，趁着大家注意力还在顾长安身上时一溜烟就往租车公司的方向狂奔而去。

后头有人高声叫喊，吴叮铛哪里敢回头，抱着包不要命地往前冲。租车公司离这里并不远，这种刘翔冲刺的速度基本一分钟就能到。只可惜半路杀出个程咬金，饿狼扑羊似的一把扑倒她，抬手就往她脸上甩了一巴掌。

吴叮铛被这一巴掌打掉了隐形眼镜，眼前瞬间模糊一片。她火上心头，心想老娘的脸你也敢打，今天就跟你拼了！她用尽全身力气往那“程咬金”腰间一踹，竟真的挣脱开了他的钳制。她往旁边一滚，脚又往“程咬金”脸上一蹬，缩脚回来时脚踝却被他的大手紧攥住了，徒剩另一只脚在地上漫无目的地狂踹。

“程咬金”一手制着吴叮铛的鸡脚十八踢，另一只手抓住背包带往他那一扯，背包带直接被扯断了一边。吴叮铛见脚上的功夫使不出来，索性举起包就要砸“程咬金”的脑袋。

只可惜这想法只在她脑海里闪过了零点零零零一秒，接着吴叮铛的所有思绪，包括拿包里相机砸扁“程咬金”脑袋的伟大计划只化作了一句话：

“你妹的。”

“程咬金”大概也没想到眼前这个柔柔弱弱的小女生撒起泼来也这么蛮横，刚才往他腰窝子上踢的那一下起码得疼上一个多礼拜，再加上脸上这一脚简直让他无地自容，一怒之下他拔出藏在衣服里的折叠军刀朝吴叮铛胸口扎了过去。幸亏吴叮铛正自顾自蹬踢得欢腾，没被钳制住的另外一脚踢到“程咬金”的手腕，刀一偏只划破了她的大腿。

要说吴叮铛这人，特长没几个，弱点却很多。怕疼就是其中顶顶靠前的一项，小时候有次突然发烧，她妈妈火急火燎地抱着她去医院打针。结果针头才碰到皮肤她就张口大喊，喊得那叫一个惊天地泣鬼神，把后头排队等打针的小孩集体喊哭了。

这军刀可比针头狠多了，吴叮铛当即扯着嗓子喊了起来：“啊！”

顾长安听见吴叮铛的尖叫声，侧身踢飞挡在自己和吴叮铛之间的男人，疾步跑了过去。吴叮铛护犊子似的把包护在怀里，嘴上喊得欢，脚也没停，被划到的脚直接又扫在了“程咬金”的颧骨上。

这下可真是把“程咬金”惹怒了，他又一次举起刀子直接对准了吴叮铛的脸。吴叮铛吓得一个转身闭眼躲开，却不想背包另一边的带子已经被“程咬金”钩在了手腕上，他用力一扯，吴叮铛就连人带包一起被拖了过去。

这时不远处有人用英文高声大吼：“警察！！警察来了！”

与此同时吴叮铛凄厉的尖叫再一次划破夜空：“啊！”

黑老大一听警察来了顿时神色大变，什么都不要了转身撒腿就跑。其他几个小喽啰也狼狈而逃，留下六神无主的顾长安和躺在地上痛苦呻吟的吴叮铛。她一只手搂着背包，另一只手捂在脖子旁，眼泪大颗大颗地从脸颊上滚落下来。

“叮铛！你没事吧叮铛？”

顾长安冲到吴叮铛身旁，将她扶起来，让她脑袋靠在自己怀里。

“疼……”吴叮铛见坏人跑了，一直紧绷着的神经终于松懈下来。她呜咽着把捂在脖子上的手举起一看，血淋淋一片，十分骇人。她觉得脑袋晕眩无比，再加上掉了隐形眼镜，她努力想看清顾长安的脸，结果却只换来一声干呕。

另一头喊警察来了的人也跑了过来，顾长安定睛一看，原来是租车公司的梁老板。

“梁老板？”

“你们没事吧？”梁老板胖乎乎的，大概是跑得太急眼镜架都滑到了鼻梁中间，“啊呀！这个小姑娘流血了！你们别急，我马上报警！”

说罢梁老板马上掏出手机拨了911紧急电话。吴叮铛靠在顾长安怀里，出气比进气还多，顾长安这才看见她锁骨上插着一把折叠军刀，血正顺着棕灰色的刀柄不停滴下来，早已染红了她的外套和怀里的背包。

他深吸了一口气，将吴叮铛搂得更紧了些：“叮铛别怕，别怕啊。我在这，你和我说话。”

“顾长安……我觉得好难受……呼吸不过来……”

顾长安摸着她的脸，发现她嘴唇苍白，额头不停地冒着冷汗：“叮铛你会没事的，真的，我保证！再忍一会儿救护车就来了！”

“我、我帮你保住了……”她无力地挥了挥手中的书包带，眼皮不停地合下来，“我会和你姐说，别扒你皮的……你长这么好看……扒了……可惜……我睡会儿……头晕……好想吐……”

“你别睡！听见没有，你别睡！你要是睡了我就把你一个人扔这里！叮铛！”

吴叮铛早就昏过去了，哪里还管顾长安这些威胁的话。

“警察和救护车马上就赶到，你女朋友会没事的。”

梁老板挂了电话走过来，轻轻拍了拍顾长安的肩膀。顾长安疼得咧了咧嘴，梁老板这才发现他满脸伤痕，肿着眼角，嘴唇、额头也破了。

“谢谢你……梁老板……”

顾长安抱着吴叮铛，眼泪不停地在眼眶里打转。他不敢想，不敢想怀里的吴叮铛如果就这样睡过去，再也醒不过来了怎么办……

如果她有什么事，自己第一个原谅不了自己……

很快，警车和救护车就一前一后地来了。吴叮铛被抬上救护车，顾长安执意要陪在她身旁。梁老板则是坐在警车里，跟着救护车一起去了最近的急诊中心。

吴叮铛其间醒来几次，迷迷糊糊地回答了警察几个问题后又昏了过去。顾长安包扎好伤口出来，和梁老板一起为警察录了口供。

原来以黑老大为首的这些人是前一段出了名的犯罪小团伙，抢劫伤人，入室盗窃，无恶不作。当地的警察已经追捕他们很久，但只抓到了其中一个成员。自从那个成员落网后，这个团伙就几乎没再犯过案，谁想到会让顾长安和吴叮铛给碰上了。

梁老板是在顾长安和吴叮铛来还车后发现有两个人鬼鬼祟祟地跟在他们身后，他本没在意，但越想越不安心，就跟过去看看，没想到真的出事了。他知道自己冲上去也是送死，于是就假装有警察来吓走那批人。

送走警察后，顾长安向梁老板深深鞠了一躬。

"谢谢你梁老板，如果今天不是你，我和我朋友不知道会怎么样……"

"小事小事，也怪我后知后觉，赶来得晚。好了，我回家了。你们自己保重。"

顾长安和梁老板道别后就回到病房里，吴叮铛正躺在床上挂瓶，睫毛一直不停地颤动着，不知是不是在梦里遇见了什么可怕的事。顾长安摸摸她的头发，掏出手机懒得管什么长途不长途，直接拨通了林明镜的电话号码。

没有人接。

他连续打了几通，还是一样转到语音留言信箱。

他想了想，又打了通电话给设计总监。

"总监，您还没睡吧？我能不能一会儿把照片传到你的邮箱，你查收下。我想我可能没办法及时赶回去上班了……"

……

吴叮铛醒过来时发现自己已经回到了酒店房间内，她只觉得浑身酸痛，像个很久没运动的人突然被拉去跑马拉松一样，眼皮子费了老半天劲才睁开来。她艰难地扭过头，发现身旁倚着一个穿着白色睡袍的男人，好闻的薄荷香隐隐约约地窜进自己鼻间。

吴叮铛再勉强抬头一瞅，原来是洗了澡的顾长安正靠在床头玩手机。

“长……咳咳……长安……”

“叮铛你醒了！”

顾长安见吴叮铛醒来很高兴，甩下手机关切地问道：“要不要喝水？还是饿了？”

吴叮铛摇摇头：“几点了？我怎么回来了？我们不是在医院吗？”

顾长安看了眼手机：“已经凌晨两点半了。护士说你没什么事，就让你回来啦。你不是自己还和护士聊得好好的吗？”

“……”吴叮铛迷茫地眨眨眼，过了很久才想起好像是有那么一回事，自己都睡糊涂了。

她舔舔干燥的嘴唇，眼睛却盯上了顾长安包着厚厚纱布的额头，问：“长安，你的头没事吧？”

“没关系，一点小伤。”

“本来就傻不愣登，这下人间第一傻祸终于新鲜出炉了……”

顾长安眼神黯了黯，头一次没有和吴叮铛贫嘴，他替吴叮铛掖好被角，坐起身准备出门。吴叮铛忘了自己锁骨处有伤口，伸手一把拉住他的袖子，顿时疼得直倒吸冷气。

顾长安恶狠狠扭头瞪她：“你要干什么！好好地给我躺着！”

“你要去哪儿……”

看着吴叮铛可怜巴巴的眼神，顾长安心里又纠结又心疼：“我只是再去给老姐打个电话，她的电话一直没人接。”

“不在这里打吗？”

“你害怕？”

吴叮铛抿着嘴唇，半晌才轻轻点了点头。这是长这么大，她第一次承认了自己的恐惧。这晚发生的事会成为她心头一辈子的噩梦：“我害怕……要是你出去了，又有坏人进来怎么办？”

“……”顾长安想到晚上那一幕也是心有余悸，他想了想，又靠回了床上，

"好,我就在这打,陪着你。你是不是还困?"

"唔……不知道为什么……跟好几年没睡一样,睁眼又想睡……"

吴叮铛的声音越来越小,依偎在顾长安身侧又迷迷糊糊睡了过去。

身旁有个温暖的人,真好。

"喂,姐,我是长安。"

"长安?"林明镜正在床上做瑜伽,听见家里电话响忙奔过去接了起来,生怕吵醒刘凤和林忠强,"你怎么打家里电话?"

"姐,你怎么一直不接手机?"

"我没听见手机响啊,咦,我手机呢?"

林明镜这才发现手机不在身边,她四下一通乱翻,却不知道手机去了哪里。

"姐,对不起!"

"怎么了?!"

听到顾长安这种似哭非哭的声音,林明镜心里咯噔一下,一颗心顿时提到了嗓子眼。她知道每次顾长安只要用这种声音和自己说话,八成就有不好的事发生。

"我和叮铛被抢劫了……叮铛……受伤了……"

"什么?!"

顾长安把事情的过程简单说了一遍给林明镜听,林明镜听得心惊胆战,恨不能插了翅膀立马飞到顾长安和吴叮铛的身边。

"姐你别担心,我就是打来和你说我要推迟几天才回家。我累了,先睡了。晚安。"

林明镜嘱咐了顾长安几句后便挂了电话,又开始满房间地翻找手机。没理由顾长安打自己电话自己却听不见,难道手机坏了?

她把房间翻得一团乱,忽然窗户被什么东西给砸了一下,她扭头一看却没动静。她刚弯腰要继续找,那声音又响起来了。

林明镜是个无神鬼论者,就是真是让她撞上鬼,估计先逃的也是鬼而不是她。她走到窗边一看,江景宁正抱着双臂站在楼下,见她探头出来,便冲她晃了晃手里的手机。

"江景宁!"林明镜气鼓鼓地披件衣裳出了门,劈头盖脸就是一顿骂,"我发现你真是我的灾星，但凡遇上你就没好事！你怎么就这么阴魂不散呢！”

江景宁被她吼得莫名其妙：“你手机落我车后座上了，我大半夜送手机回来给你，你还对我这么凶！你吃错药了啊你！”

“那你不会按门铃吗?！玻璃砸碎了你是不是要我吹一晚上冷风啊！”林明镜劈手夺过手机一看，果然有二十几个顾长安的未接来电。

顾长安和吴叮铛身处异地，也不知道现在情况怎么样了。当时顾长安打电话给自己，又是抱着什么样的求助心情，而自己竟然没有接到……

“你怎么了？谁招惹你了？”

江景宁跟林明镜相处这么一段日子下来，也渐渐摸出了她的脾性，知道她是刀子嘴豆腐心，除了嘴巴毒点，其他方面都算是不折不扣的好女人。

“你！就是你！要不是你非拉着我出去看什么一年一度的画展，我也不会把手机落你车上，我也不会错过长安的电话，我也不会这么迟才知道他和叮铛出事的消息！”

林明镜的情绪很激动，冲着江景宁一阵怒吼。

江景宁脸色一沉：“他们出什么事了？”

第二天吴叮铛一直睡到十点才醒过来，这一觉睡得她十分舒坦，睁眼只觉得神清气爽，尽管身上到处是淤青擦伤，一动就疼。

床边有窸窸窣窣的声响，吴叮铛一转头才发现顾长安已经起床了，正蹲在床边叠自己的内衣。

吴叮铛顿时觉得脸上发烫，生怕顾长安发现自己醒了，她赶紧扭回头闭眼装睡。过了好一会儿，她估摸着顾长安应该收拾得差不多了，才从被窝里坐起身，小声地喊了他的名字一下。

“你醒了，叮铛？”

顾长安侧过身去，见吴叮铛脸色不再像昨晚那么苍白，心里一块大石也总算落下了一半。

“你在做什么？”

“没什么，我就是把行李稍稍收拾下，十二点我们就要把这间房退掉了。”顾长安这么一提醒，吴叮铛才想起来今天他们中午一点的飞机回多伦多，“饿不饿？我去给你买点吃的。”

吴叮铛点点头，她饥肠辘辘，就算是一头烤全羊摆她面前，她不需要任何人帮忙也能吃得一干二净，连骨头都不剩："好啊，不过酒店难道没有包早餐吗？"

"酒店有全天的自助餐。但是你这个独臂女侠还是好好地在房间里待着别乱动了，一会儿还要再给你上药换次纱布。这外面的医院也真夸张，除了止痛药其他什么都没给，纱布、酒精和药膏还是昨晚回来路上去二十四小时药店买的，看起来免费医疗也没多大好处。好了，我去给你买份三明治和热巧克力，街对面就有一家星巴克。"

吴叮铛乖巧地点点头，顾长安笑着摸了她脑袋一下。临出房间前，他又回过头来不放心地看了吴叮铛一眼："你一个人在这里真的没事？不会害怕？"

"没事了，大白天的不怕。嘿嘿。"

顾长安出门后吴叮铛撩开睡衣看了下自己的肩膀，虽然被刀子扎中的是锁骨，可包扎的护士却用纱布连锁骨带肩膀一起缠上了厚厚的纱布，让自己全身心体验了一把埃及木乃伊动弹不得的感觉。

她进洗手间用左手完成了刷牙洗脸这两件重大而又艰巨的工作后顾长安还没回来，于是百无聊赖的吴叮铛接着替顾长安收拾剩下的行李，其实衣服也没多少，只是要摆放整齐好腾出空间来放给林明镜的礼物。

吴叮铛只用一只手虽然动作慢，但顾长安拎着早餐回来时，东西已经大部分都被收拾好了摆在了行李箱里。

"对不起叮铛，星巴克排了很长的队伍。你——"

顾长安进门看着行李箱里整整齐齐的衣物，再看吴叮铛一副得意扬扬、坚强残障人士的表情，顾长安不但没有高兴，反而瞬间一张脸黑得能滴出墨来。

"你收拾好了？"

"没有错。"完全没看见顾长安表情变化的叮铛说，"我是不是很厉害？哼哼，这要在古代，我肯定也和杨过一样是个单手无敌——啊呀！"

没等吴叮铛吹嘘完，顾长安手中装三明治的纸袋子就落在了她的脸上，"你干什么？！"

"你说干什么？你难道一点也没意识到自己有伤在身吗？！"

顾长安将热巧克力重重放在床头柜上瞪着吴叮铛。吴叮铛从来没见过顾长安这么凶的模样,又对他因为自己替他收拾好行李而大动肝火感到莫名其妙:"你这个人很奇怪耶!不表扬我就算了,还这么凶!我当然知道自己受伤了啊,可是也没有严重到不能收拾这些简单行李的地步嘛,我还不是想帮帮你——"

"我不需要你帮!"顾长安牙齿咬得咯吱咯吱响,这个女人,什么时候才能懂得照顾好自己不让别人担心,"你现在要做的就是吃东西!休息!其他什么也不用管,看好你自己的伤!"

吴叮铛也有些不高兴:"难道我这么点伤就成废人了吗?!那人家残疾人岂不是生活都不能自理了?!"

"总之我不需要你插手,你给我好好待在一边就行!"

"顾!长!安!你嫌弃我就直说好了,干吗这么拐弯抹角!我这身伤还不是因为昨天为了保住你的相机和记忆卡吗,你——"

顾长安气结,难道她根本不明白自己在为什么发脾气吗?!

"谁要你帮我保护这些东西了!"

"你——"

"有什么东西比你的安全更重要!这些相片没了,大不了我今天再去照,迟一天回公司交差。你现在受伤了,就算照片在又怎么样!你要我怎么办?!"

"我还不是不想你错过这次难得能证明自己的机会嘛!而且我怎么知道那些歹徒玩刀动枪的!"

"你这单细胞生物除了吃还知道什么!你管我能不能证明自己,你那么在乎我干吗,你是不是喜欢我?"

吴叮铛脸一红:"谁……谁喜欢你啊!"

意料之中的答案,顾长安心底却还是生出一些失落感来:"你不喜欢我就不要管我那么多!"

"难道只有喜欢你才可以在意你的生活吗?"

顾长安赌气地看着吴叮铛:"没——有——错!"

吴叮铛被顾长安这不可理喻的态度气得差点跳脚,为什么自从顾长安和庄嘉欣在一起后他对自己的态度就总是怪里怪气的,还学会了这么凶巴巴地对自己!

“那我这次真是来错了,你就应该带你可爱贴心的小棉袄庄嘉欣——唔!”

顾长安不给吴叮铛说完这句话的机会,一把将吴叮铛压倒在床上,用力封住了她的唇。吴叮铛浑身还痛着,根本无力反抗,只有用唯一完好无事的左手在顾长安后背上又挠又拍地做着无用功。

顾长安的吻辗转缠绵,沉重湿热的呼吸喷洒在吴叮铛的脸上,麻麻的、酥酥的。她被吻得喘不过气来,身上没力气又挣脱不开,急得眼泪一下就流了出来。

顾长安见吴叮铛哭了顿时一激灵,赶忙蹦起身放开了她。

“对不起对不起,我疯了!是不是弄疼你了?!”

豆大的眼泪一颗接一颗从吴叮铛脸上滚落,她从床上挣扎着爬起来,顾长安想伸手扶她却被她一把甩开了。

“对不起,是我混蛋!我不会再碰你,也不会再对你凶了,好不好?叮铛你别哭了,我只是……我刚才对你那么大声,那么生气,只是害怕你动来动去伤口不容易愈合……”

吴叮铛一哭就很难停下来,昨晚的恐惧、担心,心中长久以来的郁结在这一刻一起都爆发了出来。她咧着嘴号啕大哭,完全不顾自己的形象,哭得惊天动地。

“对不起……真的……真的……你别哭了……我没把你当累赘,你怎么可能是累赘呢……你就是傻乎乎的……我心疼……我……”

顾长安在一旁越解释越乱,最后该说的话全说完了,吴叮铛还是低着头眼泪、鼻涕双管齐下,不停地扯着一旁的抽纸巾,只是哭声渐渐变成了有一下没一下的抽噎,眼睛也肿得像两只烂了的水蜜桃子。

顾长安恨不得赏自己两耳光,为什么要凶吴叮铛呢……明知道她是一片好心,自己为什么要把一肚子的闷气全撒在她身上……

他越想越难受,余光瞥见吴叮铛睡衣下隐约的纱布痕迹,心头又是一痛。昨晚吴叮铛死命搂着背包不肯交出来那一幕深深地刻在他脑海里挥之不去,他忘不了,忘不了原来吴叮铛会为了自己倔强到不要命。

一只细弱的手忽然轻轻搭在顾长安颤抖的肩膀上,顾长安再也忍不住,整个人转身又扑了过来,只是力道没有先前的大,他一把把吴叮铛搂进怀里。

尽管这样还是触到了吴叮铛的伤口，她疼得直咧嘴却没有出声。

“叮铛，让我照顾你好不好？我不要什么庄嘉欣，不要什么好看的、温柔的全能女生，我都不要，从来都不要，她们不是你……我喜欢你……你在我身边受了伤，我真的好想杀了我自己，我没有怪你、嫌弃你，你也不是累赘，是我在怪我自己。我一想到自己没有保护好你，就好自责，好生气……”

吴叮铛靠在他肩膀上，听到这些话眼泪又唰地流了下来，她撇撇嘴委屈地说道：“你明明和庄嘉欣……”

“那是我做样子给你看而已……叮铛……”顾长安松开吴叮铛，双手捧着她的脸让她正视着自己，压抑在心中许久的深情终于一点一点、一点一点地从眼底浮现出来，“你也是喜欢我的，对不对？你也是在乎我的，对不对？至少你看见我和庄嘉欣在一起，你会吃醋会难受，对不对？”

吴叮铛红着脸没有出声。如果说之前她还能够无视、否认自己心底深处对顾长安的感情，那么经过这一可怕的事件后，她再也无法把顾长安当作普通的朋友或是亲人来看待了。

昨晚事情发生得太过突然，吴叮铛直到现在回想起才察觉顾长安一直都在保护着自己。她当然知道顾长安紧张的不是她手里的相机而是她的人身安全，面对歹徒的时候，顾长安每一个看似无意的动作其实都是为了保护她。所以一直胆小如鼠的她，才会做出那样胆大的举动。

因为身边，有他。

“叮铛，我知道你也喜欢我，让我照顾你，好不好？”

顾长安的吻轻轻落在吴叮铛的眉间，他的泪水顺着尖细的下巴滴落，打在吴叮铛的鼻尖上。轻柔的吻一路而下，吻去了她的泪痕、她的害怕、她的伤心，最后像一片羽毛柔柔地覆上了吴叮铛的嘴唇。

这一次，吴叮铛没有挣扎，静静地感受着顾长安带来的温度，还有他身上好闻的薄荷香。从小只要和顾长安在一起，两人就免不了拌嘴嗑牙出状况。可也是只要和他在一起，自己就有一种很踏实的、从来没有人给过她的安全感。

那是一种令她相信自己不会被抛弃的温暖感觉。

“顾长安！马上给我开门！”

顾长安正沉浸在这等候了十几年才等到的香吻中，忽然房门被人敲得砰砰作响，还夹带着某人爆发前的低吼。吴叮铛听出是林明镜的声音，一个激灵别过脸去。

自己在做什么？怎么和顾长安……

她越想越害羞，脸上顿时燃起两大片火烧云。

"我……我去开门。"

顾长安起身去开了门，门外不止站着凶神恶煞的林明镜和不管去哪儿都戴着墨镜的江景宁，他们身旁还站着心急如焚的庄嘉欣。

顾长安看见庄嘉欣当场蒙了："你——"

"长安！"庄嘉欣看着缠着纱布的顾长安，心疼得一个熊扑就把自己扔进顾长安怀中，"你知道不知道吓死我了！你有没有怎么样！还有哪里受伤?!"

"没……我没事……"

顾长安试图推开她，但庄嘉欣死搂着他的腰不放，在这么多人面前他也不好意思动手强推开她，让她丢了面子。

"还说没事！"庄嘉欣伸手去碰顾长安头上的纱布，"怎么会怎样？是不是很疼？小华姐从家里带了药来，一会儿我给你涂！这群混蛋，希望警察赶紧抓住他们，抽得他们连妈都不认得！"

顾长安只感觉两道凉凉的想要杀人的目光死死地黏在自己的后脑勺上，他不自在地支吾了几句，开始动手想用武力解决扒在自己身上不肯松手的庄嘉欣。

林明镜拍了顾长安肩膀一下挤进房间里，后脑勺上的冰凉感顿时不见了。

"叮铛！"

林明镜疾步走到吴叮铛身边，一把搂住了她。吴叮铛没想到林明镜会千里迢迢跑来看自己，不由得感动得鼻子发酸，可这一搂恰恰碰到了她的伤口，她疼得嗷嗷叫了起来："明镜，快、快松开！好疼！"

林明镜这才想起吴叮铛伤在锁骨，赶忙松了手。

"明镜你干吗要浪费机票钱跑来卡尔加里？我晚上到家就见面了嘛。"

林明镜看了正被庄嘉欣缠住的某人一眼，说："长安没告诉你你们的机票已经被改到后天了吗？"

"没有啊……"吴叮铛一脸迷茫地看着林明镜，"他早上只和我说我们十二点要退了这间房。”

“嗯，因为你们说好今天退房，已经有客人预订下来了，下午就入住。”

“啊这样啊，那我们——”

“没事，长安已经订了另外两间房，一会上楼去新房间就好了。”

“顾长安怎么什么都没和我说……可是前天我们问过前台，前台不是说像这样的普通房都已经订不到了吗？”

“是呀，所以只能订豪华房了。这时候还管其他那么多干吗，最重要的是你们两个人的伤。给我看看伤口。”

吴叮铛扯了下衣领，露出厚厚的纱布。因为刚才和顾长安那一番争吵挣扎，吴叮铛的伤口又裂开了，纱布上隐隐约约能看见血迹渗透出来。

林明镜心疼地替她拉好衣裳：“还好还好，刀只是扎在了锁骨附近。如果扎在心脏上，后果真的不堪设想。”

“没事啦，”吴叮铛大拇指一伸，“你都不知道我当时多英勇！简直就是女侠转世！”

“英勇你奶奶的大鸡腿！”林明镜指了她脑袋一下，“长安和我说你当场昏迷的时候我吓得魂飞魄散，结果后来才知道，你才不是因为扎中要害或者是血流太多，只是因为晕血才会恶心想吐！我倒要问问你，从古至今有哪个女侠是因为晕血倒下的？”

吴叮铛愤愤地瞪了顾长安一眼。这厮怎么什么都跟林明镜说，弄得自己现在连点吹嘘的话都不能讲了。她舔舔嘴唇赶紧转移了话题：“我说，你怎么连江景宁也拎来了？”

“哪里是我拎来的……我手机昨晚落江景宁车里了，长安打了那么多电话我一个也没接到。后来长安打家里电话给我后这家伙送手机来。也多亏他托了关系才原价买到第二个航班来，不然就得等到今天下午的航班才有空位。后来他说想跟来看看你们，我也不好反驳，就让他来了。”

“就叔叔阿姨在家没关系吗？”

“没事，反正我也不喜欢和他们两个待一起。你受伤我当然得在你身边，长安毕竟是个男生，很多事情也不方便。”

吴叮铛低下头没说话，轻轻地将头靠在了林明镜肩膀上。庄嘉欣还在像麻雀一样叽叽喳喳地缠着顾长安说话，听得吴叮铛心烦意乱。林明镜不知道顾长安和吴叮铛之间发生的事，还以为她在害怕，于是轻轻地拍着她的后背说道："别害怕，我们都在这了。别害怕……"

拎着行李的江景宁也分别和顾长安、吴叮铛说了几句话，随后就帮两人收拾了剩下的行李，提早退房换到了楼上的豪华大间。

一路上吴叮铛一直和林明镜黏在一起，戏称自己受伤了也不错，还能住上一回这么豪华的房间，也算值得了。林明镜虽然和往常一样与吴叮铛贫着嘴，心里却觉得她似乎有哪里不对劲，可又说不上来，总觉得她脸笑眼却不笑，目光游离像在试图避开什么。

"那今晚嘉欣也和我们睡一间？"

"是啊，我们两人一张床，嘉欣一张床。他们两个大男人住另一间。"

"嗯……顾长安也知道庄嘉欣会和你们一起来？"

"他不知道。今早买到机票后我打电话给他告诉他我和江景宁会来，让他帮我们再多订一间双人房。庄嘉欣以为你们今天回来，早早就跑来家里等，刚好看见我在收拾行李。我告诉她你们被抢劫的事，她就执意缠着江景宁和我说要一起跟来。"

吴叮铛点了点头，意兴阑珊地望着窗外。

"怎么了？"

"没、没有。头还有点疼。"

"那你再躺着休息会儿吧。"

怎么会没有呢……

顾长安的温度还留在自己的唇间，那个美好、轻柔的吻，像穿透万里乌云照下来的一缕阳光，那样执着强烈地温暖了自己的心。

可庄嘉欣的到来让这缕阳光瞬间消失在自己的世界里，不久前发生的一切仿佛是场太美好的梦，突然惊醒后留恋不舍与嫉妒慢慢交织成一股自己说不出的感受。

庄嘉欣并没有安分地待在房间里，而是跟着顾长安和江景宁去了隔壁，还吵着一定要帮他换药。吴叮铛闷闷不乐，索性借着伤口疼，又蒙头大睡，直到晚饭时间才被林明镜拖起来洗澡换药，然后下楼去吃酒店的自助餐。

这是吴叮铛第一次在酒店里用晚饭,不愧是五星级的酒店,自助餐厅又宽敞又奢华,一进旋转大门那水晶吊灯差点晃瞎吴叮铛的眼睛。

或许是还没到饭点,餐厅里的人并没很多,每一排餐台上的菜色多得让人眼花缭乱,林明镜拿着盘子,吴叮铛在她一旁用左手指点江山,神情激昂地指挥她拿自己喜欢吃的东西。

生蚝、青口、烤鳗手卷,盘子里的食物很快堆得如小山,吴叮铛却仍然没有停下来的意思。林明镜的余光已经瞥见第二个外国人用“你们是几辈子没吃过好东西”的眼神撇过自己和吴叮铛,顿时放下夹生鱼片的夹子恶狠狠地瞪着吴叮铛。

“你是真的饿了还是故意在训练老娘叠食物的本领?这是自助餐,又不是这一盘没了就不能拿第二盘了。”

吴叮铛笑嘻嘻地说:“多拿一点等下就不用跑出来了嘛。”

“你敢不敢再懒一点?”

“敢。”

林明镜翻了个白眼,只好继续陪吴叮铛发疯,一层一层往盘子上叠食物。江景宁和顾长安已经一人一盘意大利面坐在桌子前吃起来了,江景宁趁着庄嘉欣跑出去拿东西吃的空隙问道:“你和叮铛怎么了?”

顾长安想起早上和吴叮铛的吻,神色很不自在地回答道:“什么怎么了,我们很好啊。”

“鬼才信你,我觉得叮铛心情很不好,你是不是欺负她了?”

“她不欺负我我就阿弥陀佛了,哪里还有我欺负她的份!可能是昨晚被吓到了吧。”

江景宁还是一副怀疑的表情:“是吗?”

“……”

顾长安没再接话,埋头吃着自己面前的意大利面。他哪会傻到看不出来吴叮铛是在生自己的气。可是自己和吴叮铛之间还有一些话没说清楚,她也没有答应自己做他的女朋友。总不能当着这么多人的面和庄嘉欣说自己有女朋友了,叫她不要再缠着自己。毕竟人家千里迢迢跑来也是因为关心自己,这样做才真的太不近人情了。

现在唯一能做的就是尽量和庄嘉欣保持距离，到回多伦多再把一切都说清楚。他很想私下再和吴叮铛认真地谈一次，只可惜吴叮铛丝毫不给他说话的机会，自己一靠近她，她就找借口去和林明镜待在一起。

顾长安忽然抬头看着江景宁："哎，江景宁，帮我个忙。"

"什么忙？尽管说。"

"明天想办法把我老姐和庄嘉欣支出去。一会儿就成。"

"你可拉倒吧，那两个女的我搞不定。庄嘉欣像狗皮膏药似的黏着你，就算我弄得走她，你觉得吴叮铛会让你姐走吗？"

"反正你帮我想办法。如果你弄走了，我就在老姐面前替你多美言几句。"

江景宁脸上红光一闪而过："谁要你替本少爷说好话。"

"别以为我看不出你对我姐那点心思。帮还是不帮？"

江景宁磨了磨牙："……成交。"

第二天大清早江景宁就连哄带骗地把庄嘉欣和林明镜给弄走了，等到吴叮铛醒来时已经是下午两点，鼻间又是那股熟悉的淡淡的薄荷香，她心下一惊转过头，才发现身旁躺着的不是林明镜而是顾长安。

"啊啊啊啊啊！"

吴叮铛捂脸尖叫起来，一脚正中顾长安要害，将他直接踢下了床。顾长安捂着下体，疼得弓起了身子。

"吴——叮——铛！你踢到我那里了！"顾长安好容易才爬上床，一只手仍捂着下体神色痛苦，"我看你伤口应该好得差不多了吧！怎么这么激动，又不是没一起睡过！"

"谁、谁和你睡过啊！"吴叮铛脸红着说，"你怎么会在我房间里？明镜呢？"

"去玩了啊，既然来了，当然要好好参观一下，难道还要陪着你这只猪睡啊。"

"那你怎么进房间的？"

顾长安指了指桌上的房卡，原来林明镜临走时把房卡留给了顾长安，好让他方便照顾吴叮铛。

吴叮铛气得牙痒痒，一翻身抓过被子蒙住了头，谁知又扯到了伤口，痛得她整个人缩成了皮皮虾。

“喂。”

顾长安轻轻推了她一下,她没反应。

顾长安又轻轻推了她一下,她还是没反应。

顾长安有些好笑地叹了口气,酝酿了一晚上的话却不知道该从何说起。他侧卧在吴叮铛身旁,一只手拥住裹成一团的吴叮铛,隔着被子将嘴唇抵在她耳旁。

吴叮铛扭了扭身子想把他手甩开无果,索性闭了眼装死。

“叮铛,别吃醋了……”

鬼才吃你的醋,吴叮铛在心里回了顾长安一句。

“我和庄嘉欣真的没什么,你没看见我都不怎么和她说话吗?”

吴叮铛撇嘴,我看见个球,就看见你和她笑嘻嘻地谈天说地。

“等我回多伦多就把一切都和她说清楚,好不好?”见吴叮铛没反应,顾长安轻轻叹了口气,“我现在有话想和你说。”

“……”

吴叮铛屏息凝神要继续听顾长安说话,蒙着头的被子突然一下子被用力扯开了。她睁眼,正对上顾长安狡黠的目光。

“臭丫头。”

吴叮铛感觉自己脸上的温度又一点一点地开始升高:“你……你到底想干吗?”

“你还没回答我昨天的问题。”

这次顾长安不给吴叮铛任何逃避的机会,目光紧紧追随着她的一举一动。吴叮铛垂下眸想了多久,他就一动不动地注视着她颤动的长睫毛多久。

吴叮铛很是犹豫不决:“可是,如果我们在一起……分开……”

“我们不会分开。我保证。”

说话间,顾长安温热的唇不小心触碰到了吴叮铛的耳朵,痒得她一颗小心脏扑通扑通直跳,酥酥麻麻得让她想笑。她转过头,睁着亮晶晶的眼眸看着顾长安,因为没有戴眼镜,自己只能模模糊糊从他充满爱怜的眼里看到自己动摇了意志的脸。

吴叮铛不知道到底该怎么做出选择,她也不知道如果自己做出选择后会换来什么。一朝被蛇咬，十年怕井绳，她不想当那个好了伤疤忘了痛的傻瓜。最后一丝可怜的矜持和拒绝死死守着防线，不肯松手让顾长安走近自己心底最深处。

“叮铛……最后一步……”两人对峙许久，顾长安忽然轻声叹了口气，“我最后退一步……你只要回答你喜欢不喜欢我就好。”

吴叮铛还是沉默。顾长安苦笑一声道：“我懂了。”

准备松开的双手被吴叮铛左手用力拽住，随之而来是一种嗔怪的眼神：“我什么都没说，你小子懂什么了？”

“那你要说什么？”

这一句话像当头一桶冷水似的，立马浇灭了吴叮铛的娇蛮劲。她支吾扭捏了半天，才红着脸开了口，声音小得像蚊子叫，她说：“我喜欢你。”

这四个字，这简简单单的四个字，顾长安等了整整二十五年。没有任何语言能够形容他此时此刻的感想，要不是碍着吴叮铛身上还有伤，他早就把她举起来旋转三圈以示自己心中的雀跃了。

“喂！”

吴叮铛喊了兀自傻笑的顾长安一声。顾长安回过神来，清了清嗓子：“喊什么喊！那，刚才第一个问题呢？”

“你，你再给我点时间，让我想想，好不好？”

顾长安还想继续追问，但心里又想吴叮铛愿意为自己踏出第一步已经出乎他的意料了，如果逼得紧，只怕会适得其反。他坐起身点了点头，冲她温柔地展颜一笑。

“我等你，你什么时候想好了，就来和我说。”

吴叮铛红着脸点点头，她承认，眼前的顾长安，令她心醉得不能自拔。

相聚在一起的日子总是过得很快，第二天傍晚大家依依不舍地和这座美丽的城市告别回到了多伦多。

第六章

误解是把双刃剑

Misconception is a double-edged sword

吴叮铛的伤口恢复得还算不错，只是没有办法洗澡的日子让她感觉度日如年，像是过上了妈妈提过的坐月子的生活。每天只能靠着一块大毛巾擦身子，而且还得林明镜帮忙，否则都使不上劲儿来拧干毛巾，以至于林明镜现在每天都光明正大地讽刺着她的三无黄豆芽身材。

顾长安在这次新游戏的冬季场景制作小样中加入了一些自己独特的想法，很受总监赞赏，也的确令小组里的人对他刮目相看，终于不再揪着他是靠关系进来这件事不放了。而勇斗歹徒保相机的故事也在庄嘉欣威逼利诱死缠之下，"无意间"从江景宁的口中透露给了公司的董事长，而董事长又"无意间"把这个消息告诉给了全公司最八卦的人。于是"无意间"顾长安就成了公司的红人。当然也有人不屑，觉得拿自己的生命来保护这点没必要的东西不是脑子有问题就是在炒作自己博人眼球。

但大部分公司员工还是买账的，尤其是好几个本来就心仪顾长安英俊外貌的女生，这会儿听见他无私为公、一人单挑一群匪徒的戏码，简直就把她们的小心肝给迷得扑通乱跳，恨不能戴了头纱拿着捧花当场就嫁给顾长安。

吴叮铛在家无所事事，平常还能待在楼下打电动，或者出去找找工作，现在拖着个有伤的身躯除了上网看看小说就剩下躺在床上发呆，而发呆的结果就是迷迷糊糊睡到第二天天亮。她现在唯一希望的就是伤口赶快好起来，她想能尽快出去挣钱赚到开店的资金，而且她不愿意再把自己的玉体暴露在那个毒舌女的面前。

今晚也不例外，吴叮铛靠在床头看书，看着看着就歪着头睡着了。半睡半醒间她听见放在枕边的手机响了起来。吴叮铛拿过手机，眯着眼一瞧，屏幕上显示的是个陌生号码。她打了个哈欠切成静音并不想接，谁知对方却十分执着，一连打了二十多个还没有要放弃的迹象。吴叮铛心想可能是谁找自己有急事，只好接了起来。

“喂？”

“是我。”

电话那头的声音低沉柔和，吴叮铛一听，顿时就呆住了。

第二天，一夜未眠的吴叮铛昏昏沉沉躺到中午才爬起来，又是梳头又是把衣橱里的衣服都试了一遍，一扫平日在家蓬头垢面的宅女形象。

“我说这会儿伤口不疼了？”林明镜在一旁跷着二郎腿看时尚杂志，时不时地瞅上吴叮铛一眼，“至于吗？”

吴叮铛没理会她，坐在梳妆台前用左手拿着梳子别扭地梳着头，时不时因为梳到打结的头发而哀号一声。

“我这样，还算见得了人吧？”

林明镜头也没抬：“嗯，既体现出了温柔知性的一面，又透着点现下流行的复古小清新，不去当模特可惜了。”

吴叮铛撇了撇嘴：“喂！你都还没看好不好！”

“就算你打扮成世界第一大美女又怎样？你觉得他会在意吗？你觉得他会因为这样而后悔吗？还是你以为他会回到你身边？”

吴叮铛摇头，将手里的梳子轻轻放到梳妆台上：“我只是希望在他面前……”

“我不会干涉你什么，无论你做什么决定我都支持你。但是，”林明镜打断了吴叮铛的话，直起身郑重地对她说道，“我希望这次你能够想清楚。”

“我知道。”

“去吧，早点回来，我等你吃晚饭。”

吴叮铛和她道了别，拎着小包下楼去玄关处换鞋。门铃刚刚好在三点响起，吴叮铛看了看墙上的挂钟，又紧张地理了理头发才拉开门。

门外站的却是打扮得格外漂亮的庄嘉欣。

“嘉——欣？”

“叮铛？”庄嘉欣也没想到开门的是吴叮铛，愣了一下笑道，“你要出门啊？”

“是啊，出去……有点事。”

“叮铛？”顾长安不知道什么时候下了楼站在吴叮铛身后，“你出去啊？”

“你走路能不能出点声音？”吴叮铛回头瞪他一眼，没好气地说道，“我出去下。晚饭时间就回来。"

顾长安不依不饶:"去哪儿？远吗？"

吴叮铛支吾着，不知道该不该和顾长安说实话。顾长安没有理会站在门口的庄嘉欣，一把将吴叮铛扯进厨房里，压低声音在她耳旁说道:"你别误会，叮铛，我今天特意请假找庄嘉欣来，是想把话和她说清楚。"

"嗯……嗯……"不知道为什么，吴叮铛不敢去面对顾长安赤诚的目光，一紧张又结巴了起来，"我、我没有误会你们。"

"那就好，你要去哪儿？要不要我送你？"

"不用，我……我就是出去……有点事情。"

吴叮铛说完抬腿就往门口走，顾长安黏在她身后拽着她胳膊一直问她要去做什么:"你这么神神秘秘，不会是我姐这几天趁机非礼你你想不开了吧？啊！"

"臭小子你他妈是活腻了吧？敢在背后说老娘！"

一本杂志从天而降，不偏不倚砸在顾长安后脑勺上。顾长安一抬头，正对上二楼走廊上林明镜"兔崽子你想死吗"的目光。

"姐，我会被你砸出脑震荡的！"

"把你砸成植物人世界上又少一祸害。"

"这都是多少年前的台词了……"

"词不在新，管用就行。你麻溜地放开叮铛，别耽误人家正事。"

顾长安哼了一声:"我就是——"

"叮铛，好了吗？"

顾长安听见这久违的声音，忽然就安静了下来。他一点点地回过头去，站在庄嘉欣身旁的不是别人，正是一年多未见的张启书。

他一点也没变，只是眉眼间多了点沧桑和忧愁。顾长安的拳头捏得咯吱咯吱响，目光像利剑一般射向站在自己跟前的吴叮铛。

吴叮铛从始至终一直低着头不敢看顾长安，她很想和顾长安解释些什么，可她心中一团乱，不知道该从何解释起、该解释些什么。她不明白为什么上苍总是要把她扔在这么艰难的处境里，让自己面对各种两难的问题。

"你这混蛋还回来做什么！"

顾长安一拳头挥向张启书，张启书站在原地没有躲闪，但他面前忽然闪出吴叮铛的身影："长安！不要！"

这尖利的一声，让顾长安仿佛又回到了那一晚。他想要替吴叮铛出气，她也是这样拦在自己和张启书中间保护着他。

一腔熊熊的怒火忽然间像被极冷的寒水给泼灭了，一颗心瞬间冻成了冰，硬得用榔头都砸不碎。

"算了。吴叮铛，我明白了。"

顾长安轻轻拨开吴叮铛不顾自己伤口，紧紧握着他手臂的双手，转身就上了楼。庄嘉欣对吴叮铛和张启书之间的事知之甚少，此刻也不好发表什么意见，默默地踹掉鞋跟在顾长安身后上了楼。

吴叮铛对上林明镜的眼神，她有些无奈。林明镜摇摇头，冲她摆了摆手，示意她先离开。

"我们走吧。"

吴叮铛回头对张启书说。张启书展颜一笑，那眼中的两汪温柔像是要把人溺死在里面。

"好，走吧。"

一个下午顾长安都在陪庄嘉欣轧马路、逛商场，还请她去她最喜欢的餐厅吃了一顿大餐，难得出奇地有耐心，不像平时一出门就嚷嚷着无聊要回家去看动漫。

"今天我送你回家吧，反正现在有车了。你不用等江景宁来载你走。"

庄嘉欣仰起脸冲顾长安笑道："好啊。"

撇开偶尔的公主脾气和可怕的黏人劲，庄嘉欣真的是个不错的女生，漂亮、可爱、体贴，对喜欢的人无微不至，让你每时每分都沉浸在被爱的享受中。

只是，她不是吴叮铛。

这世界上不会有第二个吴叮铛。

自早上看见张启书起，顾长安的一颗心就空落落的。他以为自己守得云开见月明，谁知道张启书又杀了个回马枪。他以为他经过卡尔加里的事情后，已经看清了自己在吴叮铛心中的位置，谁知道张启书一来，自己又马上从那个自以为很重要的位置上被踹得不知道去了何处。

难道自己对吴叮铛来说，只是个替代品？

到庄嘉欣家门口时，天已经渐渐暗了下来。顾长安没有要离开的打算，庄嘉欣也没有下车。

车里的气氛随着夜幕的降临一点点地沉寂下去。直到两人都已经看不清对方的脸，顾长安才握着方向盘默默地开了口："那个……嘉欣，我有点事要和你说。"

"长安，我想唱歌。"

庄嘉欣忽然这么无厘头地蹦出一句，顾长安呆了呆，没有反对："好。你唱吧。"

庄嘉欣的声音有些沙哑低沉，唱歌也并不是很好听，但她还是抱着膝盖上的一堆购物袋很认真地唱了起来。

音乐节的烟火，照亮多少人的寂寞
震耳欲聋的全宇宙，装不下一句温柔
在你身后低着头，也没有什么好说
如果你的难过，你的沉默，不为我
和你一起听的歌，怎么都变得那么苦呢
最爱的人就在身边，怎么我都不快乐
原来甜蜜会干涸，幸福会陷入沼泽，才让天的颜色、心的温热都变了
你陪着我的时候想着她，你听不见我的心在喧哗
明明我知道，却装作没想法，是善解人意还是傻瓜
你陪着我的时候想着她，你看不见我的笑多受伤
世界有多大，只剩下一个她，遮住我的星光，还占领着你的善良
那些舍得舍不得，通通留给回忆好了
如果你有那么为难，我也不能勉强的
曾一起走过曲折，现在谁还能选择
从此你的内疚我的迁就，自由了

顾长安没听过郭靖这首《你陪着我的时候想着她》，但他听懂了歌词的含义。他转头看着庄嘉欣，尽管黑暗中已经看不清她现在的表情。

"我……"庄嘉欣不像平常那般聒噪，声音淡淡的，像小河流水，很平静，"我知道你想和我说什么。"

“你知道?”

“嘻嘻,用我姐夫的话说就是我脸上这两个窟窿长得又不是鸡眼,你表现得那么明显我怎么可能看不出来你喜欢的是吴叮铛呢?”

顾长安沉默了一下:“那你干吗还要一直跟我在一起?”

庄嘉欣反驳回去:“那吴叮铛不喜欢你,你为什么还要一直喜欢她?”

“……”

顾长安无话可说,庄嘉欣这句话正中他的软肋。

“不喜欢一个人,你勉强不来她喜欢你。可是喜欢一个人,你也勉强不来她不喜欢你啊。”

“谁不想要好好地爱一个人,也被爱着的那个人深爱着。如果每一个人的愿望都能成真,世上又哪里来那么多心酸的故事可以说?我也不想要这么卑微地在你身边,可是我控制不了自己去想你,去找你。说白了,你、我、小华姐、我姐姐姐夫,甚至景宁哥,谁没有为爱一个人卑微过……”

是啊,谁没有为爱卑微过?想起这么多年自己的守候,顾长安嘴角扬起一个不自知的苦笑。

“长安……”庄嘉欣顿了顿忽然又改了口,“或者,我该叫你洛尔?”

长安两眼圆睁,震惊地盯着庄嘉欣。庄嘉欣嘿嘿一笑,有些得意:“是不是很好奇我怎么知道的?”

洛尔是顾长安在一个小有名气的日漫连载论坛里的网名,他从六年前在这个论坛上连载了一本自己画的漫画,是有关于自己生活周边,还有和吴叮铛、林明镜之间发生的事,每周两次更新,从不间断。

他没告诉过任何人。

“谁告诉你的?”

“那记不记得那个每次你更新漫画后第一时间在留言区给你留言的论坛会员?”

“知道,广土小姐,”顾长安愣了愣,忽然不可置信地指向庄嘉欣,“广——土——庄是你!”

“你的连载漫画被转到国内的一个论坛里,还加上了翻译。朋友在三年前推荐了你的网络连载漫画给我,打那以后,我就成了洛尔的忠实粉丝,为了看到你的原版漫画,我还特意在网络上学了简单的日文。”

"……"

世界真小,小得让顾长安不知道该说什么好。或许这一切,真的是上天冥冥之中自有安排。

"可你又怎么会知道是我?"

"你最近把头像换成了手绘的动漫人物,我还记得最开始你都是用自己一张侧脸照做头像,我就把你的照片保存下来了。后来你来了多伦多,资料上的所在地也发生了变动。我本来是没有随姐姐和家人来多伦多定居的,拿到身份后我一直留在国内读书。后来我看到你的资料更显成了多伦多,我才在高一结束后决心来这里生活。"

庄嘉欣掏出手机给顾长安看了那张保存在她手机里的头像,的确是他连载这几年一直在用的照片。庄嘉欣合上手机,语气里终于透出一点忧伤:"所以……我对长安,不是一见钟情呢。我每一天、每一天都在盼着,也许可以在哪条街上与你邂逅。直到那一天去找小华姐,我终于见到了你。我一眼,一眼就认出了你。你的侧脸,我不会忘记,更不会认错。尽管是在那样的情况下展开我们的第一次见面,现在想起来,我还是觉得很美好。"

顾长安恍然大悟:"所以你才会对我姐态度三百六十度转变?"

"是,我那晚跑回去和姐夫聊了很多,又从头翻起你的漫画,才知道原来你漫画里的很多故事,都是真实的。我也在你的漫画里慢慢了解了你们,你们虽然性格迥异,但是都是很好的人。"

"……"

顾长安真的不知道此刻该说什么,张张嘴却没有声音发出来,任凭气氛一直这么低迷着。

"可以不可以,亲我一下?"

庄嘉欣凑了过来,顾长安闻到她脸上淡淡的脂粉香。他闭上眼,也慢慢将嘴唇靠了过去。庄嘉欣双手紧紧攥着购物袋,紧张地感受着那一股越来越近的薄荷香。

淡淡温热的呼吸忽然在离自己头顶很近的地方停住了。随后,和薄荷香一起突然抽身而去。

"对不起。"

顾长安做不到,就算只是一个接近于施舍的吻,他也无法做到。

庄嘉欣咧嘴笑了笑，眼角的眼泪却悄无声息地滑落下来。

“那至少，别那么残忍地说再见。”

说罢，庄嘉欣推门下了车。她走得很慢，她的心里还是期许着，期许着顾长安会喊住她、会抱住她。可是，现实终究是现实，她站在门口，看着顾长安的车灯亮起，然后缓缓向回家的方向驶去。

“老公，你有没有听见什么声音？”

庄玫正在客厅看书学织毛衣，听见门外窸窸窣窣的声音她有些害怕，去厨房喊来正围着围裙做饭的魏一晨。

魏一晨放下锅铲关了火走到门旁，果然听到有奇怪的声响。他皱了皱眉，警惕地拉开门探头往外一看。

“嘉欣？”

庄嘉欣泪流满面地蹲在家门口，购物袋扔了一地。刚才庄玫听到的窸窣声正是她极力压低的呜咽声和抽噎声。

“姐姐！呜——”

听见庄玫的声音，庄嘉欣起身扑进她怀中，放声大哭起来。庄玫心疼地摸着她的脑袋，目光却有些不明所以地看向魏一晨。

魏一晨眼神里的思绪淡淡的，表情也没有任何变化。他只是拍了拍庄嘉欣的背转身就回厨房去了。

该来的，总是会来的，并不是上天多给了你时间，就代表给了你新的转机。

也许，他只是想再让你看一眼死心前美好的风景。

仅此而已。

顾长安回到家时，林明镜刚好捧着一碗刚煮好的薏米红豆粥要进房间给刘凤喂饭。

“这么早?! 我以为嘉欣那小妮子又要缠你到很晚才放你回家。”

顾长安没吭声，弯腰解着鞋带。

“吃过了吗？”

“吃过了。”

林明镜看他失魂落魄的样子，以为他还在因为早上张启书和吴叮铛出去的事不高兴，于是走过去拍拍他的肩膀安慰道：“别这样，你听老姐说。张启书他——”

“我不想听，跟我一毛钱关系也没有。”

顾长安一个闪身甩开林明镜的手，身后半掩着的大门忽然毫无预兆地被推开，门重重撞在顾长安的背上，发出沉闷的响声。

“啊，对不起！对不起！”

门外探进一个满脸通红的脑袋，林明镜定睛一看愣住了：“陈雨？你怎么来了？”

陈雨是吴叮铛在这里上高中时的同班同学，两个人关系十分不错，经常一起相约去逛街唱K什么的。

“嗨，小华姐，你在啊！太好了……帮……快帮我一把……”

林明镜赶紧把手里的碗放到茶几上，推了呆愣愣站在门后的顾长安一把，将门打开来。一股熏人的酒气扑面而来，陈雨斜靠在门边，吴叮铛正把头抵在她后背上，嘴里嘟嘟囔囔不知道在说些什么。

“这什么情况？你们去喝酒了？”

林明镜帮着陈雨将吴叮铛扶到沙发边坐下，吴叮铛屁股一触到软绵绵的沙发，立刻就瘫成一团烂泥倒了下去。顾长安看了她一眼，又默默移开了视线。

“没有哦，下午叮铛来我家，她好像有什么心事喝了好多酒，还说要住我那，不想回家。可是我今天要上晚班，我看她情绪很不稳定怕她做傻事，就开车载她回来了。你们吵架了吗？”

“没有，我们怎么可能吵架。大概是她遇到什么别的不开心的事了吧。谢谢你送她回来。”

“没事没事，有你们照顾她我也放心了。那我先赶去上班了。”

陈雨回头才看见站在门后一动不动、头上缠着两层绷带的顾长安：“对不起！刚才真的不好意思，我不知道门后站着人。”

顾长安摇摇头表示自己没事，陈雨走后，顾长安换了拖鞋准备上楼。

“我要给你二姨喂下饭，你照顾下叮铛吧。最好给她灌点茶什么的。”

“她喝成这样是她自己的事，多大的人了还要你和我跟在她身后帮她擦屁股，别理她。”

林明镜十分诧异地盯着顾长安，像看着一个完全不认识的人：“你吃错药啦老弟？”

“我上楼了。”

目不转睛地盯着顾长安上楼，林明镜揉揉眼睛不敢相信，难道眼前的这个顾长安是假的？路上被人调包了？

吴叮铛是呼呼大睡到半夜因为口渴才醒来的，她浑浑噩噩地下楼倒了水又上楼来，发现顾长安房间里的灯还亮着，昏黄的光线从门缝底下透了出来。

她鬼使神差走到顾长安房门口，抬手敲了他房门几下。

里面有椅子挪动的声音，但没人来开门。她声音沙哑地开口说道：“长安，是我。”

两秒后，灯暗了。

一切记忆在酒醒之后有如排山倒海般涌回吴叮铛的脑海中。那些被酒精泡着麻痹了的痛楚、难过也纷纷占领她身体里的每一个细胞，叫嚣着宣布自己拥有了这片广袤的土地。

吴叮铛默默回到房间，推开窗户坐在窗边，双手捧着水杯又陷入了下午的回忆中。

张启书这次来并没有开车，他是和吴叮铛一起坐公车去他们的老地方的。

公园同往常般热闹，男孩们放学来练球，大人们在沙地上给孩子们推着秋千、聊着家常。

什么也没有变。

吴叮铛并不想故作矫情，但此时此景，她的脑海里只剩下四个大字：物是人非。

坐在长椅上的两人都是欲言又止，一人望天一人看地沉默了许久。

最后还是吴叮铛支吾着说出了第一句话：“嗯……启书，你外婆的病好多了吧？”

“呵呵，”张启书无奈地笑了一下，“本来得了那种病就很难好，更何况是个老人家……现在就等于是能活一天算一天吧。”

“嗯……”吴叮铛摸了摸被风刮得有些生疼的脸颊，又问道，“你什么时候回来的？”

“昨天傍晚到的多伦多。我买了张电话卡，一到酒店就打给你了。”

“嗯。”

“叮铛，这一年多，你好吗？”

吴叮铛先是点点头，过了一会儿又突然摇了摇头。

“我不知道什么叫好，什么叫不好。”

“叮铛，”张启书冰冷的手轻轻覆在吴叮铛的手背上，“我……是背着我爸妈回来的。”

吴叮铛错愕：“你爸妈不知道你离开台湾？”

“我只告诉他们我要去高雄的朋友家住几天。”

“他们不会打你手机吗？”

“……我，不打算回台湾了。”

吴叮铛以为自己耳朵出毛病了，震惊得不得了：“你、你说什么？”

“我想……留下来。留在多伦多。和你在一起。”

吴叮铛结结巴巴，半天没说出一句完整话来。

“你……不是……不是……说你爸妈……你不怕……你爸妈——”

“不要说，”张启书伸手捂住吴叮铛的嘴，“不要让我的理智又打败我的决定。”

吴叮铛垂下眼眸，片刻后轻轻扳开了张启书的手。

“启书，你想和我在一起？”

张启书点头，没有丝毫犹豫。

“那你回答我两个问题好吗？”

“好，你说。”

“你真的……不会回台湾了吗？”

张启书沉默了。

“我相信凭你家的人脉，只要知道你来了多伦多，想找到你并不是什么难事。如果到时候你父母要你和他们回去，你还会义无反顾地和我在一起吗？”

“我……”

“我只要这两个问题的答案。”

说完吴叮铛便又抬头望着远处荡秋千的小孩，没有再说话。这两个问题，她其实连问也不用问出口的。可是人啊，总是有这么一种贱性，在没有得到一个明确的答案之前，总是不死心地抱有幻想。非要别人拎着刀捅得你体无完肤，令你真切地明白痛不欲生的感受才肯罢休。

她了解张启书，同样的，张启书也了解她。他们就像寄生在彼此心中的一只小虫，洞悉着对方每一根神经跳动后的情绪起伏。可此刻的吴叮铛难受得想哭，她觉得太了解一个人原来并不是什么好事。

很久，张启书都没有开口做出回答。

“启书，我的烘焙课程结束了。”

吴叮铛忽然蹦出一句，张启书没想到她这么快就改了话题，愣了一下才接口道：“那，很好啊。”

“我打算开一家蛋糕店，”吴叮铛慢慢将目光收了回来，张启书在她空洞的眼神里找不到任何感情，“我还打算过很多有关未来的计划，可是，那些计划里，都没有了你。”

张启书心疼得闭了闭眼，却还是忍不住看着眼前这张日思夜想的面容。

“有天我下课，回家路上被人抢走了手机。我很害怕，跑去电话亭打电话，鬼使神差地拨了你的号码。到那一刻我不敢碰触的内心深处原来都还抱有幻想，你还在多伦多，你还在我身边，只要我一个电话，你就会赶到我身旁，就像过去那样。”

张启书听见了一声长长的叹息。

“可是预想中的一切都没有发生，语音提示我拨的号码是空号。我才真的看清现实，你走了，你离开我了。我没有怪你，真的，我从一开始就没有怪过你。Shirley 没有说错，就算换成我是你，我也会选择我的父母而不是你。”

“叮铛……”

“还记得我们曾经为了一个网络上的爱情故事而争论不休吗？我说如果一个人会放弃某件事某个人，是因为那个人心里也默认了这件事或者这个人并不值得他再继续付出。你说我是偏激的，你当时反问我说如果有一天我的父亲和孩子同时就要掉下悬崖，而以我一人之力只能拉上一个人，我会拉谁。我沉默了一会儿，我说我选父亲。”

吴叮铛深深吸了口气，眼睛里终于开始慢慢有水光浮出：哪怕只是你做的假设，我在选择的时候都能强烈感受到那种心痛和哪边都不舍得放手的苦楚。我当时希望我一辈子都不要有做出这种选择的时候。是的，我没有遇到。可你遇到了。你知道吗？我为我令你痛苦而痛苦。

“当时我选完，你和我说，为什么选父亲放弃儿子，难道你觉得是因为儿子不值得你付出吗？当然不是，当你不得不做出选择的时候，你放弃了的那方并不代表他不重要。”

张启书的眼泪默默流了下来，一下子缩回了手。

“我相信，我对你也很重要。你刚离开我的那段时间，我一直拼命钻牛角尖，我难过，我委靡，追根究底都是我不愿意承认我没有你家人重要。但这么久以来，我已经慢慢释怀了，小说是小说，现实是现实，太多人混淆了两者。小说里的男女主角可以为爱走天涯；现实里，人永远有背负不完的责任。”

吴叮铛站起身来：“启书，你的沉默已经告诉我那两个问题的答案了。那天一别，我们就成了两个世界的人。快回台湾去吧，我知道你不希望你父母担心你。我……我祝你幸福，真心的。”

张启书一颗心就要被撕碎了，血从伤口不停地喷涌而出，染红耳边吴叮铛说的每一句话。吴叮铛颓丧离去的背影，全在他一颗颗落下的眼泪中碎得四分五裂。

他赢得了那场辩论，可他也没有勇气再告诉吴叮铛，在这场现实的选择中，他放弃的不止是她，还有自己的一颗心。

顾长安对吴叮铛的态度从那天之后开始一百八十度大转变，竟比对陌生人还要冷淡得多，说话的时候能少一个字是一个字。庄嘉欣没有再来找过他，他的世界里除了工作还是工作，除了加班还是加班，俨然成了一个工作狂。

林明镜让吴叮铛主动去找顾长安聊天，于是吴叮铛每天都绞尽脑汁想话题，想方设法让顾长安和自己多说上几句话，或者能被自己说的冷笑话逗笑，逗成一张无可奈何的脸也好。

但顾长安大部分的时候是面无表情的，一开始吴叮铛问什么，他还会回答得很认真，后来也许是发觉吴叮铛只是想让自己和她说话，态度就急转直下，答案也十分敷衍，或者干脆说不知道，让吴叮铛不要一直烦他。

吴叮铛骨子里就是个很被动的性格，好容易鼓着勇气当回牛皮糖的黏人角色，被顾长安这么一而再，再而三地漠视，心里自然觉得很丢人。慢慢地，两人变成了同住一个屋檐下而不再说话的陌生人。

与他们相反，林明镜和江景宁两人却越显亲密，吴叮铛追问过林明镜几次她和江景宁之间的事，她只是笑而不答，但脸上的表情明显已经告诉给吴叮铛，她是个正处在被疯狂追求中的幸福小女人。

这样很好。

吴叮铛想，每个人不管经历过多少悲伤和痛苦，最终生命都会在人生某一刻回到正轨上，享受他该享受或值得拥有的一切。

在外人眼里，林明镜不愁吃穿，生活好得一塌糊涂。可只有真正了解她的人，了解她过去的人，才明白林明镜从小到大都在走着一条常人不能想象的艰辛路途。她从来不期望别人的羡慕，不要别人的仰视，或许从来也没有人会想过，她的愿望，也只是当个普普通通的人。

有家人的疼爱，有一个爱自己的男人追求。

对于很多人来说这是再简单不过的事，但在林明镜过去的生活里，这些简直就是奢望。

吴叮铛想着想着，忽然替自己苦笑了一下。从小到大自己好像不是最倒霉的那个，但也不是最幸运的。每每一件对她来说很重要的事，以为自己有足够的把握猜到结局的时候，却总是出现措手不及的大逆转。

她以为自己终于可以在异国他乡拥有属于自己和爸爸的房子，结果爸爸的钱被骗走；她以为自己可以和张启书风雨无阻地走下去，结果张启书却离开了；她以为自己终于有一技傍身可以大展拳脚，结果却连工作都找不到；她以为自己在反省之后向顾长安敞开心扉，可以和他有个好的结果，结果顾长安却和自己形同陌路。

也许这一切只是自己对自己太有信心而带来的错觉，不然为什么明明能够触到的美好与幸福，握紧后却瞬间烟消云散？

她轻轻合上面前收拾好的行李箱，抱过一旁的鞋盒又发了会呆后起身去找顾长安。

顾长安正在书房里赶计划书，聚精会神的他并没有察觉到有人走进来。吴叮铛站在他身后一米的地方，抱着鞋盒静静地看他认真工作的背影。

直到顾长安丢下笔伸了个懒腰，他才注意到桌上的台灯竟然在地上拉出了两个黑影。他猛地一回头，发现吴叮铛正一脸讨好的笑容看着他。

“你忙完啦？”

“你干吗一声不吭站在我身后啊？人吓人吓死人你不知道啊？”

顾长安一看是吴叮铛，脸立马板了下来。吴叮铛见怪不怪，嘿嘿一笑将手里的鞋盒递到他面前。

“这个，送你的。”

顾长安目光落在棕色的鞋盒面上，一只绿色的大鳄鱼，下面用同色加粗的字体印着LACOSTE。

“干吗好端端送我鞋？找到工作了？”

“没有，”吴叮铛扭捏了一下，想把鞋盒塞进顾长安怀里，但顾长安侧了侧身子并不想收下，“在卡尔加里的时候，我发现你最喜欢的那双白色运动鞋脱胶了，就想再给你买一双一模一样的。那天逛街刚好看到就买了。”

顾长安不屑地别过头：“送我干吗？又不是节日，我生日也还没到。”

“谢谢那天晚上你救我……还有，谢谢你这么多年为我付出——”

“你是来我这里扔掉你无处安放的同情心吗？”顾长安像炸毛的猫一样突然从椅子上蹦起来冲吴叮铛吼着，“我不需要你的同情！这破鞋子我也不要！你还是赶紧找你的工作，攒好你的开店资金，再挽着你的金龟婿去结婚生孩子，我的事不用你操心！”

“……”

吴叮铛手没拿稳，鞋盒晃了几晃从手中掉落在地板上，没盖紧的鞋盒翻开来，露出白色信封的一个角。

“你一定要对我这么凶吗？”

“我不过是你吴叮铛感情的替代品，你又何必在意替代品对你什么态度？替代品千千万，少了我你大不了可以找别人。”

吴叮铛皱起眉头：“替代品？”

“对啊！张启书的替代品！他不在，我就是你的宝贝；他回来了，我就完全被你抛到十万八千里之外，想都不会想起！你把我当成什么？我顾长安什么时候起，也成了这么廉价的货色？”

“你觉得在我心里，你只是张启书的替代品？”

顾长安冷笑：“不是吗？”

吴叮铛慢慢低下头，她弯腰想要去捡鞋盒，可指尖在碰到信封的那一刻像触电般缩了回来，最后紧紧握成了拳。

“顾长安，你混蛋！”

看着书房的门被吴叮铛重重甩上，顾长安嘴角那一丝强撑的冷笑终于碎成了眼底深深的绝望。

这样很好，恨我吧，恨我，你和张启书在一起，就不会对我有愧疚了。

我要你过得快乐，不要有任何后顾之忧。

第二天顾长安很晚才下班，一脸倦容进门的他看见林明镜和江景宁坐在沙发上。林明镜显然心情很低落，江景宁一手拿着茶杯一手轻抚着她的背，在她耳旁低低地说着什么像是在安慰她。听见开门声他抬起头，江景宁有些尴尬地冲顾长安笑了笑，神色不是很好。

“怎么了这是？”

林明镜听见顾长安的声音，毫无预兆地一个反手将手里的抱枕砸了过去，顾长安下意识抱住抱枕，脸上又被另一个飞来的抱枕给砸了个正着。

“你干吗啊！吃错药了啊！”

“你还敢大声！”林明镜转过身来，“都是你这浑小子把叮铛给气走了！”

“我做什么了我?!”

“你自己心知肚明！少在我面前装蒜！”

“莫名其妙……”顾长安没好气地把抱枕给丢回沙发上，“我看你不是吃错药，根本是更年期提前，内分泌失调。”

林明镜又要发作，江景宁赶紧拉住她对顾长安解释道：“叮铛走了。”

“哦……”顾长安不以为意地耸了耸肩，“去哪？”

“昨晚去美国找她爸爸了。”

顾长安心里一惊，表情也没有一开始听见这个名字时候那么冷淡了，问：“怎么走得这么突然？”

“都是因为你！你装哪门子冷酷无情，现在把她逼走了，你开心了？”

“关我什么事！我又没让她走！而且，”顾长安神色黯了黯，“她怎么可能舍得离开张启书，搞不好是带张启书去见她爸爸了。”

“你神经病吧！”林明镜忍无可忍地冲顾长安一阵咆哮，“张启书早就回台湾去了，他这次回来根本就没有和叮铛复合！以前是谁整天说一定要和叮铛在一起，疼她爱她保护她？以前是谁整天在我耳旁唠叨不会让她受伤害，要她跟公主一样幸福？敢情你这些话都是看什么老掉牙的言情小说学来的，你根本就不知道什么叫爱！就因为你喜欢她，又好不容易让她喜欢上了你，想要和你在一起，你就可以这样为所欲为？你给过她解释的机会吗？少在这里装受害者，还自以为是地给叮铛下定论，你不配！”

“什么？”顾长安张口结舌，几乎不敢相信自己的耳朵，“你说叮铛她想——"

"我不想和你说话，也不想看见你！"

说罢林明镜就冲进房间里甩上了门，江景宁看了眼呆在原地的顾长安，走过去伸手拍了拍他的肩膀。

"你这次真的误会叮铛了。"

顾长安一个人在客厅站了很久，脑袋乱成一团麻。他忽然想起昨晚吴叮铛送自己的运动鞋还在书房里，于是三步并作两步冲上楼进了书房。

鞋盒被她放在了书架顶上，他一伸手将鞋盒取下来打开，白色的信封卡在两只鞋子中间已经皱了，封口并没有用胶水粘好，顾长安取出信读了起来。

长安：

原谅我的字写得不好看，用笔写信这种方式让我感觉像回到了上个世纪，哈哈。但是手写比电脑打印出来的看起来真诚一点吧？嘻嘻。

这双运动鞋是我跑了好几家商场才买到的，这可是三年前的款式了呢，竟然也被我找到了，厉害吧，我是不是个天才？

好啦好啦不废话，你别生气，我们进入正题。

当你看到这封信的时候，我应该已经在去美国的路上了吧，心里是不是有种如释重负的感觉？你终于少了个和你大眼瞪小眼的人，吃饭的时候也可以安安静静地在饭桌上多吃几口自己喜欢的东西，不用再随意扒拉几下饭菜就上楼躲开我了。

长安，我和张启书没有在一起，那天下午我们聊了一会儿就分开了。

很多事情过去了就是过去了，很难重来一次。就算我们再给彼此一次机会复合，心中的那份感情，也没有办法恢复到原来的样子。

在你不理我的这段日子里，我想了很多事。原来你为我做了好多好多，一想到你原来这么喜欢我，我就觉得好幸福。可又想到我的后知后觉，逃避敷衍，让你在之前那么多相处的日子里承受着或许我都没有办法做到的煎熬，一颗心又疼得无以复加。

身边不如意的事接二连三地发生，在卡尔加里，在你的吻中，我终于正视了自己对你的感情。除了爸妈和林明镜，你顾长安，也是我心中那个不可取代的人。

不是亲人啦，哈哈……

我也是会嫉妒你身旁有女孩子的，当我看见你和庄嘉欣在一起，就会一个人去房间里生闷气。你向我告白的时候，我的心跳得好快，看着你哭红的双眼，我的心都要碎了。

长安，你是我最不想伤害的男人。

这段日子真的让我很难过，可我没有办法说服自己一直缠在你身边。你的工作好容易才走上正轨，我不想让你分心。再看我，找不到工作，待在家里还会惹你不高兴，真觉得压力好大又很无用，这些想法沉甸甸地压在我心头，让我格外地想离开这个地方去喘口气，所以我决定去美国找爸爸。

希望这封信能让你消除对我的误会，也希望下次见面，我们能一如曾经。

顾长安看完信后几近抓狂，简直恨自己入骨。

自己笑话别人分不清轻重，竟然能够为了一点不值钱的尊严去伤害心爱的人，漠视他人的付出和真心。或许是爱情让人变得智商低下，没想到有一天自己也会在不知不觉中成为“别人”。

林明镜骂得没错，自己给吴叮铛的不过是自以为是加了引号的伟大爱情，一切以自己为中心出发，自己觉得是对的，那么对吴叮铛也是对的；自己觉得是好的，那么对吴叮铛也是好的。他从来没有问过吴叮铛的感受，也没问过她到底想要什么。

顾长安一直以为自己和吴叮铛就像连体婴儿，她的一切自己了若指掌，直到今天他才知道自己幼稚得多么可笑。

他呆坐在书房里反省着自己，直到楼下传来轻微的瓷器碰撞声，他才醒过神，匆忙跑下楼去找林明镜。

林明镜只是出来拿茶几上的书，余光瞟见楼梯上顾长安飞速奔下的身影，背过身当没看见他。

顾长安走到她身后喊了一声：“姐。”

林明镜充耳不闻，拿好书就要回房间去。

“姐！”

顾长安急了，上前一把拉住她的胳膊，林明镜用力甩开顾长安的手，看也不看他一眼。前脚刚进房间，后头就传来很响的咚的一声，她回头，发现顾长安双膝着地，乞求的目光紧紧地粘在自己脸上。

她错愕地看着顾长安："你、你干什么？"

"姐，我知道错了。我不该一厢情愿地把自己的想法加在叮铛身上。你一定联系得到叮铛，她从小到大最听你的话，我拜托你，说服她回来好吗？"

"这是你和她之间的事，我干吗要插一脚？"

"叮铛从这里搬走，我知道姐你就像失去了一个家人。我知道现在说什么都不管用，你让她回来，我亲自在她面前认错好不好？"

"……"林明镜眼珠转了两圈又干脆地摇头拒绝，"哪能什么事都是我替你出头，你要得到什么，就要自己去争取，尤其是爱情。"

"我要怎么争取……她都走了……"

林明镜耸肩："这是你自己的事。"

这段短暂谈话后的一个月里，林明镜几乎没在家中见到过顾长安的身影。她想会不会是自己那晚讲话语气太重，想打电话和顾长安道歉，他的电话却总是转去语音留言信箱。

而当顾长安再次正式出现在自己面前的时候，林明镜简直以为他这个月是去贫民窟体验生活去了。好久没打理的头发随意拢了拢，布满血丝的双眼、巨大的眼袋、浓重的黑眼圈，还有下巴上那一圈扎眼的胡子看得林明镜直咋舌。

"弟，你受什么刺激了……是要学犀利哥的造型吗？"

"姐，跟我去个地方。"

顾长安说完就朝门外走，林明镜一把拽住他："去哪儿？你这才刚回家，先洗澡吃点东西吧。"

"没事，先走吧。"

林明镜见他神神秘秘的样子，心里直犯嘀咕。在离家不远的一条街旁停了车后，顾长安领着她径直进了街边的一家小店内。

小店面积不大，布置得很温馨，乍一看以为误进了哪个小女孩的闺房。两扇玻璃大门的门把上挂着抱着爱心的情侣公仔，进店后是各种动漫人物或者动物造型的四块自选区，就连收银台上的收银机都被特意改换成了粉红色的外壳，旁边坐着一只 Hello Kitty。

背后的厨房里机器一应俱全，而且都是价格不菲的牌子。林明镜看看四周又看看顾长安，顿时明白了什么。

“你、你把这里买下来了？”

“我顶了原来的那家店，改成了蛋糕屋。这里的装修、摆饰和机器都是我一个人包办的。”

林明镜赞许地点点头：“哇，看不出来老弟你还有这本事。不错，我要对你另眼相看了。”

“那姐可不可以帮我打电话给叮铛，让她回来？”

林明镜盯着鞋尖一会儿说道：“好吧，看在你这么有诚意的分上，我帮你一次。但我可不确定她是不是会搬回来住。”

“谢谢老姐！只要她回来，让我见她一次，剩下的事让我来搞定！”

顾长安冲上去给林明镜来了个大大的拥抱，差点没让林明镜窒息。

其实这一个月林明镜几乎每天都有和吴叮铛联系，只是对方不提，她也没有主动提起顾长安的事。

对一个人的感情，只有在分别之后才最明白。

她希望这次，两人都能看得清清楚楚。

一周后，吴叮铛真的回来了。顾长安欣喜若狂，要不是顾念着有乱伦倾向，他绝对会给林明镜来个深情的法式热吻。

吴叮铛洗完澡，还不等收拾好行李就被迫顶着一头湿漉漉的头发和神秘兮兮的林明镜还有江景宁去了蛋糕店。吴叮铛奇怪为什么这两人要带自己来这么一个什么东西都没有的小店里，转了一圈却看见了顾长安从厨房里走了出来，穿着自己最喜欢的那件白色衬衫、浅灰色的运动裤和自己送给他的那双白色球鞋。

只不过一个多月没见，吴叮铛却觉得他变了好多，却又说不上是哪里变了。

落地的大玻璃窗外被夕阳的余晖染得黄灿灿的，其实多伦多的黄昏一点也不像国内那般五彩壮观，充其量就是天上的某位神仙小憩的时候不小心扫翻了一罐橘子汁，橘子汁一点点渗入柔软的云朵中，最终成了漂浮在远方空中那一片漂亮暖人的橘色。

“叮铛。”

顾长安慢慢地走了过去，扫过睫毛的碎刘海遮掩不住他雀跃的眼神。他一只手背在身后，郑重其事的表情让吴叮铛有些不安，一颗心在胸腔里扑通乱跳，用手指梳着头发极力想让自己看起来不那么像买菜的大婶。

“我……你……你回来了啊？路上、路上累吗？”

堆在心里比喜马拉雅山还要高的真情告白出口却成了这句，顾长安懊恼得想去撞墙，双手环胸站在吴叮铛背后的林明镜立马无语地翻了个白眼。

累个鸡腿啊累，你当她是自己开飞机回来的吗？

“啊……嗯……还好……”

吴叮铛又习惯性地结巴起来，扒拉了两下湿答答的头发便不再去看顾长安。

忽然，顾长安拉过她湿漉漉的右手，单膝跪了下去，而一直背在身后的另一只手也伸到吴叮铛面前，大拇指和食指间，是枚闪亮的钻戒。

“叮铛，你愿意嫁给我吗？”

“什么?!”

林明镜和江景宁异口同声地大吼起来，一个揉眼一个搓耳怀疑自己神经出问题了。

吴叮铛微张着小嘴，呆呆地低头看着顾长安。

“叮铛对不起……之前都是我混蛋，是我不好，如果我听你解释，也许我们就都不用承受这一个月来分别的痛苦。是我自以为是，怕你被别人伤害，恨不得能让你时时刻刻在我掌控之中。这些年你对我没有回应的时候，我也好几次想过要放弃你……就像别人说的，天涯何处无芳草，何必单恋一枝花。可是……我还是那句话，别人不是你，我没办法把自己对你的感情分给别人，哪怕是百分之一我也做不到。我不只是喜欢你，我爱你，我想和你结婚，永远和你在一起。你愿意嫁给我吗？”

“可……可是……我们……”吴叮铛泪眼泛滥，结结巴巴地回答道，“我们还没谈恋爱……”

“我们不需要，不是吗？这么多年在一起，我们对彼此还有什么不了解？我不要你只是做我的女朋友，女朋友是可以换的，但是老婆是不可取代的。”

吴叮铛咬着唇，一时间店里没人说话，只听见呼吸声此起彼伏。顾长安一直注视着吴叮铛的璀璨双眸也在这尴尬的沉默中慢慢黯淡下去，自己终究是对这份感情太过自信了吗……

过了一会儿，吴叮铛轻轻将自己的手抽了回来。顾长安听见林明镜的一声叹息，胸口像被千斤巨石砸中一般疼得喘不过气。

没等他站起身，另一只手里的戒指却被人拿走了。他抬头一看，发现吴叮铛正拿着戒指往自己无名指上戴。

顾长安有些蒙："叮铛你……"

"看什么看，我又没说不答应。没见过求婚这么多废话的……"

吴叮铛小脸通红，嘴上虽然抱怨着，眼睛却害羞得不敢直视顾长安。顾长安愣了一会儿终于反应过来，发疯一般一把抱着吴叮铛旋转起来。

江景宁用胳膊肘捅了捅林明镜："这就没了？"

林明镜张着嘴，机械地点了点头："好像是……结束了。"

"你也太不够意思了，"江景宁凑过去小声说道，"安排了求婚这一出竟然也不事先和我透风下。"

"我哪里知道小滑头原来还藏着一招。"

林明镜没好气地瞪着顾长安，一副"我不被信任，我很受伤"的表情。只可惜顾长安正沉浸在喜悦之中，完全没注意到她哀怨的眼神。

吴叮铛在半空中转得头晕，拍着顾长安的肩膀直呼停下来。顾长安赶紧放下她，双脚刚沾地，她又马上被紧紧搂进了一个熟悉温暖的怀中。

薄荷香，温暖的薄荷香。

"所以，你不会再离开我了，对不对？不会再回去了吧？"

"嗯……"吴叮铛亲昵地蹭了蹭他的肩膀，想想又觉得不对，抬头奇怪地看着顾长安，"回哪里去？"

"美国啊！你不会再过去生活了吧？"

吴叮铛越发莫名其妙："爸爸是让我过去玩一段时间，因为他决定过一阵子要回多伦多来，我再去美国干吗呀？"

"可是你不是和我老姐说——"顾长安脑筋一转，忽然嗅到了某种阴谋的味道。他转头看向林明镜和江景宁，两人一脸哈巴狗讨好的笑容，已经退到了大门边。他说："你们两个耍我！"

"我、我只是想刺激你下，你会去美国找叮铛，我没想到你这么大动静——"

眼看顾长安就要磨刀霍霍向自己，解释到一半的林明镜立马被江景宁给拖出了蛋糕店飞奔离去。

“怎么回事啊？他们骗你什么？”

“没什么……”杀气腾腾的顾长安一转脸立马变成了温柔小羊羔，拉着吴叮铛的手笑道，“你回来就好。”

“长安，”吴叮铛有些不安地摩挲着无名指上的戒指，“你真的想好了？结婚不是开——”

顾长安抢过话头：“我想好了，没有开玩笑，没有当成儿戏。这一辈子，我只娶你吴叮铛一个人。”

“可是结婚，爸妈都要在呢。你爸妈——”

顾长安愣了愣，随后撩起吴叮铛散在耳旁的发，轻轻地吻了她的面颊一下：“别担心，我会想办法让他们过来参加的。”

接下来每逢周末吴叮铛便被顾长安拖去满世界地逛婚纱店、酒店，设计自己的创意结婚请柬，忙得不可开交。吴叮铛总是在网络上看好多新人抱怨结婚前的准备过程很繁琐很累，但这一切对吴叮铛来说仿佛像给她的生命注入了一支强心针，让她觉得世间一切又美好了起来。

故事峰回路转得太快，美好得有些不真切，只有在每每转头看见顾长安认真忙碌的侧脸时，她才意识到这一切都是真实的，并不是个美梦。

自己就要结婚了，和一个爱了自己二十多年的男人。

她觉得自己是全天下最幸福的人。

两人忙活了三个多月才在林明镜的提醒下想起来要去政府登记，可去注册过后被告知还要预约一个小型的宣誓礼仪，签字互换戒指，才算真正地结为夫妇。

政府周六、周日不开门，升职了的顾长安这一两个月刚好又忙没办法请假，这一个简单的预约竟然拖到了十二月份。

“啊啊啊！”顾长安在饭桌上急得抓耳挠腮，看得林明镜直想笑，“早知道早点去登记了，现在公司忙死了，我都不好意思再开口请假！还要一直等到十二月份……”

吴叮铛一边啃鸡腿一边安慰道：“早结晚结都会结的嘛，又不差这两个多月，而且我们还有一些东西没有准备好嘛，乖。”

“我一天都不想等了！”

看着顾长安一脸哀怨的神情，林明镜云淡风轻地甩出一句："你可以先和叮铛睡一起嘛，结婚证也不过是一张纸，那么在意干吗？"

"什么?!"

"什么?!"

面前俩人涨红了脸瞪着自己，林明镜却不以为意："干吗，我又没说错。你们这些年也算是同居了，现在不过是把两个房间合并成一个而已啊。"

"谁和他同居啦，女流氓！"

吴叮铛嚷嚷完顶着一张大红脸噔噔噔就跑上了楼。顾长安则是埋头吃饭，脸都要贴到碗底去了。

"你们两个真的是这个时代的人吗？弟弟，别告诉我你还是处——"

顾长安忽然扔下饭碗红着脸咆哮了一句："你才是处！老处女！"

没等林明镜反应过来，顾长安已经飞奔上了楼，留下她一个人对着满桌子的剩菜剩饭发呆。

临睡前，吴叮铛又蜷在被窝里开始每日的必修功课：刷微博。

忽然门把一响，吴叮铛扭头一看，顾长安的脑袋正从门外探进来，一脸苦大仇深地望着自己。

"长安？"吴叮铛坐起身来，"怎么啦？这么晚你怎么还不睡？明天不用上班吗？"

顾长安勉强一笑，一推门将身后的东西甩到床上。吴叮铛盯着被甩到自己身旁的枕头和棉被，想起晚饭时林明镜说的那番话，脸唰地一下就红了。

"你、你要干吗？"

"和你一起睡啊，"顾长安回头瞥了一眼正站在不远处拿着水杯看自己笑话的林明镜，故作镇静地进房间关上了房门大声道，"我们是……是夫妻了嘛！而且又不是没一起睡过！"

"可是——"

"嘘！"顾长安蹦上床，冲吴叮铛做了个噤声的手势，"我老姐在外面，要看我们俩的笑话。"

吴叮铛点点头，她扒着门缝一看，依稀能瞧见林明镜浅紫色的睡衣。她大眼珠子咕噜一转，偷笑着按掉灯的开关大声道："是啊，我们是夫妻了，睡一起多正常都不知道！不像有些人，想有人陪着睡都没有！"

两人叫嚣完就在床上盘腿打坐，房外很静，静得两人哈欠一个接一个，根本停不了。吴叮铛一看手机已经一点半了，她靠到顾长安身旁小声说道："你姐应该走了吧？"

"这么久都没动静……应该走了吧。那我回去睡觉了，晚安。"

顾长安亲亲吴叮铛的脸颊，收拾起枕头和被毯蹑手蹑脚准备回房。一开门就看见披头散发的林明镜挑着眉，目光炯炯地盯着他，吓得他差点把被毯砸过去。

"不是要和叮铛一起睡？这又是要去哪儿？不会是打算下楼来和老娘睡吧？"

"谁要和你睡啊！下流！"顾长安涨红了脸吼道，"我去上厕所不行啊？"

林明镜冲他手里的东西努了努嘴："你上厕所抱着这些做什么？"

顾长安把牙齿咬得咯吱咯吱响，要不是自己吃林明镜的、住林明镜的，还打不过这个毒舌的女人，顾长安早就把她就地正法了，哪里还用得着大半夜在房门口和她瞎扯淡："厕所里冷。"

"哦，那你快去啊，站着和老姐我闲扯什么？"

"我现在不想去了。晚——安！"

顾长安咬牙切齿说完最后一句话，砰的一声甩上门又爬回床上。

吴叮铛撇嘴："你姐最近是闲得没事做了吗？不去和江景宁斗智斗勇以欺负他为乐，怎么开始关心我们两个的生活了？"

"谁晓得，内分泌失调的女人。让她在门外继续站着，看她撑到什么时候！"

两人沉默了一会儿。黑暗中，吴叮铛的脸渐渐红成了猴子屁股："那今晚，你要睡我这里？"

"就、就当演习夫妻生活了。"顾长安脑海里突然冒出几个不太正经的画面，他脸一热，恨不能找个地缝钻进去，扯过被毯盖住了自己的脑袋，"快睡吧，晚安。"

"晚、晚安。"

吴叮铛也没心情继续刷微博，盖好被子却怎么也睡不着，寂静中她听见自己的一颗心跳得咚咚响。身后传来顾长安不太平稳的呼吸声，她忍不住翻了个身，窗外透进的灯光让她能依稀看见顾长安精致的轮廓和五官，她就这样静静地注视着，睡意全无。

“看什么？”

顾长安忽然睁眼，猝不及防的吴叮铛被吓了一跳，咂吧两下嘴突然无厘头地冒出一句：

“你是不是处男啊？”

……

接下来的半个多月里，每晚顾长安都在林明镜的“监视”下去吴叮铛房里和她提前体验“夫妻生活”，吴叮铛和顾长安苦不堪言，尤其是顾长安，生理和心理上都承受着巨大的折磨，无奈之下两人只好去找江景宁求助。

“想要我帮忙啊？哪方面啊？不会是夫妻生活方面吧？”

江景宁一副我是你二大爷的姿态，跷着二郎腿靠在沙发上，语气和林明镜是一样一样的。顾长安和吴叮铛私下交换了一个会心的眼神，眼前这男人果然和林明镜是天造地设的一对。

顾长安把经过大概和江景宁说了一下，江景宁竟然一脸羡慕地看着他：“你姐这也是为你俩好，你俩还抱怨什么？”

“……”

和非人类完全无法交流的两人只有看着江景宁干笑。江景宁逗够了两人这才敛了笑容道：“我要帮你们也成，但你们也要帮我一件事。”

吴叮铛撇嘴：“你有什么做不到啊，还需要我和长安帮？”

“这件事，你们帮成了也就等于我帮了你们。但如果搞砸了，你们就没好日子过了。听明白了？”

顾长安来了兴趣：“明白！什么事？”

“过来。”

两人把脸凑过去听江景宁小声说了他的计划，吴叮铛听完差点从沙发上摔了下去：“求婚?!”

“嗯。”江景宁摆弄着杯垫，眉头微微蹙起，“这些日子以来我好几次暗示小华结婚，可是她却好像听不懂我的意思似的。本来以为她是不想结婚，可是那天看见长安你向叮铛求婚，我分明看见她眼底的渴望……而且有时候我觉得，她并不是那么在意我……”

“不会啦，”顾长安摆着手替林明镜说好话，“老姐对你很好的好不好！你都没见她对其他男人的态度……也许只是她没谈过恋爱，不知道怎么在你面前表达自己吧。"

江景宁直起身来："总之，你们帮我这个忙，以后有什么事就来找我！我上刀山下火海都会帮你们搞定。"

吴叮铛搔了搔头："可是你求婚我们能帮上什么忙？"

"我要你们……"

回家的路上，吴叮铛和顾长安兴奋不已地讨论着要怎么帮江景宁骗林明镜去登记结婚的地方还得不让她起疑。

回到家两人却发现林明镜和林忠强不知道去了哪里，只有 Lisa 一个人正在房间里给刘凤做按摩。

"Hi，Lisa，Shirley 呢？"

"我来的时候她让我和你们说她今天有事可能不回来了。"

"哦……"吴叮铛点点头，和顾长安对看一眼，"真是的，要她在家的时候她又不知道跑哪里去了。"

顾长安耸肩，不过转念一想："那这就代表……"

吴叮铛瞬间读懂了他眼中的意思，振臂欢呼起来："Yes！我们自由了！"

事实上两人并没有感觉到一丝自由，习惯了夜晚身旁有对方的体温和呼吸陪伴，突然间空荡荡的房间里只剩下独自一人反倒让他们觉得不太舒坦。

吴叮铛翻来覆去，刷微博刷到两点才终于有了些困意。迷迷糊糊间她感觉有人爬上了床，一个激灵清醒过来还以为是《咒怨》里的那位来找自己了，一身冷汗间发现原来是顾长安。

"长安？"

"叮铛……"顾长安伸手揽过她，温热的呼吸在她耳旁散开，弄得她脸颊发烫，"我想和你一起睡……不……不是因为那个家伙……"

这也是吴叮铛心里的想法，只是她一个女孩子自然没办法说得这么直白，扭捏半天才吐出一句："我……我知道。"

顾长安没有再接着说话，过了一会儿吴叮铛听见他在耳旁轻声唤自己的名字。她应了一声却没有转头。

"你干吗这么紧张？你是不是不喜欢我躺在你身边？"

"没有没有，"吴叮铛赶紧摇头否认，"我只是……只是没有男生……跟我态，因为恢复常态后的林明镜经常会问她一些令自己羞于回答的问题。

而江景宁的求婚，也在三人商量后正式定在了吴叮铛和顾长安去签字交换戒指那天，因为林明镜一定会出席他们的见证仪式，到时候大家一起助阵，成功的几率又往上加了两三成。

日子在各种忙碌中过得相当快，顾长安和吴叮铛甚至恨不能把一分钟掰成两分钟来用。转眼只剩三个多星期的时间，而吴叮铛心里却有些忐忑不安。

"喂，你现在有没有空？"

林明镜正在涂指甲油，见吴叮铛站门口一副可怜巴巴的表情看着自己，努了努嘴让她进来。吴叮铛坐到她身边，摆弄着她的指甲油瓶子不说话。

"什么事又愁眉苦脸的，婚礼的事不都弄得差不多了吗？"

"明镜啊……我要是……呃……你家再住个人，会不会——"

林明镜抬头瞪着她："会什么？你要拉谁跟我们一起住？你这次别想蒙混过关，上次说有人要住进来，结果抱着什么病了的流浪猫流浪狗回来，治不好死了号啕大哭三天还不吃饭！"

"我……我没有啦！"吴叮铛窘迫地挠挠后脑勺，小声说道，"我……我好像……怀孕了……"

林明镜手一抖，指甲油直接涂歪到漂亮的指甲外面："你说什么？怀孕！"

"干吗那么大声啦。"吴叮铛捂住林明镜的嘴巴，紧张地听了听门外，确定在客厅看电视的顾长安没听见她才放心地松了手，"我还没确定啦，你不要那么大声让长安听见了。"

"你怎么知道你怀孕了？"

"我没百分之百确定嘛，只是大姨妈一个多月没来了……"

"你和长安上一次是什么时候？"

吴叮铛脸一红："昨晚。"

"再上一次呢？"

吴叮铛脸更红了："前天。"

"你别告诉我你们每天都那个什么！"

吴叮铛不说话，眼观鼻鼻观心的模样已经替她回答了林明镜的问题。林明镜心想自己如果有蛋，估计这会儿已经疼掉一边了。

"那快去验一下啊！你跟我来说什么，难道我还能帮你把喜脉？"

吴叮铛舔了舔嘴唇："我……我不好意思去买那个东西。"

"什么东西？验孕棒？"林明镜无语地敲了她脑袋一下，"你干吗不早说，现在附近的店都关门了，我明天去给你买。这东西可不能开玩笑！"

"我知道，所以我不是来和你商量了嘛！"

"好了好了，明天早上我一起来就去给你买。现在赶紧上楼睡觉，万一真有了，我就当表姨啦！你可得好好对我的宝贝侄子！去去去。"

吴叮铛就这样莫名其妙被林明镜赶去楼上睡觉，只是她心里七上八下根本睡不着。一只手一直轻轻摸着腹部，难道自己的身体里，真的孕育着一个小小的生命吗？

第二天顾长安前脚刚去上班，林明镜后脚就开车去商店买了好几支验孕棒回家。吴叮铛憋了一早上的尿，在反复阅读了使用说明后才捏着验孕棒战战兢兢去了厕所。

结果在二人意料之中，吴叮铛怀孕了。林明镜欢欣雀跃，自发地开车出去买菜，说今后由她来亲自照顾吴叮铛的饮食起居，绝对要她生下一个白白胖胖的小 baby。

吴叮铛拿着手机坐在沙发上一直想着怎么告诉顾长安这个消息，她不知道这件事对顾长安来说是好是坏，也不知道他到底有没有做好当爸爸的准备。

一直坐到临近中午，吴叮铛也没想出一个能刚好说穿这件事的话题，最后思索半天，她只发了条简讯给顾长安：今晚早点回来，我有事要和你说。

这边简讯刚传送成功，那边门铃忽然就响了起来。

吴叮铛以为是林明镜买太多东西了腾不出手，她也没看猫眼，直接拉开了门。

第七章

谁许谁地老天荒

Who make promised forever to whom

门外站的却不是林明镜，而是一男一女，个子都挺高，不过三十出头的模样。吴叮铛依稀觉得模样有点眼熟，却又想不起他们是谁、在哪见过。

“您好，请问你们找谁？”

那女的开了口，语气并不太温柔：“请问顾长安是住在这里吗？”

“嗯，是啊，他上班去了，你们找他有什么事吗？”

“我们是他的爸爸妈妈。”

这一下把吴叮铛给吓得点头哈腰忙把他们给请进了门，又泡了壶上好的茶给他们喝。

“叔叔阿姨你们好，我是叮铛。你们还记得我吗？”

吴叮铛极力想装出乖乖女的形象，只可惜顾长安的妈妈袁海莉并不吃她这一套。

“记得，小时候长安经常和你还有阿华在一起玩。你们要结婚了？”

“嗯……”吴叮铛甜甜一笑，“阿姨记性真好。咦，长安没去接机吗？”

“他不知道我们来了。”

“这样啊……那他晚上回来知道你们来了一定很开心。”

吴叮铛有些窘迫，心想着林明镜怎么买个菜到现在都还不回来。她和顾长安的父母也有十几年没见了，印象里顾长安的爸爸比较慈祥，妈妈就比较严厉，不苟言笑，完完全全女强人的模样。顾长安的爸妈比自己的爸妈年长六七岁，怎么看得这么年轻，莫不是返老还童了？

“叮铛，说起来我们也不算陌生人，阿姨有些话就跟你直说了吧。”袁海莉抿了口茶对坐在对面椅子上的吴叮铛说道，“我不希望你嫁进我们顾家。”

吴叮铛蒙了，她没想到袁海莉会这么直截了当。

“本来以为长安在家想和他谈谈，既然他不在，那么和你说这些或许更好。叮铛,我和叔叔喜欢你,但只限于你是长安挚友的范围。你要做他的女朋友和他玩玩,阿姨也可以睁一只眼闭一只眼,但你们要结婚,阿姨和叔叔不能同意。”

吴叮铛咽了口口水没说话,她看了顾勋一眼,顾勋低下头装喝茶。

“叮铛,听阿华说你是个作家？那么你一定也知道“门当户对”这四个字的意思了。你不适合我们顾家,我们顾家的媳妇,要有高学历、好的家世,要在事业上能助长安和顾家一臂之力。恕阿姨直言,叮铛,你没有这个能力,就算嫁进来你也会活得很累。你和长安都还小,现在你们为了感情结婚,将来不久的某一天,你们会因为现实而分开。”

“……”

“你别嫌阿姨说话直接，没有哪一个做父母的不希望自己的孩子后半辈子好。这些话也许很残忍,但很现实,我要让长安平步青云,不要走我们这一辈困苦的老路。叮铛你是个懂事的孩子,我希望你能离开长安,并帮阿姨劝长安回日本去。”

吴叮铛没说话,目光在袁海莉和顾长安爸爸顾勋的脸上来回扫着。她忽然想起了张启书,想着张启书的爸妈是否也曾对张启书说过和袁海莉一样的话。

家世……

学历……

说来说去,离不开“钱”、“权”二字。

难道感情世界里,就不能纯粹因为爱这个字吗……

林明镜回来的时候,顾勋正坐在沙发上看杂志,袁海莉在房间里和刘凤有一句没一句地聊着天。

“三姨夫？你什么时候来的？三姨呢？怎么也不打个电话事先通知下？”

“呵呵,在房间里和你妈说话呢。我们临时决定来的。”

顾勋笑着起身去帮林明镜拎袋子,林明镜看见吴叮铛面无血色地呆坐在椅子上,以为她第一次见公婆被吓傻了,好笑地冲她吹了声口哨。

“我、我先回房……有点困了。”

林明镜连一句“小心宝宝”都来不及提醒,吴叮铛就飞也似的逃回了房间。

顾长安收到吴叮铛的消息，一下班就赶了回来。进门瞧见袁海莉和顾勋他也有些蒙，袁海莉刚想说什么，林明镜生怕他们吵起来，赶紧拦在二人中间。

“快快，上楼去喊叮铛下来，吃饭了。”

顾长安没再多看袁海莉一眼，上楼进了吴叮铛房间。

房间没开灯，吴叮铛正一个人抱着双膝坐在电脑屏幕前。顾长安想吓唬吓唬她，轻手轻脚走到她身后却停住了脚步。

电脑上是张启书的Facebook（脸谱网）首页，个人头像上是他和那个曾经在烘焙学校见到的漂亮女孩的婚纱近照。

“叮铛。”

顾长安碰了吴叮铛肩膀一下，吴叮铛一激灵转过身，顾长安才发现她泪流满面，一双眼哭得红通通的。

“你让我早回来就是为了看这个？”

吴叮铛这才发现自己还开着张启书的个人主页，她赶紧关掉网站，想起袁海莉中午的那番话，她的眼泪又不能自抑地顺着面颊流了下来。

“你还是忘不了他吧……看见他要结婚了，很难过吧，”顾长安自嘲地笑了笑，“那为什么当初又不答应和他在一起呢……”

“不是这样的，长安……”

吴叮铛哭了一下午，一站起身顿时觉得天旋地转，好不容易才稳住身形，顾长安已经转身准备出门：“下楼吃饭吧。”

“长安，等一下，”吴叮铛拉住他的胳膊，踌躇了一下小声说，“我……我有话想和你说。”

顾长安没反对，静静地站在原地等她开口。

“我们、我们先别结婚好不好？”

“你说什么？”顾长安开了房间的灯，不可置信地回头瞪着吴叮铛，“吴叮铛，你再给我说一遍！”

“长安，我、我想把婚期延后。我——”

“为什么——因为你觉得还放不下张启书那个家伙？”

“不是的！和他半毛钱关系都没有，”吴叮铛看出来顾长安已经火上心头，她不想这时候激怒顾长安，让他和他父母的矛盾激化，只好顺口编了个谎言，

“我觉得……太……太草率了……”

“太草率？”顾长安忽然冷笑一声甩开吴叮铛的手，“是我的感情草率，还是这场我付出了百分之两百精力去筹备的婚礼草率？吴叮铛，你一定要这么伤人吗？为什么总是给了我一颗甜枣，再甩我一耳刮子告诉我那不是我能吃的？”

吴叮铛哽咽得说不出话来，想着肚子里的孩子，千头万绪无从理清，她又一次拉住顾长安的手：“我只是想和你商量，你别生气，我们坐下来慢慢谈好吗？”

“还用谈吗？”顾长安冷冷地看着她，“你知道我不会对你 say no，既然你想延期，就延期吧。”

“长安我爱你！”

吴叮铛一把搂住顾长安的腰泣不成声，为什么会变成这样？

自己对他是这么依恋，依恋到如今不能放手的地步，为什么和张启书之间发生的事又一次要在自己的生命中上演，谁能告诉她到底该怎么做。

顾长安只觉得心在滴血，他几乎已经听不见自己质问的声音：“那又为什么不和我结婚？”

“你们怎么这么久啊！”林明镜的声音从楼下传来，“再不下来菜要凉啦！”

“先去吃饭吧。”

顾长安掰开吴叮铛的手准备下楼，吴叮铛怔怔站在原地几秒后忽然冲过去拽住顾长安的袖子：“先别吃饭，我们说清楚好吗？”

顾长安无力地摇摇头：“吃完再说吧。”

“我们先回房间里去！”

“吴叮铛，你不要闹了行不行！”

顾长安用力掰开吴叮铛的手，站在楼梯边的吴叮铛重心不稳，一头从二十几阶的旋转楼梯上栽了下去。

所有人都忘了尖叫，就这么眼睁睁地看着吴叮铛倒在楼梯边。撞得眼冒金星的吴叮铛只觉得有一股热流缓缓从下体流出。

她忽然悲伤地笑了，也许上天，已经为她做出了选择。

是林明镜发出第一声凄厉的惨叫，接着大家都从自己的位置上向吴叮铛冲了过去。

吴叮铛努力睁开眼，眼前的一切都变得那样模糊，模糊得只剩轮廓。顾长安一把将她从地上抱进自己怀中,耳旁充斥着林明镜几近狂怒的咆哮:“你他妈疯了? 有什么话不好好说,这么高的楼梯推搡什么?”

顾长安没应声,吴叮铛无力地靠在他怀里,那紧紧搂着自己的臂膀在不停战抖,从指尖传来的力量像是要把自己摁进对方的身体中去。

“我们送叮铛去急诊,你们先吃吧。”

林明镜一边套大衣一边对袁海莉和顾勋说,顾长安已经一把打横将吴叮铛抱起冲出了门。袁海莉呆呆站在那一摊醒目的血迹旁,门外雪花翻飞涌进门内,顾勋上前关了门。他回头看着袁海莉,不知道是因为惊吓过度还是闻见了血腥味,她忽然一个踉跄跌坐在地上。

到医院急诊部后吴叮铛直接被送进了手术室, 打了麻药后的她眼皮沉沉,手术后没一会儿就睡了过去。

顾长安耷拉着脑袋坐在病床边,紧紧扣着吴叮铛的手指。林明镜替吴叮铛调整了下放在肚子上的电热毯,看着她苍白的面孔,林明镜狠狠地打了顾长安一下。

“你以为你还是三岁小孩吗?! 有什么事不能好好说,就算要吵架也在房间里,在楼梯旁边闹什么!”

“我不是故意的……我只是想让叮铛别拽着我……”

“一个月零六天,你们的孩子,在叮铛肚子里快乐地过了一个月零六天,现在被你害死了!”顾长安喉咙一哽,竭力忍住不让自己哭出声来。当林明镜在车上告诉自己吴叮铛早上查出自己有孕的时候,他整个人像被雷打了一样呆住了。

这个消息,本该是让他欣喜若狂的。可是叮铛那已经被血染得斑斑点点的睡裤却提醒着他,他也许要先尝一回丧子之痛了。

半个小时后吴叮铛幽幽醒过来, 她舔了舔干燥的嘴唇开口道:“长安,我想喝水。”

正目不转睛盯着她的顾长安忙给她倒了杯水,扶她靠进自己怀里。

吴叮铛咕咚咕咚连喝了两杯, 顾长安替她捋了捋额前遮住眼睛的刘海:“还喝吗?”

吴叮铛摇头,顾长安把水杯搁在桌上,搂着她不发一言。吴叮铛抬手在他大腿上画着不规则的图案,平时顾长安都会被她弄得直发笑,可是今天,他笑不出来。那轻轻划过大腿的指尖像把淬了毒的匕首,一下一下划破自己的皮肤。剧毒顺着每一根神经攀爬而上,疼得他想哭。

没一会儿林明镜就风尘仆仆地推门而进,手里拎着一小袋药。

"你醒啦？感觉怎么样？"

"没事了。"

"医生说只要好好休养就可以了。你这么年轻,孩子以后想生几个就生几个。"

林明镜摸摸她的脑袋,吴叮铛乖巧地点头,微笑着示意自己很好。见吴叮铛没大碍,三人就驱车回家了,为了不让吴叮铛受寒,顾长安脱了自己的大衣紧紧裹在她身上,自己却在下车时冻得直打哆嗦。

进家门前吴叮铛感叹了一句:"今年雪来得真早啊……"

顾勋和袁海莉就坐在沙发上,地上的血迹已经被清理干净。看见顾长安抱着吴叮铛进来,两人同时站起身。

"儿子……"

"有什么事改天再说,我要照顾叮铛。"

"儿子，这次我跟你爸爸来不是要来参加你的婚礼，我是来带你回日本的！我也不许你跟叮铛结婚！"

顾长安闻言,转头盯着袁海莉冷笑:"叮铛惹到你什么了？小时候你不是很喜欢她吗？"

"我现在还是很喜欢她,只是她当不了我们顾家的儿媳妇！我和你爸爸结婚,让顾家的生意范围又扩大了！可是你和叮铛结婚,她什么都不能给你和顾家！儿子,这几年你在多伦多玩也玩够了,疯也疯够了,是时候回去了！"

"我不会拿我的婚姻当作顾家扩大生意的筹码！"

袁海莉斩钉截铁道:"你是顾家的孩子,你就必须这么做！"

"我若是不答应,你能拿我怎样？"

"那么,明天起你不用去上班了。"

顾长安火冒三丈:"你当这里是日本？在这里你干涉不到我！"

"你公司的老总刚好是我一个客户的老友。儿子,离开了我和你爸,你就不要太拿自己当回事。你辛苦坐上的位子,我几通电话就可以让你离开。就算我和你爸回了日本,照样可以控制着你。"

顾长安和袁海莉对视了几秒之后，忽然耸肩笑了起来："算你狠。"

回到房里，顾长安把暖气开足，给吴叮铛换了套睡衣让她躺着休息。吴叮铛哪里有心思睡觉，拉着顾长安不肯松手。顾长安钻进被窝里搂住她："和我说实话，今天你一个人躲房间里哭，是不是因为我妈和你说了什么？"

吴叮铛轻轻地点了点头："……你别生气……你妈没有说错，我的确什么都不能带给你……"

"我什么时候说过需要你能给我好处我才娶你？我只要你爱我，这就够了。你是不是也想我尝到被放弃的痛苦？"

吴叮铛把头摇得像个拨浪鼓："不是的……不是这样的！"

"还是你怕我放弃你，要先下手为强先甩掉我？"

"不是……"

"你就是！"

顾长安轻轻揪了她耳朵一下说："你这个臭丫头，对我就这么狠得下心？"

吴叮铛心里五味杂陈，两手紧紧环住顾长安的腰："阿姨真的有办法让你找不到工作？"

"她的确有这本事。"

"对不起……我不希望你和你家人闹成这样。"

"说什么傻话，跟你一点关系也没有。我洗个澡陪你睡觉。不上班正好，我可以有时间照顾你。"

一晚上顾长安压根没合眼，吴叮铛听他叹气心里很不是滋味，只好闭眼靠在他的胸口陪他失眠。她的手一直轻抚着腹部，这里曾经是个温暖的孕育所，可是现在，什么也不剩……

袁海莉和顾勋没有再来林明镜家，但一周后顾长安接到了律师的电话。他的工作签证因为没了工作不能继续批下来，他必须在一个月内回日本。吴叮铛在一旁听着默不作声，原以为世界上不会有像《流星花园》里道明寺妈妈那样能只手遮天的人，现在想来，只不过自己一直生活在生活的底层，从未踏进上流社会的大门，所以不知道他们很多时候只需大手一挥就能达到自己需要一辈子去企及的目标。

想要什么，就能得到什么，这就是有钱人的特权。

对着吴叮铛的时候,顾长安总是强作欢颜,可是吴叮铛不是笨蛋,她看得出来顾长安心事重重。因为顶下蛋糕店顾长安欠着银行贷款,现在又被切断了经济来源,一个月之内又必须离开多伦多,这些事简直要把顾长安逼上绝路。

江景宁从林明镜口中听到这件事后决定把求婚的事暂时搁置一边,先帮顾长安搞定工作。

这天吴叮铛很早醒来,而昨晚几乎没怎么睡的顾长安已经不在自己身旁。她刚出门,就听见书房里传来顾长安怒不可遏的吼声。她小跑过去,轻轻将耳朵贴在门上。

"你休想用这个条件让我回日本!"

"是!我是从小就希望能进DGK!但我不会离开叮铛,我宁愿选择在这里随便找个工作!"

"我跟你之间没什么好谈的!"

吴叮铛听见手机用力砸在桌上的声音慌忙推门而进,顾长安见是她,冰冷的脸上硬生生挤出一丝笑意来。吴叮铛走过去,站在他身后弯腰圈住他的脖子。

"长安,只剩三个星期了……"

"别怕,大不了我不要身份,留下来当黑户就是了。"

"傻瓜,"吴叮铛难过地蹭蹭他的鬓角,"你这样活得多累啊。"

顾长安没有回答她,只是默默地叹了口气。吴叮铛和他生活在一起这么久,从来没见他像这段日子般成天唉声叹气,听得她心里好难过。

"长安……你回日本去吧。"

顾长安转头,目光像利箭一般扎在吴叮铛的脸上。

"你别生气……如果江景宁没办法替你找到工作,你就会没身份,没钱,没办法做你想做的事。你忘了吗?你当初离开父母来这里,就是要挣脱他们的束缚来闯自己的一片天,而不是为了变成一个什么都不能做、时刻提心吊胆的黑户呀!"

"我们结婚就好了呀。结婚你就可以申请我留在这里了!再过三天,我们就可以去签字成为正式的夫妻了!"

吴叮铛松手看着他,突然提高了音量:"没有家长祝福的婚姻是不会幸福的!你爸妈一天不同意,我都不会去签字!刚才我在门外听见你和阿姨打电话了，日本那个公司不是你心心念念想去的吗？现在你终于有机会了，不管是你自己争取的还是阿姨为你争取到的，为什么不好好珍惜呢？”

“什么都比不上你。前途、钱，这些都不重要！”

“可是这些对我来说很重要！”

吴叮铛已经语无伦次，她不希望顾长安为了自己放弃一片光明前途。

她不希望自己帮不到顾长安，还成了他前进道路的绊脚石。他为她放弃所有，可这个社会，光有爱情根本活不下去。将来有天他也许会明白自己现在坚守的爱情信仰是多么傻，可那时，为时已晚，后悔已晚。

“你不是说你什么都会听我的，不会 say no 吗？”吴叮铛别过脸不去看他受伤的目光，“那你把蛋糕店卖了还贷款，然后赶紧回日本吧。”

“吴叮铛……每次你总是说得头头是道。在你面前，我连反驳的话都想不出来。蛋糕店我留给你，剩下的我听你的，我跟爸妈回日本。”

顾长安慢慢从椅子上站起身，他在笑，两行眼泪却顺着他的脸颊流进嘴里。

苦苦的，咸咸的。

原来这就是心碎的滋味。

吴叮铛背过身，她以为顾长安会离开书房，却不想他却从背后轻轻将自己拢进他怀中。

“别放弃我……要等我……”

还来不及回答，吴叮铛早已泪如泉涌。顾长安心如刀绞，一只手拼命替她擦着眼泪，而自己却不知何时也已泪流满面。

这两天，顾长安都在收拾行李，吴叮铛坐在他身旁帮他叠着衣裤，或者帮忙将书架上的书收拾下来。谁也没开口说话，林明镜见状也只好坐在床边一声不吭地陪着他们两个。袁海莉来过两次，她想和吴叮铛说些什么，但吴叮铛只是点头打个招呼便找借口出门去了。

她不恨顾长安的妈妈，她恨她自己。

她知道是她亲手把自己和顾长安的心挖得千疮百孔、惨不忍睹。

有时候你很爱的人，却是你不得不放手的那个。

你不知道他还会不会回来，但你知道，你并不后悔放他去过更好的日子。

第八章

别离是为了更好地重逢

Parting is for better reunion

十二月九号。

今天本是顾长安和吴叮铛签字交换戒指的日子，却变成了顾长安回日本的告别日。吴叮铛起了个大早却没出房间，坐在房门后听着外头的动静。

她听见袁海莉催促的声音，她听见行李箱的轮子滚过走廊地板的声音，她听见顾长安隔着门对自己说：

“叮铛，我爱你，我们去签字吧。如果你不想去，回床上躺着休息，别躲在门后。”

吴叮铛紧紧捂着嘴，另一只手攥着戒指哭成了个泪人。

再见长安，再见……

一直到晚上十点多吴叮铛才出了房间，原本属于顾长安的房间房门大开着，里面空荡荡的，只剩下一张大床、一张书桌和一排空了的书架。她站在门口呆呆地望着，心如刀绞。房间里还残留着顾长安身上的薄荷香，吴叮铛靠在门边，眷恋地闻着。

“叮铛。”

林明镜不知道什么时候站在吴叮铛身后，她回头，林明镜只是默默递过一封信给她。

“长安留给你的。”

吴叮铛接过信，发现林明镜手上多了一颗闪亮的东西。

“你很可惜哦，”林明镜伸手秀了一下手上起码有两克拉的钻戒，“没有看见江景宁向我求婚的傻样子。他跟我说，是你和长安想出来的点子要把我骗去那里的。”

“……你们怎么会去那？江景宁不是说暂时不求了吗？”

“是长安让他一切照旧。长安……在那里等了你一天，他现在刚上飞机。”

“为……什么？”

“他以为你会改变主意。”

吴叮铛向林明镜道了声恭喜便失落地回了房间。锁上门的那一刻，她的眼泪终于如决堤的洪水般流了出来。

叮铛：

我走了。

这段日子，我最愧疚的，就是害你跌下楼梯流产。我没有让你体验到做新娘的快乐、做妈妈的幸福，却让你明白了很多女人一生也许都不曾体会过的丧子之痛。

我一直以为我还有大把的时间来告诉你，我有多想和你有一个属于我们的家、属于我们的孩子。我愿意因为你而背负压力，我愿意因为你而背负责任，失去男人都渴望的自由。

我知道你不是真心想赶我走，你只是希望我能去证明给爸妈看我的能力，靠自己去闯出一片属于自己的天下。

等我。下一次再见面，我们绝不会再分开。

吴叮铛一遍又一遍地看着信，哭得差点背过气去。她找了一条银链子把本来该给顾长安戴上的戒指穿起来戴在了脖子上。

下一次再见面，我们绝不会再分开。

两年后，林明镜和江景宁共结连理，而吴叮铛也变成了小有名气的内地作家。她听林明镜说顾长安在日本发展得非常好，心里也不由得很安慰，自己当初的决定，并没有做错。

自从变成了专职作家后，吴叮铛一年之中有四五个月都在国内，便只好经常请林明镜帮忙打理她的蛋糕店。

这次也不例外，刚参加完新书发布会的吴叮铛得到林明镜有身孕的好消息，便立马买了第二天的机票准备赶回多伦多。

她想过很多种和顾长安再次相遇的场景，只是没想到会这么突然地在机场里碰见。完全没做好准备的吴叮铛竟然低下头，有些害羞地盯着脚尖。

"你、你怎么会在这里？"

"你还是和以前一样笨。"顾长安伸手弄乱了她的头发，"从昨天下午的新书发布会到晚上进酒店，我一直跟着你，你竟然没发现我。"

"你、你怎么知道——"

"老姐告诉我的。"

靠在吴叮铛肩头的大婶很识趣地在睡梦中歪了身子，头靠回了椅背上。

"你、你跟着我干吗？日本那边没事做了？"

顾长安一屁股坐到吴叮铛旁边，指了指自己的鞋子："鞋子开胶了，要换新鞋。"

"都五年多了我去哪里给你找这么旧的款式？"

"找不到的话，你就要把你自己抵押给我了。"

顾长安搂过吴叮铛，吴叮铛看见他脖子上挂着那枚本该属于自己的戒指。

她鼻子一酸，嘴上却取笑道："你拿女士戒指当项链，人家不会觉得你有搅基倾向吗？"

"是有好多人问起过，我告诉他们，这是我老婆用来拴住我的心的。"

吴叮铛感动得差点哇哇大哭，她从衣领里翻出自己脖子上的项链冲顾长安扬了扬："我也一直告诉大家，这是王子掉落的戒指，有一天他会回来戴着它娶我。不过后来发现我爸在厕所里臭美地往无名指上塞，竟然还能合适，后我就不再这么说了。"

顾长安大笑起来，吴叮铛看着他英俊依旧的面庞忽然不安起来："你、你妈妈知道你来吗？"

"知道，"顾长安吻了她红扑扑的脸蛋一下，"她要我和你说，你是我们顾家永远、唯一的儿媳妇。"

吴叮铛意外地看着顾长安，看着他深邃温柔的眼睛离自己越来越近……

"臭流氓，"吴叮铛别过脸，"干什么一见面就又亲又抱的。"

顾长安耸耸肩："坏事都干过了，亲一下怕什么？"

"喂！没正经！"

顾长安笑笑,牵起她的手站起身来:“走,去吃点东西,我饿了。”

“机场的东西很贵又不好吃啦!”

“你要不要这么抠门,我又没说要你出钱!你就是喜欢一回国每天就去吃那些不卫生的街边小吃,是不是觉得地沟油能让你永葆青春啊小肥猪!”

“民以食为天,你没听过吗?!而且你怎么知道我每次回国都会上街吃小吃啊?”

顾长安没吱声,大踏步就朝前走。

“你不要告诉我每次你都在跟踪我!”

“这是保护!保护!注意你的用词!像我这种帅气又多金的私人免费保镖去请都请不到!”

吴叮铛不满地嚷嚷着:“顾长安你真的很无赖,你知不知道……”

两人叽叽喳喳的争执声吵醒了大婶,她睁着迷蒙的双眼看着男孩儿一手牵着女孩儿,一手拎着行李箱向机场餐厅走去,阳光落在他们的身上,温暖得像要融化掉。

她又闭上眼打起了瞌睡。

一切,仿佛不曾变过。

一切,都回到了最好的模样。

2014 年，

最清新、最浪漫、最伤感、最深情的爱与友情的挣扎，感动亿万女汉子的青春告别书。

作者说：

我用四年时间写下这个故事，
只是用来祭奠我们九年的时光，
在没有你疼爱的岁月，
让我独自启程吧。

锦瑟年华谁与度

JINSE NIANHUA SHUI YU DU

麦小若 / 著

读过的人说

小说里，四哥曾这样概括苏言与苏诚的故事：七年，也算是青梅竹马了，没什么大不了的，却也忘不了。

是啊，没什么大不了，只是她以为他会一直在，会一直带着全部的疼爱，会一直像候鸟一样，短暂地离开也终将归来。青梅竹马，苏言要的只是这么多，能失去的也只是这么多。没什么大不了。

时光在不肯坦白的“没什么大不了”中颓然地溜走，不谈爱情，也是可以快乐的，尽管不谈爱情，终有一天是要失去的。

最遥远的距离，是重生后的独自启程吧。苏言最终还是在“没有苏诚”的生活里自己走下去了，四哥、糖糖、南意……他们能给的依偎取暖，能锦上添花，能雪中送炭，却终究无法起死回生。有些路，只能一个人走。

四哥、糖糖、小音、苏言、苏诚、阿南……一路走来，他们从一个骨架，被慢慢地添加了血肉，直到后来寥寥几笔，就能让人听到覆盖在他们肌肤下血管里血液流淌的热情，听到他们的心脏有力地跳动着对生活的义无反顾。都让人感动。

我看到苏诚带苏言去厦门，看欠下的第八年烟火的时候，就觉着这像八年抗战的烽火连天，走到了全世界都后知后觉的尽头。像一个姗姗来迟的告别的仪式。苏诚和苏言之间的纠缠，也许只是欠缺了这样一个告别仪式吧。

亚马逊 amazon.cn　当当网 dangdang.com　JD.京东.COM　全国各大书店、报刊亭同步发售